帝王業

上

寐語者

目錄

開卷十年，合卷一世——《帝王業》十週年版 自序

被貓爪子踩醒的清晨，拿起手機，看見一條編輯發來的簡訊——「《帝王業》十週年版的序言寫好了嗎？」

沒有。我大概是自我催眠般地故意忘了這件事。

十年，這麼一個時間概念，仍然令我訝異。

起床一邊煮咖啡一邊想著寫什麼好呢。貓跳上餐檯，鬧著讓我拉開窗簾，牠要看看鴿子是不是又來侵犯牠的領地了。窗外晨霧正濃，鴿子們還未睡醒，歐洲的清晨總是寧靜得像一幅凝固了時光的油畫。這座城市的冬季和十年前我所居住的城市有些相似，也是溼潤多霧的。那時候我剛開始寫這個故事，從一個虛託的中古年代，從一個十五歲少女的及笄寫起。

這個女孩的人生，開始得漫不經心，安逸自如，沒有野心企圖，也沒有套路迂迴，她只是好奇地推開了一扇命運之門，邊走邊看，好奇地想知道，未來會遇見誰，會發生什麼……書外的作者，也沒有大綱，甚至沒有寫作的概念，只想陪這個女孩一起往前走，去看看她的這一生，會是怎麼樣。

她帶著不諳世事的勇敢，堅定前行，遇到愛也遇到恨，遇到背棄也遇到堅守，走過黑暗如永夜也迎來朝陽鋪展於腳下。她的生命裡有多少光彩，也有多少遺憾。也許更多人記得她立於光彩中，身披霞光，登臨絕頂；而我每每想起她，眼前浮現的總是那個及笄禮上的，轉身望向遠方的少女。我彷彿是旁觀又或是參與了她的一生，乃至書中每個人物的一生。

是我創作了這些人和他們的人生，而她和他們，也融進了我內心的某一部分，交融在我的時光裡、經歷裡。不僅是我，更有千萬讀者伴隨這個故事走過了十年。

這十年裡，他們走出大學校園，走進職場，走進婚姻，有的人做了父母……而我走過了萬里重洋，走過了一個個自己的故事。

得知《帝王業》將出十週年版時，一個老友說：「才十年嗎？怎麼覺得已經幾世了」。開卷合卷，書盡一世，這些年一直讀著我筆下故事的讀者們，難道不正是相伴經歷了幾世的輪迴悲歡嗎？

這奇妙的緣分，始於一個少女在她十五歲及笄禮上的抬頭一笑。她是王儇，是與我們攜手一起成長的小阿嫵。

十年一別，故人歸來。

這些年，你們可好？

寐語者

二〇一六年十一月

第一卷

繁華落盡

風華

今年八月十三是我十五歲生辰，也是行及笄之禮的日子。

我的及笄禮由晉敏長公主主行，皇后為正賓。

前來觀禮的諸內命婦與京中望族女眷，鬢影連雲，寶馬香車在家廟前蜿蜒里許。東房之內，蘭湯沐浴，熏香繚繞。

吉時至，禮樂畢，自外傳來禮官曼聲長奏：「上陽郡主行笄禮——」

我著彩衣彩履，綰雙鬟，在司禮女官的導引下徐步走過長長的鋪錦禮氈，來到華堂之上，望見盛裝的太子妃已在西階就位。我向主位上的父母與正賓位上的皇后行了跪禮，便起身面南深揖謝賓，步入禮席正坐。

我仰頭看著神容端麗的太子妃，悄悄地挑了挑嘴角。

她目光如水，端莊得一絲不苟，親手將我雙鬟散開，拿起盤中玉梳為我梳頭。梳罷，太子妃退至一側，正賓盥手，皇后與長公主一併步下玉階。

我屏息垂目，見一雙朝鳳宮履與杏黃鸞紋織金裳映入眼中。

皇后站在我的面前，莊嚴吟誦：「令月吉日，始加元服。棄爾幼志，順爾成德。」

她著席正坐，從長公主手中接過玉梳，將我長髮綰起，梳作高髻，加以透雕牡丹紋金笄。

我緩緩仰起臉，看見母儀天下的皇后，我的嫡親姑母，眼中含笑如綿綿春日。晉敏長公主，我的母親，站在她的身側，額前鳳墜搖曳，眼中淚光晶瑩。初加笄，再著素衣襦裙。

我正跪叩拜父母，謝賓，向東正坐。

姑母再次步下玉階，從母親手中接過如意蓮花垂珠簪，為我加簪祝頌。

復加曲裾深衣，再拜。

斂容正坐，待三加八寶連枝金鳳冠，著廣袖長裾禮服，再頌再拜。

層層繁複華服加身，釵冠巍巍，垂瓔搖曳，寬且長的裙幅逶迤身後，往日羅衫輕靈不再，漸覺一舉一動都似有無形壓力，令我不得不挺直身姿，端肅心神，來支撐這分量與莊重。

三加三拜，笄禮已成。

尊長們端坐主位，身後是王氏歷代先祖的掛像高高在上俯瞰著我。畫像上的每張面孔，每雙眼睛，都透著這個姓氏的榮耀與高貴，凝結了無聲悲歡，穿過百年歲月將我籠罩。

禮官長聲唱誦著每個女子笄禮上都要聆聽的話：

「事親以孝，接下以慈。和柔正順，恭儉謙儀。不溢不驕，毋詖毋欺。古訓是式，爾其守之。」餘音悠悠迴響於華堂，亦迴響在我心上。

「兒雖不敏，敢不祗承。」我屏息正跪，雙掌平舉齊眉，深深俯首叩拜。拜謝祖先恩榮，拜謝皇后加笄，拜謝父母兄長。

禮成而起，我徐徐回轉身來。

遠近華彩，明堂深曠，四下肅然。

腳下玉磚如鑑，映出一抹淡淡的影子──高髻嵯峨，廣袖垂雲，這身影陌生得讓我恍惚。

皇后、長公主、太子妃依次向我稱賀，父親與兄長稱賀，賓客稱賀。

我逐一還禮，一次次斂容低首，復又抬起臉龐，迎著眾人目光，獨立於異彩流光的中央。

少時雙鬟散去，冠簪深衣之下，萬千光華匯集一身。

父母兄長第一次站在我身後，再無人擋在我面前，張開庇護的雙臂。

堂前玉階長遠，似要將我引向漫長得不敢設想的人生，而彼端的人們離我如此遙遠。我知道，從這一刻起，年少歲月一去不返。

次日清晨，我早早被徐姑姑催促起身，天未亮就開始著衣、敷粉、梳妝。今天是我第一次以成年女子的身分，去給父母請安。

妝成，徐姑姑為我加上玉色連枝披帛，含笑退至一側，讓我轉身看向立地鸞鏡。

鏡中人斜梳螺髻垂步搖，白素為裙，煙霞為襦，腰采窄束，玉帶纏臂……

我笑著在鏡前旋身一轉，衣帶飛揚撩起幽幽香氣。「今日熏的什麼香？」我抬袖嗅去，詫異熏香與往日不同。

「郡主且看腳下。」徐姑姑笑道。

塵香履上薄玉為花，履底有薔薇香粉，從蓮瓣鏤空中細細印灑。

「真巧的心思！」我欣喜躍然，玩心忽起，提起裙襬在地上踩出淡淡薔薇色的印子，恍若無數花朵綻開塵中，一路輕靈地隨我向迴廊開去。

徐姑姑和侍女們在後邊匆忙相隨，叫著「郡主慢些」，我佯作沒聽見，將她們都拋在身後……

恰是雨後初晴，清晨的微風吹落廊外桂花，紛紛揚揚，撒落一地細碎香蕊。

待我轉過東廊，迎面便見了哥哥——漆紗小冠，白衣廣袖，手持犀柄麈尾翩翩而來。

他駐足廊下，將我看了又看，一雙斜飛的秀眉挑得老高：「誰家女兒生得這樣俊俏，可比我家的野丫頭美多了。」

我高揚起頭，學他挑眉的樣子：「這又是哪裡來的輕薄兒，慣會裝模作樣！」

「嘖嘖，凶起來也是巧笑倩兮，美目盼兮。」他越發裝腔起來，烏黑眸子透出促狹笑意，曼聲謔道：「莫非是齊侯之子，衛侯之妻，東宮之妹……」

我奪了麈尾，揚手打去，才將後面的渾話截住。

哥哥笑著躲開，口中兀自戲謔：「衛侯，衛侯，我家小阿嫵的衛侯在哪裡？」

我咬唇，耳後直熱，雙頰瞬間發燙。

「哪來什麼衛侯，你也不是東宮。」我繞過花樹，將麈尾朝他擲去。「盡說些渾話！」

「雖不是也，亦不遠也，難道妳不是東宮之妹，莫非子濟……」

聽見這名字，我心一跳，急急截住他的瘋話：「叫爹爹聽見不掌你的嘴？拿誰比不好，偏拿個薄命的！」

哥哥一怔，想起《碩人》所頌的美人莊姜果真薄命不祥，忙掩了口：「罪過罪過！」

這惡人嘴上討饒，卻又笑著湊過來，將話一轉：「昨日為兄替妳占了一卦，依卦象所示，我家阿嫵今歲紅鸞星動，將遇良人。」

我探手向他脅下撓去，哥哥最怕癢了，慌忙閃身躲讓，與我鬧作一團。侍女們看慣我與哥哥嬉鬧，退在一旁也不避忌，紛紛掩脣而笑。

徐姑姑啼笑皆非地將我攔住：「郡主快別鬧了，相爺已回府了。」

哥哥趁機抽身，揚長而去，笑聲在簌簌而下的落英間飄遠。

我一甩衣袖朝徐姑姑嗔道：「每次都偏袒哥哥，妳最偏心了！」

她掩口而笑，姿態秀雅，悄聲道：「行過笄禮便該出閣了，歲末離人當歸，難怪紅鸞星動……」侍女們在身後輕笑。

只有自小陪在身邊的錦兒安靜乖巧，沒有取笑我。

我羞得說不出話來，一跺腳道：「錦兒，我們走，不理她們！」說罷，我轉身掩飾著雙頰發熱的窘態，直往母親居處快步而去，而身後笑聲依舊盈盈不絕。

「郡主當心。」錦兒追上來，在階上攙住我。

我拂開她的手，羞惱未消，抬眼卻見廊外有風吹過，細碎紛黃的桂花撲簌簌掉落，馥郁襲人。

今年的桂花開得早了些，現在便已凋落。

心念忽動，驚覺桂子開謝，已是秋深，歲末當真不遠了。歲末，歲末，他真能回來嗎……

雖聽母親私下說起，聖上有意召他提早回朝，可姑母又說守孝之期，三年未滿，皇子身為天下表率，不可不守孝制。徐姑姑只聽母親那樣講，卻未曾聽見姑母的話，她是不會懂的。

我自然明白深宮裡有許多無奈之事，可他們卻總以為我仍不懂。

我怔怔地望向遠處朦朧天色，嘆了口氣——皇陵偏遠，被遙隔於重山之外，此時已漸入秋涼了吧。

一時間，惆悵暗生，說什麼紅鸞星動，將遇良人……我的良人去了皇陵，為他母妃守孝，未滿三年之期，怎能回來娶我。

三年，不知道是多漫長的時光。

一直站在我身側的錦兒忽而細聲說：「郡主終歸是要等到殿下回來的。」

我臉上一熱。「錦兒，妳也來多嘴。」

錦兒低了頭，知道我不會真的惱她，繼續柔聲道：「除了殿下，誰還配求娶王氏之女？」

風流

我出身琅琊王氏。

母親是當今聖上的親姊，最受太后寵愛的晉敏長公主。

姑母入主中宮，母儀天下，成為王氏一門第五位皇后，延續了王氏被尊為「后族」的榮耀。

我的名字叫王儇，受封上陽郡主。

從太后到太子妃，卻都只叫我的乳名——阿嫵。

而我小時候，也總分不清皇宮與相府哪個才是我的家。

自我記事起，幼年大半辰光都在宮中度過，至今鳳池宮裡還留著我的寢殿，任何時候我都可以直入中宮，任意在御苑嬉戲，與皇子們一起讀書玩耍。

當今皇上沒有女兒，只育有三位皇子，太后唯一的女兒就是我的母親。

姑母曾戲言：「長公主是天朝最美的花，小郡主便是花蕊上最晶瑩的一粒露珠。」

我一出生就被太后抱入宮中，養在她身邊，在外祖母、母親與姑母的無限寵愛中長大。

皇上和姑母一直很想有個小公主，可惜，姑母卻只有子隆哥哥這一個兒子。

而皇上對我的疼愛似乎比太子還多——他有烏黑鬍鬚與一雙柔軟白皙的手，他會將我抱到膝上餵食新橘，讓我扯了他的龍袍抹嘴；在他批閱奏疏時，讓我趴在一旁睡覺，直到姑母將我抱走，抱回昭陽殿的鳳榻上安睡。

我喜歡姑母的鳳榻，又深又軟，陷在裡頭誰也找不著我。

母親領著哥哥來帶我回府，我不肯走，說家裡沒有這樣的鳳榻。

年少精怪的哥哥揶揄說：「阿嫵好不識羞，只有皇后才睡鳳榻，莫非妳想嫁給太子哥哥？」

母親和姑母都笑起來。

「她哭起來好凶，我不要娶。」太子子隆壞笑，又想扯我的頭髮，被我揮手打開。

那年我只七歲，不大明白什麼是嫁娶，只討厭子隆哥哥總欺負人，生氣說：「我才不要做皇后！」

姑母撫著我的臉，微笑嘆息：「阿嫵說得對，鳳榻太深，難得好眠，還是不做皇后的好。」

沒隔幾年，姑母卻改變了心意，竟然真想讓子隆哥哥等到我及笄，迎我做太子妃。

太后、皇上與母親全都不允，姑母無奈作罷，任皇上親自選中了謝家阿姊。

太子妃謝宛如，才貌嫻雅，溫柔敦厚，年長我五歲，曾與我一同在謝貴妃宮中學琴。謝妃琴技天下無雙，她是三皇子子澹的母親，也是宛如姊姊的姑媽。

她們謝家的人都生有修長柔軟的雙手，與溫暖清澈的眼睛。我喜歡這樣的人，而姑母卻不喜歡。

太子哥哥大婚後，也對宛如姊姊不冷不熱，在東宮置了成群的姬妾。無論宛如姊姊多麼賢淑溫惠，她終究是謝家的女兒。

姑母厭惡謝貴妃，厭惡所有的謝家人，尤其厭惡謝妃的兒子——三殿下子澹。

我悄悄地以為，除了姑母，世上再沒有人會不喜歡子澹。

他是那樣美好的一個人。

比太子哥哥與二皇子子律好，甚至比我家哥哥都好。

我與哥哥自小入宮伴讀，與皇子們相伴長大，宗室中再沒有女孩比我更瞭解他們。

仗著太后寵溺，少時的我們總是無法無天地玩鬧。

而不管闖下什麼禍，只要躲進萬壽宮，賴在外祖母懷裡，任何責罰都會被她擋得遠遠的，連皇上也無可奈何。她就像華蓋穩穩籠住我們，讓我們永遠不必擔心會有風雨。

那時鬼主意最多的總是哥哥，闖禍最多的是太子子隆。二皇子子律體弱多病，孤僻寡言，常受太子欺負。我有時看不過太子捉弄人，也會不服氣地幫子律哥哥說話。

每當這時候，從不與人相爭的子澹，就會靜靜地站出來護著我，在我跟前做永遠的擋箭牌。

這個溫潤的少年，承襲了皇室高貴的氣度，性情卻淡泊，一如他那柔弱善感的母親，彷彿天生就不會為任何事情失態。不論旁人怎樣，他只會用那雙清澈的眼睛，靜靜地注視你，讓你也無法對他生氣。

在我眼裡，子澹一直是最好的。

那些無憂歲月，在不經意間飛逝如電。

豆蔻梢頭，青澀年華，少時頑童漸漸長大。

不記得什麼時候起，哥哥與殿下們一出現，總引來宮人女眷張望的目光。尤其哥哥經過的地方，總有女子隱在廊下帷後悄悄地窺望。

每有聚宴遊春，那些驕矜高貴的世家女兒們，蘭心巧妝，欲博哥哥一顧一笑。

可其實世人皆道，京華美少年，王郎居第二，而風華猶勝一籌的，正是三殿下子澹。子澹貴為皇子，風儀俊雅，才貌非凡，卻從不像哥哥那樣流連於女兒家的顧盼秋波——他的目光只停留在我身上。

我說什麼，他都微笑傾聽；我去哪裡，他便陪到哪裡。連皇上也笑他是痴兒。

那年皇上壽筵，我們並肩祝酒，薄有醉意的皇上抬手揉眼，跌落了手中金樽，笑著對身側謝妃說：「愛卿，妳看，九天仙童下凡給朕賀壽來了！」

謝貴妃輕柔地笑著，望著我們。

姑母卻鳳目生寒。

壽筵之後，姑母告誡我年歲漸長，男女有別，不宜再和皇子們走動親近。

我不以為意，仗著太后的寵溺，依然背著姑母去謝妃宮中學琴，看子澹作畫。

延昌六年，仲秋，孝穆太后薨。

那是我第一次經歷死亡，不管母親流著淚怎樣勸慰，我都不肯接受這個事實。

大喪過後，我仍如太后在世時一樣，天天跑去萬壽宮，抱著外祖母最喜歡的貓兒，獨自坐在殿裡，等待外祖母從內殿走來，笑著喚我「小阿嫵」……

宮人來勸我，被我發怒趕走，我不許任何人踏進殿來打擾，怕她們吵擾，外祖母的魂魄就不肯回來了。

我坐在外祖母親手種下的紫藤旁邊，呆呆地看著秋風中枯葉零落——原來生命如此易逝，轉眼就消弭於眼前。

秋日輕寒，透過薄衣單袖鑽進身子，我只覺得冷，冷得指尖冰涼，冷得無依無靠。肩頭忽有暖意，一雙溫暖的手輕輕將我攏住——我竟沒覺察何時有人到了身後。

我愣怔間，熟悉的雙臂從身後環抱住我，將我攬在他胸口——他襟袖間淡淡的木蘭香氣充盈了我的天地。

我不敢轉身，不敢動彈，茫然聽見自己的心跳如鼓，周身卻軟綿綿地失了氣力。

「祖母不在了，還有我在。」他在我耳後低喃，語聲憂傷而柔軟。

「子澹！」我轉身撲入他懷抱，再也忍不住眼淚。

他捧起我的臉，垂眸看我，眼裡蘊有一種我從未見過的迷離，自他衣襟上傳來的親密又陌生的男子氣息，讓我不知所措——似茫然，似慌亂，又似甜蜜。

「看見妳哭泣，我會心疼。」他將我的手捉了，貼在自己心口。「我想看見阿嫵笑。」

我怔怔地說不出話來，整個人都快要融在他的目光裡，從耳後到臉頰都起了炙熱的溫度，熱到滾燙。

一片落葉飄墜，恰落在我的鬢間。

子澹伸手拂去那片葉子，修長的手指拂上我眉間，一點奇妙的戰慄透過肌膚傳進身體。「別蹙眉好嗎？妳笑起來，多美。」他的臉上也有了紅暈，靜靜地將臉頰貼上了我的鬢髮。

這是子澹第一次說我美。

他看著我長大，說過我乖，說過我傻，說過我淘氣，唯獨沒說過我美。他和哥哥一樣，無數次牽過我的手，摸過我的髮絡，唯獨沒這樣抱過我。他的懷抱又溫暖又舒服，讓我再也不想離開。

那天，他對我說，人間生老病死皆有定數，無論貧富貴賤，生亦何苦，死亦何苦。說這話的時候，他眉目間籠罩著輕煙似的憂鬱，還有一脈悲憫。

我的心上像有泉水淌過，變得很軟很軟，至親離去的惶恐漸漸被撫平。從此，我不再懼怕死亡。

外祖母的去世沒有讓我悲傷太久。

彼時，我還是少年心性，再大的傷痛也能很快痊癒，而懵懂情愫已在心中悄然滋長，我開始有了真正的祕密，自以為旁人都不曾覺察的祕密。

不久，哥哥以弱冠之年入朝，被父親遣往叔父身邊歷練。叔父奉皇命將往淮州治理河道，便偕哥哥一同赴任。

哥哥這一走，宮裡宮外，彷彿突然只剩下了我和子澹兩個人。

暖春三月，宮牆柳綠，娉婷豆蔻，少女春衫薄袖，一聲聲喚著面前的少年——子澹，我要看你作畫。

子澹，我們去御苑騎馬。子澹，我們再來對弈一局。

子澹，我彈新學的曲子給你聽。子澹，子澹，子澹……

每一次，他都會微笑著應允，滿足我的任何要求。

當實在被我鬧得沒有辦法了，他會故作憂愁地嘆息：「這麼調皮，何時才能長大嫁人？」

我羞惱，像一隻被踩到尾巴的貓，扭頭便走：「我嫁人與你何干！」

背後傳來子澹輕輕的笑聲，甚至過了許久，那笑聲還會在我心頭縈繞不散。

別的女孩都不捨得離家，怕行了笄禮，便有夫家來許字提親，從此遠離父母膝下，要去戰戰兢兢侍奉翁姑，相夫教子，如宛如姊姊那般活得沉悶無趣——若是一輩子都要同一個素不相識的男子朝夕相對，一直到老——想起來，就那麼可怕。

幸好，我有子澹。

太子與二殿下都已冊妃，世家高門之中，身分年紀可與子澹匹配的，只有王氏女兒。反之，也只有皇子可配長公主與宰相之女。

皇上與謝妃都樂見子澹與我親近，而母親也早已默許了我的心事。只有姑母與父親，對此不置一詞。

每當母親在父親面前委婉提起，父親總是神色冷淡，以我尚未成年為由，略過不言。我在宮中長大，五歲之前得見父親的時候都不多，與他不甚親近。

長大後雖知父親也極愛我，卻總是多了威嚴，少了親暱，但父親似乎也奈何不得。而我的親事，只要皇上賜婚，是誰也不能違逆的。子瞻已經十八歲，到了可以冊妃的年齡，若不是我還未及笄，謝妃早已向皇上請求賜婚了。

我真嫌時光過得太慢，總也不到十五歲，真擔心子瞻等不到我長大，皇上就糊裡糊塗地將別人賜婚給他。

等我十五歲時，子瞻年滿雙十，已是弱冠之年。

我問他：「你為什麼這樣老，等我長大，你已經快成老頭子了。」子瞻半晌不能說話，啼笑皆非地看著我。

然而，沒等我十五歲笄禮來臨，謝貴妃竟辭世了。

美麗如淡墨畫出的一個女子，彷彿歲月都不捨得在她身上留下痕跡。不論姑母如何強橫，謝貴妃從來不與她爭，也不恃寵而驕，在人前總是一副靜默柔順的姿態。

只因一場風寒，謝貴妃病勢急沉，良醫束手無策。等不及每年春天專門為她從千里之外進貢的梅子送到，就匆匆辭世了。

在我的記憶中，謝妃一向體弱多病，鬱鬱寡歡。她總幽居宮中與琴為伴，即便皇上萬般恩寵，也少見她有笑容。

她病中時，我與母親前往探望——她臥病在床，妝容卻仍是整齊，還問起我新學的曲子……母親落了淚，而她目光幽幽，只是久久地望著我，欲語卻休。

後來，我聽子澹說，直到臨終，她也沒有流露淒色……只帶著一絲淡漠厭倦，永久睡去。

雨夜，哀鐘長鳴，六宮舉哀。

子澹獨自守在靈前，長跪不起，他頰上淚水沿著臉龐滑下。

我站在子澹身後許久，他都沒有察覺，直至我將絲帕遞到他面前。他抬頭看我，淚水落到我的手上，溼了絲帕。

脆弱的冰綃絲帕，沾了水氣便會留下皺痕，再不能撫平。我用帕子為他拭淚，他卻將我攬到懷中，讓我不要哭。原來我自己的眼淚，比他流得更厲害。

我依偎著子澹單薄的身體，陪他跪了整整一夜。而那條絲帕從此被我深鎖在匣底，因為上面皺起的印痕，是子澹的眼淚。

子澹失去了母親，偌大的宮中，他再也沒有人可以依靠。我雖還年少，卻已經懂得母族對皇子的重要。

自父親位居宰輔，太子地位日益穩固，謝家雖有太子妃宛如，卻失寵於太子。

皇上雖對謝妃有情，對幼子子澹也格外憐惜，但也對姑母有敬有忌——他可以為了寵妃，冷落中宮，卻不能輕易動搖東宮，儲君乃是國本。

後宮是帝王家事，朝堂上兩大權臣世家的爭鋒，乃是國事。

謝氏與我的家族曾經相抗多年，姑母在宮中最大的對手也是謝妃。但謝家到底是爭不過的，他們終究漸漸失勢——歷來與琅琊王氏相爭的人，少有善終。

琅琊王氏，自開國以來，一直是士族首領，與皇室世代締結婚姻，執掌重權，在世家中聲望最盛，鴻儒高士層出不絕，銜領文藻風流，深受士人景仰，是為當世第一高門。

自王氏以下，謝氏、溫氏、衛氏、顧氏，四大望族同為中流砥柱，士族高門的風光，一直延續到肅宗時期。

當時三王奪位，勾結外寇發動叛亂。

那場戰爭整整打了七年，士族菁英子弟，多半都熱血激揚地上了沙場。太平盛世之下，誰也沒有想到，那場仗會打得這麼久。

鮮衣怒馬的貴族子弟只想著馳騁沙場，建立不世的功業，可多少年少才俊，最終卻將他們滾燙的熱血和鮮活的生命永遠留在了疆場。

大劫過後，士族元氣盡傷。

連年征戰，致使農耕荒廢，百姓流離失所，更遭逢經年不遇的大旱，死於饑荒和戰亂的黎民數以萬計。世族子弟不事稼穡，代代依賴田產農租為繼，驟然失去了財力支撐的世家，再無力支撐龐大的家族，門第傾頹於一夕之間。

亂世之際，寒族出身的武將，卻在疆埸上軍功累升，迅速掌握了兵權。昔日備受輕慢的卑微武人，逐漸接近權力的頂峰，與世家分庭抗禮。

那個煌煌盛世的時代，終於一去不返。

數十年爭鬥下來，各個世家紛紛失利，權勢不斷地被併吞著。最終剩下的不過是王謝顧溫等寥寥幾家，外抗武人，內裡又自爭鬥，其中尤以王謝兩族結緣最深。

王氏族系龐大，從琅琊故里到京師朝堂，從深宮內闈到邊塞軍帳，均有王氏盤根錯節的勢力，深植在整個皇朝的根基之中。尤其到了這一代，王氏既是后族，又居宰輔，更兼兵權在握。

我的父親以兩朝重臣，官拜左相，封靖國公。而兩位叔父，一個統轄禁軍，拜武衛將軍；一個署理河運鹽政，遠鎮江南。甚至朝野上下乃至各地州郡，廣布父親的門生。

要想輕易動搖我的家族，只怕沒有人可以辦到，連皇上也不能。

我真正明白王氏作為門閥世家之首，權勢之強橫，正是在謝妃死後。而貴為皇子的子澹，在母親剛剛故去之時，便被一道詔書，逐出宮廷。

按禮制，母喪，守孝三年。

昔日皇家並沒有嚴格恪守此制，往往其只在宮中服孝三月，便可從宗族中擇人代替自己，往皇陵守孝至期滿，只是若要婚娶，仍需三年孝滿。

然而，謝妃喪後，一道懿旨頒下，稱子澹純孝，自請親赴皇陵，為母守孝三年。

姑母行事之強橫，是我萬萬沒想到的——她想拔去子澹這眼中釘已有多年，如今謝妃一去，她再無忌憚。

無論我跪在昭陽殿外如何哀求，姑母都不肯改變心意。

我知道姑母從來不願讓王氏女兒嫁給子澹，不願謝妃的兒子因聯姻得到更多庇護。

可是子隆哥哥已經是太子，是不可動搖的東宮儲君，子澹與世無爭，對帝位絕沒有一絲非分之想，我不明白姑母為何還要忌憚他，連容他在父皇膝下侍奉盡孝都不肯，定要將他遠遠逐走，將他帶離我身邊。

生平第一次，我不願相信昭陽殿裡戴著鳳冠的人是我嫡親的姑母。我在昭陽殿外跪到深宵，驚動母親夜入中宮，姑母終於出來見我。

她高高在上的神容不見了往日慈愛，眉梢眼底都是冷硬。她抬起我的下巴：「阿嫵，姑母可以疼妳，皇后不能疼妳。」

「那就求您多做一次姑母，少做一次皇后。」我強忍著眼淚。「只這一次。」

「我十六歲戴上這后冠，何嘗有一日能脫下。」她冷冷地答。

我僵直了身姿，淚如雨下，任憑母親垂淚相勸，也不肯甘休。

姑母向我母親低下了頭，看不清她的神色，只聽她低聲說：「長公主，即便今日阿嫵恨我，終有一日她會謝我。」

母親哽咽。

我拂袖起身，退後數步，看著她們華美宮裝下悲戚的樣子，心底對這冷冰冰、空洞洞的天家盡是絕望，再也說不出話來，只是對姑母緩緩搖頭——我不會記恨，也永遠不會感激她。

我離開昭陽殿之時，以為還有最後的希望——皇上，既疼惜子澹又寵愛我的皇上，是我的姑丈也是舅父。

我求他降旨留下子澹。

他看著我，疲倦地笑了笑說，皇陵是個安全的地方，守孝也沒什麼不好。

他坐在御案後，瘦削的身子陷在金碧輝煌的龍椅裡，像一夕之間老去了十歲。謝妃死後，他也病了一場，許久沒有上朝，至今還在養病。

我記不清從什麼時候起，他變成了一個陰鬱的老人。從前會將我抱在膝上，餵我吃新橘的那個人已不知去向，我再也見不著他清朗和悅的笑容。

他不喜自己的皇后，甚至不喜太子，只有偶爾對著子澹時，才像一個慈父，而不是莫測高深的皇帝。

可如今他卻任憑皇后逐走自己最鍾愛的兒子。我不明白他到底是怎樣的父親，怎樣的皇帝。

看著我的淚眼，他嘆息：「阿嫵這般乖巧，可惜也是姓王的。」從他眼中，我看到了一絲身不由己的厭惡。

這目光將我餘下的哀求凍結成冰，碾碎成灰。

子澹離京的那天，我沒有去送他，記著他說過，見我流淚他會心疼。

我希望子澹能如往日一般微笑著離去，他是我心中最驕傲高貴的皇子，不要被任何人看見他的悲傷和眼淚。

子澹的車駕行至太華門，我的侍女錦兒會等候在那裡。

我命錦兒帶去一只小小木匣，裡面有一件東西，會替我陪伴在他身旁。

他出城的時候，我悄然立在城頭，遠遠地望著錦兒跪在他的馬前，呈上匣子。

子澹接過看了，久久駐馬停立，紋絲不動——我看不見他的神情。

錦兒朝他叩拜，彷彿也哭泣著說了什麼話。

他驀地揚鞭催馬，絕塵而去，再不回頭。

風雨

笄禮過後，日子平靜如舊，桂子落盡便到了深秋。

皇陵那邊依然沒有傳來任何消息——哥哥說的紅鸞星動果真只是渾話。

母親又要去寺裡長齋禮佛了，問我可要同去。我正好也有些厭倦了京中浮華日子，便應了下來。

這日，我正與母親商議著如何布置山間別館，要帶哪些物什，卻聽見父親與哥哥下朝回來，帶回一個轟動帝京的消息——豫章王凱旋，不日還京。

月餘之前，捷報傳來，我朝南征大捷。

豫章王大軍遠征南疆，一路勢如破竹，擊敗南夷二十七部族，夷酋逐一歸降，將我朝疆土向南擴展千里，直抵海域，震懾四方，動盪了多年的南疆至此終於平定。

捷報傳來，朝野振奮，哥哥也為之激越，將戰事繪聲繪色講給我聽。

父親對戰事憂心許久，接到捷報反而平淡，雖有欣慰，也像有什麼隱憂。我問哥哥這是為何。

哥哥說，父親喜的是南疆平定，憂的是豫章王這一勝，寒族武人的權威更加壯大了。

今上登基之初，北方突厥犯境，南夷滋擾，邊患不斷。朝中國庫空虛，疫病橫行，各地官吏趁亂中飽私囊。窮極生惡，在建安六年終於釀成十萬災民之變。叛亂四起，皇上調集各藩鎮大將平亂，武將們卻趁征戰之機，擴充實力，擁兵自重，一大批寒族武人的勢力漸漸崛起，逼迫朝廷不得不以高爵大權相籠絡。其中最得勢者，由卒至將，由將至帥，破了異姓不得封王的先例，成為當世第一個異姓藩王。

此人便是豫章王，蕭綦。

我當然聽過這個名字。

上至宮廷，下至市井，無人不知豫章王的赫赫威名。

他出身扈州庶民，十六從軍，十八升為參軍，隨靖遠將軍征討突厥。朔河一役，他率百餘鐵騎，奇襲敵後，燒盡糧草輜重，以一人之力殺敵過百，堆屍成山，雖身受十一處重傷，竟得以生還。蕭綦一戰成名，受靖遠將軍器重，從參軍一躍而為裨將。

他駐守邊關三年間，擊退突厥百餘次進犯，陣前斬殺突厥大將三十二人，連突厥王愛子也命喪蕭綦手下，令突厥元氣大傷。蕭綦乘勝追擊，收復了被突厥侵占多年的朔河以北三百里肥沃土地。

至此，蕭綦威名遠震朔漠，封寧朔將軍，北疆百姓以「天將軍」呼之。

永安四年，滇南刺史屯兵自重，勾結白戎部族，自立為王。

寧朔將軍蕭綦奉旨征討，強行在崇山峻嶺中開出棧道，出其不意直襲叛軍心腹，斬殺叛將。

白戎王挾持城中婦孺，激怒了本欲將其招降的蕭綦，屠城而過，將白戎滅族，叛軍首領盡數梟首。這一役，蕭綦以平南之功，拜定國大將軍。

永安七年，瘟疫肆虐的南方叛亂又起，定國大將軍再度領軍南下，在遭遇洪災之後，糧草不繼，苦戰拒敵，幾番身陷險境，終於被蕭綦殺出重圍，孤軍直入叛軍腹地，一夜連下三鎮，殺得叛軍望風披靡，退守不出。

蕭綦於陣前接到嘉賞的聖旨，封爵豫章公。

次年，大軍休整之後，蕭綦率軍浩蕩南下，截斷南疆蠻族與叛軍的勾結，將剩餘叛軍一路追擊，全殲於閩地。蕭綦以此奇勳，封豫章王，成為當朝皇族之外，唯一的異姓藩王。

如今南疆二十七部族也盡數降服。

近十年間，豫章王統率大軍征戰四方，力挽狂瀾，威震天下。蕭綦成為寒族武將之中，位高權重之第一人。

他一無門庭，二無淵源，僅憑一身血肉，踏過白骨累累的疆場，攀上比我父親還高的權位，至此他不過才至而立之年。

這到底是怎樣的一個人，竟傳奇至此，離奇至此。

而他的名字，我是早已聽過，從父親口中，從哥哥口中。

他們說起他，有時像在說一個令人敬畏的戰神，有時像在說一個叫人生厭的煞星。

甚至不問朝政的子澹，也曾經以凝重語氣，提到蕭綦的名字。

他說，天降此人，是家國之幸，也是蒼生之苦。

我從來沒有見過真正的將軍。

即便是叔父，也和京中許多士族子弟那樣，華冑明盔，美威儀，善行獵，在我看來，就像皇家儀禮上鑲滿明珠金玉的劍，卻不是能夠殺敵上陣的劍。他們大多到老也沒上過疆場，只在帝京外的大營和校場上每日操練，遇典禮則穿戴堂皇出來，裝點天家威儀。

我真不知道一個年僅而立，就已征伐四方，殺戮無數的將軍會是什麼樣的。

當聽到父親對哥哥說，此番豫章王回朝，皇上原想親自出城迎候，卻因龍體抱病已久，只得命太子率百官出迎，代天子犒賞三軍。身為左相的父親，與右相大人，會陪同太子一起前往。

父親叫哥哥也去城樓觀禮，好生看看豫章王的軍威。

我在旁，脫口而出：「爹爹，我也想看！」

父親和哥哥一時轉頭，驚詫於一個女兒家，竟對犒軍有了興趣。

那個鐵血金戈的世界只屬於男子，與紅粉溫柔的閨閣格格不入，女子一生一世只需藏在父兄良人的蔭庇之下，戎馬殺伐，只是一個遙不可及的傳奇。

我自己也不知道，為何突然想去看犒軍，也許只是好奇。

父親問：「妳去看什麼？」

我想了想道：「女兒想看看，上陣殺敵的將軍與不曾上過疆場的將軍有什麼不同。」

父親一怔，意味深長地笑了：「我王家女兒果然勝尋常男兒多矣。」

五日後，哥哥帶我去看犒軍。時值正午，烈日照耀長空。

我在承天門最高的城樓上，居高俯瞰，可以清楚看見豫章王入城的盛況。

成百上千的百姓早早將入城官道圍擠個水洩不通，但凡可以看見城門的樓閣，都擠滿了人。

聽說豫章王帶了三千鐵騎駐於城外，只有五百騎作為儀衛隨他入城。

我以為五百騎是很少的，姑母離宮上香一次，儀從都不只五百。

然而，當一聲低沉肅遠的號角吹響，城門徐徐開啟，自遠而近傳來的齊整震地之聲，彷彿每一下都撼動著巍巍帝京。

正午耀眼的陽光陡然暗了下去，空氣中凝結了一絲寒意，天地在這一剎那肅穆森嚴。

我屏息睜大了眼睛，不敢相信眼前所見——這是幻覺嗎？

我竟看見，無邊無際的黑鐵色的潮水，在陽光下閃爍著金屬的寒光，自天邊滾滾而來。一面巨大的黑色滾金邊帥旗躍然高擎，獵獵招展風中，赫然一個銀鉤鐵畫的「蕭」字。黑盔鐵甲的鐵騎，分作五列，嚴陣肅立。

一人重甲佩劍，盔上一簇白纓，端坐在一匹通身如墨的戰馬之上，身形筆挺如劍。

他提韁徐行，一馬當先，身後鐵騎依序而行，步伐齊如一人，每下靴聲都響徹承天門內外，震得大地隱隱顫抖著——這就是傳說中如魔似神的人，這就是傳說中戰無不勝的軍隊。

敵寇之血洗亮鐵甲，將軍手中長劍怒指蒼穹，劃過四方邊疆，耀亮天闕——皇族之外唯一的異姓藩王，戰功彪炳的定國大將軍，世人口中恍如神魔的人。

豫章王。

這三個字有如魔咒，瞬間令我想到了殺伐、勝利和死亡。

城下禮樂齊鳴，金鼓三響，太子著朝服，率百官從承天門內走出，天家儀仗赫赫，明黃華蓋，羽扇寶幡，兩列禁軍甲冑鮮亮，駐馬立於兩側。

那黑甲白纓的將軍，勒韁駐馬，右手抬起，身後五百鐵騎立時駐足，行止果決劃一。他獨自馳馬上前，在十丈外下馬，除盔，按劍，一步步走向太子。

他離我如此之遠，遠到讓我無法看清他的面目，雖只是遙遙望去，卻已讓我生出壓迫窒息之感。

蕭綦佇立於太子五步之外，以甲冑在身，只屈一膝側跪，微微低頭，按劍為禮。連低頭的姿態也如此倨傲。

太子展開黃綾，宣讀犒賞的御詔。

朝服莊嚴的太子，身姿修長，金冠粲然。

然而在那一襲黑如暗夜的鐵甲之前，所有的光彩都被奪去，被凝注到那雪色盔翎上，正午陽光照得黑白二色熠熠生輝，似有寒芒閃耀。

太子宣詔畢，蕭綦接過黃綾詔書，起身，轉向眾將，巍然立定，雙手平舉詔書。「吾皇萬歲。」這個聲音威嚴沉肅，連我在這遠處城樓都能隱約聽到。潮水般的五百黑甲鐵騎，齊齊發出震天的三呼萬歲之聲，撼地動瓦，響徹京城內外。所有人都被淹沒在這雄渾的呼喊聲中，而赫赫皇家儀仗的馬匹，竟也被這聲勢驚得侷促不安。

左右禁軍無不是金盔明甲，刀劍鮮亮，而這黑色鐵騎，連甲冑上的風霜征塵都未洗去。在他們面前，風光八面的禁軍成了戲臺上的木偶一般。

他們才是萬里之外喋血歸來的勇士，曾用敵人的熱血洗亮自己的戰袍。那刀是殺敵的刀，劍是殺敵的劍，人是殺敵的人。

殺氣，只有浴血疆場，身經百戰，坦然直接面對生死的人，才有那樣凌厲而沉斂的殺氣。傳聞中彷彿是從修羅血池走來的人，如今就屹立在眾人面前，凜然如天神。

我從不知道，這世間，竟會有這樣的人。

皇家天威，廟堂莊嚴，於我也只是家中閒常，不識畏懼為何物。然而此刻，遙隔數十丈之遠，我卻不敢直視那個人。

那人身上有正午烈日般熾盛的光芒，遠遠迫得我睜不開眼。

傳聞中如神似魔的人，從血海白骨中走出來的人，近在眼前，卻可望而不可即，雖然明知道他看不見城樓上的我，可我仍不自由主地縮了縮肩頭。待我想到自己是上陽郡主，為何要怕一個赳赳武夫，這才又挺直了身姿。

我心中不甘，便緊抿了脣，竭力地想看清楚那人的面貌，想看看他的容貌是不是如傳言中可怖，那雙殺人如麻的手又是什麼樣子。

我的心跳得急促，莫名畏懼又隱隱雀躍，莫名竟有一種衝動，想奔下城樓，走到近前看個仔細。

太子身側站著我的父親，他離豫章王只有數步。

思及此，我竟胸口微窒，替父親感到一驚，手心滲出了汗。我向身側的哥哥靠去，卻感到他的身子也有些僵。

哥哥一反常態，目不轉睛地望著城下黑鐵潮水般的軍陣，薄脣緊抿，搭在扶欄上的手緊握成拳，指節隱隱透白。

看畢犒軍，登車回府，到家門前，侍女挑簾，卻不見哥哥如往常般來到車前接我。我探身看去，見哥哥已下馬，只挽了絲條紫轡在手，一手撫著馬鬃，若有所思。

「公子，別發呆了，到家了。」我走到他跟前，笑著學侍女欠了欠身。

哥哥回過神來，隨手將馬鞭拋給侍從，睨我一眼。「看個犒軍也這麼歡喜。」

「哪有歡喜了……」我被他說得一愣，轉念想來，有些心虛。

「下次不帶妳瞧熱鬧了。」哥哥又來氣我。

「何來下次，又不是天天有犒軍，除非你去打仗凱旋，跟人家一樣神氣來看。」我同哥哥鬥嘴慣了，不假思索地搶白。

哥哥卻怔了怔，也不反駁，垂下目光一笑。

這人今天真古怪，我看著他逕自走入家門，不由得搖頭納悶。

我隨哥哥剛步入庭中，卻見母親宮裝高髻，偕徐姑姑和侍女們施施然而來，看似正要出門。

「娘是要進宮嗎？」我迎上前挽住母親。

「剛從宮裡回來。」母親笑道，抬腕掠了鬢髮。「還未來得及換上常服呢。」

「怎這麼早就回來了？」我奇怪，姑母總愛留母親用過晚膳才回的。

「宮裡今日夜宴，皇后且有得忙，我便不擾她了。」母親一笑。「她倒叫我與妳父親同赴宮宴，我沒那等閒氣，讓妳父親去便是了。」

聽出母親話裡不對，我轉眸一想。「皇上是要設宴給豫章王接風嗎？」

母親訝然。「連妳都知道？」

我一時得意。「何止知道，方才還同哥哥去看了犒軍呢！」

母親臉色沉了下來。「妳這孩子真不成話，打打殺殺的武人不是妳這金枝玉葉該去看的。」

我看向默不作聲的哥哥，暗自咂舌。

維護世家榮耀最最執拗的，反而是母親這皇家公主——她素來不喜寒族，厭惡武人粗野。皇上將一介武夫封王，她已頗為不屑，如今更在宮中為豫章王設宴，要尊貴的長公主也赴宴為他接風，難怪母親如此不悅。

「不過是瞧瞧熱鬧嘛……」不想惹得母親生氣，我一面軟聲哄她，一面朝哥哥眨了眨眼。

「母親此言差矣，豫章王軍容齊整，威儀不凡。」哥哥驀地開口，說出話來嚇我一跳，他竟當面頂撞母親，露出罕有的正經神色，一字字道：「兒子羞愧，今日方知，大丈夫當如是！」

我和母親都聽得呆了。

半晌，母親蹙起纖纖娥眉，茫然問我：「妳哥哥這又是犯的什麼渾？」

我忙笑道：「他書呆氣又犯了，娘不要理他，隨他去！」母親被我不由分說地挽走，顧不得數落哥哥。

我悄悄回頭瞪了他一眼，他卻兀自站在那裡，真似丟了魂一般。

當夜宮中盛宴，父親去了，很遲才歸，我在母親房中陪她刺繡，見到父親略有醉意。離開父母房中時，父親彷彿一直盯著我看，令我一頭霧水，不知是不是哪裡失儀。

隨後幾日，陰雨綿綿，而我也待在家中懶得裝扮外出。父親總是很晚回府，母親也閉門抄經，似乎人人都有事忙，只有我百無聊賴，纏著哥哥講豫章王的事來聽。眼下也沒別的事比這更新鮮有趣，我仍未能滿足好奇。可惜哥哥也沒有機會親見豫章王，那夜宮宴不比尋常家宴，他和我都沒有機會出席。

我問他知不知道豫章王長什麼樣子，他想也不想就答：「方面大耳，獅口虎髯，熊心豹子膽。」

雖知是他胡謅，想一想那等模樣，我笑得跌落了手中絹扇。

這雨越下越發綿密了，沒有停歇的意思，雨勢最大這天，宮裡卻傳話來，說姑母要見我。

我正昏昏欲睡，也無心裝扮，換了身衣裳便乘駕入宮。

姑母今日真是奇怪，把我召來，她卻不在昭陽殿中，宮人說她去見皇上了。不知她什麼時辰回來，我等得煩悶，便往東宮去找宛如姊姊。

東宮有新貢的梅子，我一邊啜著新梅，一邊將親眼看見豫章王犒軍的一幕，繪聲繪色地講給宛如姊姊聽，直把她和幾名姬妾聽得目瞪口呆。

「聽說豫章王殺過上萬人。」衛姬按著心口，神色間滿是厭憎驚懼。

另一姬妾壓低了語聲：「哪裡才只萬人，怕是數都數不過來，聽說他嗜飲人血哩！」

我頗不以為然，正欲駁她，卻聽宛如姊姊搖頭道：「市井流言怎麼可信，若真如此，豈不是將人說成了妖魔？」

衛姬嗤笑：「殺戮太重，有違仁厚，滿手的血腥與妖魔何異。」

我不喜歡這個衛姬，仗著太子寵愛，在宛如姊姊面前一貫無禮。

我挑眉斜睨她一眼，笑道：「如今外寇內患，烽煙四起，若是衛姊姊做了將軍，想必不需上陣殺敵，講一句仁厚，便能退敵千里，什麼突厥人，什麼叛軍，全都乖乖放下刀兵。」

衛姬粉臉漲紅。「依郡主之見，殺戮倒是仁者之術了？」

我擲了手中梅子，正色道：「征伐既起，即便有所殺戮，豫章王也是為國為民，他不殺敵，敵人便殺我百姓，他不仁厚，誰又仁厚？若無將軍血染邊疆，妳我豈能在此安享太平？」

「說得好。」姑母優雅沉靜的聲音在殿外響起。眾人忙起身行禮。

宛如姊姊側身一旁，將姑母迎進殿內。

姑母在首座坐下，掃了一眼面前眾人，緩聲問：「太子妃在忙些什麼？」

宛如姊姊斂容低眉道：「回稟母后，臣媳正與郡主閒敘家常。」

姑母微笑，眼裡卻沒有半分笑意。「有些什麼趣事，也說來我聽聽。」

「兒臣等，在聽郡主說豫——」宛如姊姊全無心機，竟然照實回稟。

我忙打斷她話頭，搶道：「她們在聽我講遊春的趣事，姑母，今春城外的花，開得比往年都好呢！」我一邊說，一邊挨到姑母身旁跪坐下來，親手奉上茶盞。

姑母看了我一眼，轉向宛如姊姊。「容許女眷議論朝臣，這是東宮的規矩嗎？」

「兒臣知罪！」宛如姊姊最怕姑母，一時間臉色都白了，慌忙直身跪下，身後姬妾跪倒一片。

「是阿嫵多言，錯在阿嫵。」我也跪下，卻被姑母拂袖一擋。

我抬頭觸上姑母的目光，卻見她神色有些異樣，只是側頭避開不看我。

「太子妃言行須得自重，不可再有造次。」姑母的臉色沉鬱威嚴。「妳們都退下。」

宛如姊姊領著眾姬叩首退了出去，空蕩蕩的殿內只剩我與姑母。

「姑母真生阿嫵的氣嗎？」我依偎到她身邊，小心地看她臉色，猜想她今日是不是又同聖上有了衝撞——帝后不睦，盡人皆知，可往日姑母待我，從未這樣嚴厲。

姑母不說話，直望著我，這般奇怪神色，倒讓我有些忐忑起來。

「總覺得妳還是孩子，不覺已長成這般容華，我見猶憐。」姑母脣角牽起一抹勉強的笑容，語聲溫柔，分明是誇讚的話，我聽在耳中卻是莫名不安。

不等我答話，姑母又問：「子澹最近可有信來？」姑母忽然提及子澹，我心中忐忑，只是搖頭，不敢對姑母說實話。

姑母凝視我，目光有些恍惚悵惘。

「女兒情懷，姑母明白的。子澹是很好的孩子，只是，妳是王家的女兒，生在了這般門庭……」

她欲言又止，目光竟有些悽楚。

我見過姑母的疾言厲色，也見過她冷若冰霜，卻第一次見她這樣子同我說話，一定是有什麼不尋常的事，隱隱不祥之感襲上心頭，將我定住，作聲不得。

姑母伸手撫上我的臉頰，指尖微涼。「告訴姑母，從小至今，妳可曾受過什麼委屈，有過什麼不情願？」

我呆了呆，要說委屈，要說不情願，自然是子澹的離去，可這話又豈能對姑母說。我低頭想去，除此之外，也再無人能讓我委屈勉強。

「有的，子隆哥哥總欺負我。」我佯作嬌痴，希望能哄過姑母，不要再問我這麼奇怪的話。

姑母的手頓住，復又緩緩掠過我鬢間髮絲，目光幽幽，慈愛中隱有痛惜。

我害怕她這樣看我，上一次見到這種目光，是我跪求她不要逐走子澹時。此刻她眼裡傷感痛惜竟比當日更甚。

「妳已及笄，是大人了，還不知什麼叫作不情願。」姑母垂眸，笑意慘淡。「那時候，我也曾與妳一般不知憂愁，生來便被奉如掌珠，以為諸般心事都會成真，這一生會按我想要的樣子……終有一天，我明白，少年美夢會有醒來之時，每個人註定要承擔自己的命運，誰也不能永遠被庇佑在家族羽翼之下。」

我聽得迷茫驚悸，心底抽緊，如有冰冷潮水緩緩漫上來。這是什麼意思，何謂美夢醒來，什麼是自己要承擔的命運。

姑母直望著我，目光清寒迫人。「若有一天，姑母要妳受極大的委屈，放棄心中珍愛，去做一件萬般不情願的事，甚至付出極大代價，阿嫵，妳可願意？」

我心中驚跳，指尖發涼，無數念頭電閃而過，卻是一團亂麻。我想轉身逃開，不回答，也不再聽她說下去。

「回答我。」姑母不容我遲疑迴避。

剎那間我能想到最委屈、最不情願的事，自然是與子澹分離——她不要子澹娶王氏女兒，於是終究要我眼睜睜地看著旁人嫁給他嗎？

「不，我不願意！」心中陡然湧上的驚怒惶急令我微微發抖。

「姑母既知是心中珍愛，為何一定還要我放棄？」我強抑住語聲的顫抖。

「因為，妳還有比那更珍重的事需承擔。」姑母的目光深涼如水。

「什麼是更珍重？」我忍淚反駁。「在姑母妳眼裡最珍重的，對我未必重要！」

她眼裡只有后位、權勢、儲君的地位，這些與我何干，與子澹何干？

「每個人心中珍愛未必相同，抑或都沒什麼不同，但有一樣是相同的，昔日於我，今日於我，一代一代從未改變。什麼是最重要，什麼又是最值得？」

她在問我，又像是在問自己，深涼目光彷彿穿過了我，投向更遙遠的時光。她的語聲變得低啞。

「我也曾有極珍愛的人，他曾是我一生中最大的喜悅與傷悲……那喜悅傷悲，是我一人的喜悲，得到抑或失去，只我一人承受。可是另一種得失，遠比我一人悲歡更深，更重，終此一生我逃不開。那是，家族的榮耀與責任。」家族的榮耀與責任。

每一個字都不陌生，卻又像從未聽過。

聽在耳中，如有一只巨錘驟然擊中我的心，發出巨響，久久激蕩著。姑母眼中有淚光瑩然，淚光之下卻是冷冷的堅定與決絕。

她緩緩開口：「當年戰事方歇，朝中派系林立，四大世家各不相讓。我的長兄迎娶了晉敏長公主，公主下嫁帶來皇家榮耀，卻不足以支撐王氏在朝野之爭中的力量。我的妹妹，被許配給年長她許多卻手握兵權的慶陽王，而我必須擊敗那許多世家淑媛，成為太子妃，日後入主中宮，才能真正撐起家族名望與權威，壓倒宿敵的咄咄相逼，使王氏免遭今日謝家的頹敗下場。若非如此，你們今日豈能安享榮華，豈能風光無雙？」

天地在我眼前悄無聲息轉暗，曾如瓊華仙境一般的世界褪去了顏色，顯出底下的灰敗。

我從不知道，父母的錦繡姻緣，姑母的母儀天下，竟潛藏著這一番無奈因由。有生以來，我所棲居的，原來是個琉璃幻境。

而琉璃一旦有了第一條裂縫，就會順勢破裂下去，直至粉碎。

我不敢再聽，不敢再想，卻不得不望著姑母迫人的眼睛，聽著她雍容語聲中透出金鐵般鏗然。

「阿嫵，妳我出生之日，就被榮耀籠罩，無不在光環中長成。普天之下除了公主，就是我們王氏女兒最為尊貴。妳身在其中，尚無知覺。我在宮中多年，從東宮到這昭陽殿，看過多少悲辛離合，多少命數起落。妳可知那些出身卑微、家族失勢的女子，在這深宮中有多卑賤飄零，人命尚且不如螻蟻！一旦失勢落敗，任妳再烜赫的世家，落魄起來不如市井小民！」

姑母凝望我雙眼，一字一句道：「妳引以為傲的身分、容貌、才情，無不是家族的賜予，沒有這個家族，我與妳，乃至後世子孫，都將一無所有。我們享有這榮耀，便要承擔同樣的責任。」

榮耀與責任，原來一切美滿均有代價。

我僵坐住，無法呼吸，周身忽熱忽寒，心裡有烈火在燒，手足卻似浸在冰水裡。

那個與我執手走過深宮無憂歲月的少年，終究，不能娶我了。

「他會娶誰家女子？」絕望裡，尚有一絲不甘，我想知道是誰會奪走他。

「不是子澹。」

姑母目光裡有種奇異的悲哀與冷酷。

「是豫章王蕭綦求娶長公主之女為妃。」

鸞駕離開宮門，駛往回府的路。

車駕輕微搖晃，層層繁繡的垂簾隔絕了外面天光。幽暗裡，我什麼也看不見，微弱光亮照不開一天一地的冰涼。

離開時，我拭去淚痕，挺直身姿，在姑母的目光相送下，以從容高傲的姿態一步步走出東宮，穿過宮門，步上鸞車，心中只有一個念頭：不能流出眼淚，不能有可恥的軟弱……直至車簾垂下，暗影合圍，終於只剩我獨自一人。僵直緊繃的身子再也不受控制，那強大而森寒的力量，壓倒了我。

我軟軟地伏在鋪錦堆綿的車中，支撐著我走出宮門的最後一點兒意志也完全潰散去。我腦中一片空白，神思昏沉，如同墜入茫茫迷霧之中，看不清四周，抓不住一切。

即使已經離宮城很遠，姑母的話，卻還在我耳邊清晰縈繞。一句句，一字字，像用刀鋒刻進了心頭，既痛，且深。

我交握雙手，指甲用力地掐進了自己掌心——連這尖銳的痛，也衝不開我心頭溺水般窒悶。

我深深喘息，依然透不過氣來，像要溺死在無邊幽暗中。

我攀住了沉沉的車簾，用盡力氣掀開，光亮驟然刺入眼中——路邊爭睹鸞駕的人群中發出了驚呼喧譁。

前面傳來侍衛揚鞭開道，呼喝驅逐的聲音。

人群沸騰，潮水般遠遠向我湧來，只為了看一眼車中突然掀起車簾的上陽郡主，甚至甘願被侍衛的長鞭抽打。可隔著兩旁儀仗森嚴，即使擠到近前，也未必看得清我的臉。

他們卻仍爭先恐後，擠到近處的男子，奮力地推開了前面的人——踮足翹首，如痴如狂。

一個從未見過我一根手指頭的男子，為了誰痴狂如此，就為了「上陽郡主」這名頭，為了王家女兒的姓氏嗎？

我想笑，想讓他們看個清清楚楚——看吧，長公主與左相之女，流著皇室與王氏的血脈，名動天下的世家千金，就是這樣一個絕望無措的樣子，戴著釵冠，穿著宮衣，維持著可笑的高貴，走在自己也不知去向的路上。

他們看不見，世人眼裡只看到鸞車輝煌的紋章彩飾，只看到我高高在上的影子。

我是誰，是美是醜，是哭是笑，並沒有人在意。

如果我不姓王，如果沒有生在如此門庭，此刻便不會坐在高高的鑾車裡，受人爭睹……或許我會像那個賣花少女，擠在人群中踮腳張望，抑或是某個侍女，跟在車駕後面，任由塵土沾衣。

生作坊中賣花女，還是生作王氏女，原不是我選的，卻終歸由我承擔。喧譁聲中，我握住車簾，將整幅垂簾掀開，讓光亮無遮無擋地照進車中。四下人潮驟然安靜了。

我從錦繡圍遮裡現身，從大夢裡驚醒，在這絢爛秋陽下，看見世間悲喜真容。人叢中爆發了更熱烈的呼聲，鋪天蓋地的喧譁幾乎將我湮沒。

侍從驅趕向前推擠的人群，侍女們驚慌地拉起車簾，重新將我藏入深深幽暗中。

我跌回綿軟的錦墊，靠著車壁，閉目而笑，卻連一顆眼淚也流不出來。

我不知自己究竟是怎樣回到家中，也不知怎樣走進家門，恍惚裡我只念著母親。此刻只想看見她。

從前庭到內堂，短短一段路，我走了那麼久，走得那麼艱難。我到了母親房前，沒見到她的面，卻聽到了她的哭聲。

永遠儀態溫雅的母親，竟哭得如此淒厲，彷彿撕心裂肺。

我扶著錦兒的手，只覺腳下的地面直往下沉，天地微晃，整個人卻像要飄起來，望著眼前熟悉的庭院，熟悉的門，竟沒有勇氣邁進半步。

哐啷一聲裂響，驚得我一顫。

母親心愛的雙鯉青玉瓶被擲出門外，跌得粉碎，伴隨著她的悲聲：「你算什麼父親，算什麼宰相！」

「瑾若，身為長公主，妳當知這是國事，並非一門家事。」父親的聲音蒼涼無力。

我停步，立在門口，一動不動。

衣袖被錦兒牽住，傳來輕微顫抖，我側頭看去，這小小的女孩子被嚇壞了。

我想給她一個鎮定的笑，卻在她烏黑倉皇的眼中照見自己的面容，比她更加蒼白慘淡。

母親的聲音嘶啞哀慟，往日雍容盡失：「什麼公主，什麼國事，我只知道我是一個母親！為人父母者，誰不是愛兒女遠勝愛一己私利？難道你不是阿嫵的父親，難道你就不痛心？」

「這不是私利！」父親的聲音陡然拔高。

片刻冷寂，父親語聲低下去，疲憊沙啞：「這不是我一人私利，我已官至宰輔，還有什麼權位可逐……瑾若，妳是母親，是公主，我是阿嫵的父親，也是王氏一家之主，是士族之首。」

他的聲音也在微微發抖：「妳和我，不僅有女，有家，還有國！阿嫵的婚事，不只是妳我嫁女，是王氏，乃至士族與權將的聯姻！」

「讓我的女兒去聯姻，去籠絡軍心，你們滿朝文武卻做什麼去了？」母親這一句問得淒厲，針一樣扎在我心上——是的，娘，這也是我最想問的話。

你們是皇后，是宰輔，卻為何要讓我一個十五歲的女孩去做皇后和宰相都做不成的事。

父親良久沒有回答——沉默，讓我喘不過氣的沉默。

我以為父親不會回答了，卻聽到他沉痛無力的聲音：「妳以為，如今的士族還是當年的風光，如今的天下仍若當年太平嗎？」

這個聲音如此蒼老，真是父親的聲音嗎？我那丰儀英偉的父親，何時變得這樣蒼老無力？

「妳生在深宮，嫁入相府，所見所聞都是滿目錦繡，可是瑾若，難道妳真的從不知道，朝廷沉屙已久，兵權外落，民間流亂四起，當年何等烜赫的門閥世家，如今早就風光不再……妳也眼看著謝家和顧家敗了下去，哪一家不曾權勢遮天，哪一家沒有皇室姻親？妳以為，王氏能夠顯赫至今，只有阿嫵一人付出代價？這些年，我苦苦維繫周旋，但若沒有慶陽王在軍中威望，皇上未必能下定決心立儲，王氏也未必能擊敗謝家。」父親的話，如同冰水從頭澆下，將我凍住。

慶陽王，已經死去五年的人，聽到他的名字還是令我一震。

這個名字曾經是皇家軍威的象徵。

我的兩個姑母，一個是皇后，另一個便是慶陽王妃。

只是小姑姑很早就病逝了，我尚年幼，對她的記憶僅有寥寥；姑丈慶陽王長在軍中，在我印象裡，是個威嚴的老人。他辭世時，我才十歲，只記得禁軍將士，全都為他換上白纓為悼。

「自慶陽王過世，皇室和士族在軍中的勢力傾頹殆盡，再也無人為繼。」父親的聲音沉痛無奈。

那漫長的七年爭戰之後，崇尚文士風流，性好清平的士族子弟，再也沒有人願意從軍。

他們只愛夜夜笙歌，詩酒雅談，終生無所事事，也一樣有世襲的官爵俸祿。留在軍中征戰的，只剩下寒族庶人，憑一身血肉，硬打下功名，再不是昔日任人輕賤的武夫。如今豫章王蕭綦一步步崛起，軍威猶勝慶陽王當年。

「從前，寒族子弟絕無指望獲取功名，士族則天生貴冑，日久離心，難以為繼……如今士族衰頹，子弟孱弱，哪裡還有可用的兵將，放眼京中高門，妳看看誰能上陣殺敵？沒有寒族武人賣命，沒有蕭綦征伐內寇外敵，這世道早已亂了！皇上一再給他加封晉爵，及至封王，不如此籠絡，寒族武人又如何肯為天子效命？莫說求娶王氏女，他便是求娶公主，皇上也會准了！」父親聲嘶力竭，看不到他神情，也能覺出他的痛楚。

母親已說不出話來，只長聲抽泣，似肝腸寸斷。

她的哭聲將我的心緊緊揪住，像是被一隻看不見的手緊緊抓著，慢慢撕扯。

父親沉沉地道：「瑾若，妳不是真的不懂，只是不肯相信罷了。」

母親一聲哀鳴：「不，我不相信！」

我再也忍受不了，咬了咬牙，便要推門而入，卻驟然聽見，身後傳來哥哥的聲音：「父親，用一個女子的婚姻來鞏固家族權位，非大丈夫所為！」

我驚回首，哥哥竟一直站在身後。

他俊美的臉龐蒼白如紙，目光卻定定地越過我，廣袖飛揚地走過我身旁，走向父母面前。

我驚慌地伸手想攔住他，指尖被他袖角擦過，想喚他，枯澀的喉中發不出聲音。

我不假思索地追著他進房，抬頭間，淚水模糊雙眼，看不清父母的表情。

哥哥一掀衣襬，長身直跪：「父親，我願從軍！」

我一震。

父親站在那裡，胸前美髯微微顫抖，挺拔偉岸的身軀剎那間彷彿佝僂下來。母親身子晃了一晃，軟軟地跌坐在椅子上。

我奔向她，張開雙臂將她柔軟的身子緊緊抱在懷中。

她睜大美麗的眼睛，定定地看看我，又看看哥哥，嘴脣不住地顫抖。父親抬手指著哥哥，想說什麼，卻良久說不出話來。

一向敬畏父親威儀的哥哥，昂首直視父親怒容，毫不退讓：「家國榮耀是男子的事，不必犧牲女子終身！請讓兒子從軍，兒雖無能，願效慶陽王，長守邊疆！」

「胡鬧！」父親氣得揚起手掌。

母親猛地掙脫我，上前拽住了父親衣袖，仰首切齒，冷冷道：「無論是你，還是皇上的旨意，誰若奪走我的兒女，我便死在他面前。」

父親僵立如石，紅了眼角，舉起的手掌陣陣發抖。

「女兒願嫁給豫章王為妻！」我用盡力氣說出這句話，膝彎一軟，朝父母親重重跪下。

哥哥猝然抬頭，失聲叫：「阿嫵！」

父親轉頭看著我，像不認識他的女兒。

母親臉上血色在一瞬間褪盡，她直勾勾地看著我，囈語般地問：「妳方才說什麼？」

我咬了脣，挺直身子：「女兒仰慕豫章王已久，嫁給英雄男兒，是女兒的心願，請爹娘成全。」

母親踏前半步，靠近我，極緩極低地問：「妳說妳要嫁誰？」

我深吸一口氣：「我願嫁豫章王蕭綦為妻。」

耳邊脆響，頰上火辣，一陣劇烈的疼痛令我眼前驟暗——是母親拚盡全身力氣的一掌，將我摑倒在地。

我伏在冰冷堅硬的地上，只覺天旋地轉，眼前更是人影搖晃紛亂。哥哥抱起我，張臂將我護在懷中，用胸膛作我的倚靠。

母親哭叫著在父親手中掙扎，聲聲叫著我的名字：「阿嫵，妳瘋了，你們都瘋了……」

我沒有瘋癲。

我倚在哥哥懷中，心裡卻出奇地寂靜，心中更是清清楚楚地知道自己在做什麼。我對哥哥仰起臉，微微一笑。「哥哥，阿嫵沒有做錯，對不對？」

淚滴自哥哥眼中滾出，落到我臉上。

他沒有回答，抱著我的手更冷了，卻也將我抱得更緊了。我將臉埋在他胸前，閉上了眼睛。

母親再也無力掙扎，被侍女扶持著，虛脫般地跌回椅中，掩面飲泣。

父親過來俯下身，滿目悲辛，伸手輕撫我火辣辣的臉頰。「疼嗎？」

我側頭，避開了他的手，不願被他觸碰，不願再被任何人觸碰。

賜婚的旨意擇日頒下，闔府上下跪迎謝恩。豫章王迎娶上陽郡主，成為轟動帝京的盛事。

來道賀的人說豫章王英雄蓋世，說郡主德容無雙。

誰不愛看英雄美人，誰不豔羨神仙眷屬，人人稱羨這金玉良緣，天作之合。

沒有人再提子澹，好像一夜之間，他們全都忘了自己也曾說過三殿下與上陽郡主是最般配的璧人。

我想，我也應當忘了。

原來那不是我的命數，上天早已將我與子澹的緣分攔腰截斷，只是我懵然無覺。

而今，我終於明白，姻緣不關我的事，不關他的事，只關家族朝堂的事。只需利益相稱，無須門庭匹配，更無須兩情相悅。

那麼，與誰一生相守，都沒什麼不同，沒什麼可喜，也沒什麼可悲。豫章王妃，或是別的什麼王妃，於我而言皆無不可。

他們如何看，如何說，我毫不關心。

父親、母親、哥哥，每個人都對我說了許多的話，我隱約記得，又隱約不記得。

皇上和皇后召見我，說了什麼，我也不大記得。

豫章王的聘禮十分隆厚，稱得起他和我的身分。宮中賜下的恩賞也令人目不暇接。皇后賜給我的嫁妝，一連三天源源不絕地抬進家門：嫁衣、鳳冠、奇珍異寶——滿目寶光耀眼，擠得相府像座寶山。

京中好久沒有這樣盛大的喜事，去歲二皇子大婚，也沒見這樣奢華鋪排。

宛如姊姊來看我，以太子妃的身分向我賀喜。待屏退侍女，只剩我們兩個人的時候，她卻哭了。

「子澹還不知道妳被賜婚的消息。」她淒然垂淚。

「遲早要知道的。」我垂下目光，平靜地開口。

知道了又如何，倘若可以，我倒寧願是他先迎娶了別人，而不是我先另嫁。

宛如姊姊打開玉匣，裡面是她送給我的嫁妝，一支出自不世名匠之手，鑲上千年鮫珠的鳳釵，美得教人屏息。「這鳳釵，我原想在妳與子澹大婚時，親手為妳插在髻上。」她語聲哽咽。

我痴痴地看了髮釵許久，眼前浮現出子澹與我大婚的場面如蜃影，一瞬美好。合上玉匣，我淡淡道：「多謝阿姊，這鳳釵，還是留給他日後的王妃吧。」

她搖頭，取了鳳釵在手中端詳，淒然道：「換了誰，都不是妳。」

我窒住，良久，勉強一笑。「或許那是更好的人。」

她也泫然失語。

望著她越發清瘦單薄的樣子，想起幼時笑容爛漫的她，自入東宮便日漸落寞，一時心中悽愴，我脫口問道：「阿姊，為何小時候心心念念盼的，與長大後得來的總是不同？為何再好的玩伴也要分開，一個個都去遠，各自的路，南轅北轍？」

宛如姊姊回答不來，幽然抬目，一雙淚眼望定我。「妳當真自願嫁給豫章王嗎？」

「是不是自願又有什麼分別。」我抿住脣，強抑胸中悲酸，垂目一笑。「我與子澹終究無緣……豫章王是英雄男兒，嫁了他，也是不錯的。」

就讓宛如姊姊當作我是甘願的吧，讓天下人都知道我的甘願，知道我的負情。子澹會從她那裡知道我的話。

子澹會怨我，會惱我，然後會忘了我。

子澹會冊妃，會迎娶一位美麗賢淑的王妃。

子澹會和她恩愛相守，紅袖添香，舉案齊眉，一起度過漫漫時光，直至老去。子澹，子澹，子澹……大旋地轉，漫天都是他的名字，都是他的容顏。

纏綿繞縷的痛，不鋒不銳，卻慢慢地在心底至深至軟處，湮開沉鬱的鈍痛。

「那便恭賀郡主大喜了。」宛如姊姊的淚光凝在眼中，抬腕將那支鳳釵插到我鬢間，望著我的眼，笑意涼薄。

那之後，直到大婚，宛如姊姊都沒有再來看過我。

婚期很近。

豫章王不能在京中長留，還要回到寧朔，鎮守北境，突厥人在北邊正蠢蠢欲動。行完大婚，我仍會留在帝京的豫章王府中，他回他的北方大營。

於我而言，也許只是換一個住處，從家中到他的王府，會見到這個人的時候也不會太多，只要忍受過了大婚，過了那一夜……忍一忍也就什麼都過去了，徐姑姑是這樣對我說的。

她和宮中的嬤嬤開始教導我新婚婦人需懂得的那些事了。

這原是母親該教我的，但母親氣病了，不肯教我，甚至閉門不肯見我，更不見父親和姑母。

我的婚事沒有因她的執著、無效的反抗而改變分毫——一切如常籌備。我這待嫁新婦僅學習大婚前後禮儀就已筋疲力盡。

晨昏朝暮，在混沌匆忙中無聲滑過。我等待嫁期如囚徒等候蹈刑。

一恍惚一愣怔間，總有青衫翩翩身影浮現眼前，我知道子澹不會出現，卻又忍不住幻想他會突然來到我身邊，帶著我遠走高飛……這只是我的夢，某一夜曾讓我笑著醒轉的美夢。

我只夢見子澹這一次，卻夢見另一個人三次。

夢中的那個人，遙遠模糊，卻有異常清晰的名字，蕭綦……看不清他的身影，從未見過他的容顏，卻有犒軍時那驚鴻一瞥，在眼前揮之不去。他在我的夢中，一次周身浴血，一次變作通天巨人，一次策馬向我衝來，每次都令我一身冷汗驚醒，呆呆挨到天明。

蕭綦，這個名字，就要與我相繫一生了。

從此我將不再是上陽郡主，而將以豫章王妃這個新的身分，與一個素昧平生的男子走向不可知的此生。

我出閣那日，傾城爭睹。

大婚按公主之禮，夜半始妝，梳合歡廣髻，簪珥加步搖，繡衣黃綬。

天未亮就向父母跪恩辭行，隨後入宮謝恩，黃門宣旨，登輿出宮，鐘鼓奏鳴。儀仗過處鋪設百子錦帳，紅綃華幔，翠羽寶蓋，六百名宮人儀衛前後簇擁著我所乘的寶頂六鳳鑾輿，逶迤如長龍，一路撒下的金屑花瓣，飛揚了漫天碎紅。

我身上嫁衣像一襲錦繡重甲般地壓制住我。而我頭上鳳冠是百餘枚南海珍珠以金絲連綴，點翠繪彩，加翡翠瓔珞，金絲鳳凰的雙翼連了兩鬢珠鈿，額前垂珠，冠後長簪，沉沉蓋住了我的目光，使我只能垂首斂容，藏在自己雙手所執的合歡團扇後。

送親迎親的儀仗連綿看不到盡頭。

我就這樣被送入了豫章王府。

在渾渾噩噩中，被人導引著，行了一道又一道煩冗瑣碎的禮儀：跪拜，起身，行止，進退——恪謹恪嚴，不過不失，早已疲憊的軀殼彷彿不是我自己所有。

團扇遮擋了我的臉，脂粉掩蓋了我的倦。何如花燭夜，輕扇掩紅妝。一道紈扇隔著中間，卻扇，要等到洞房裡夫婦單獨相對。

那個人出現在眼前，我仍然看不清他，他也看不見我的模樣。

只從扇底看見他吉服下襬的森然龍紋與雲頭靴尖，透過扇子影影綽綽看見，他有極高的身量，站得挺拔昂揚——當日遠遠望見，已令我震懾生畏的人，如今近在咫尺，成了我的夫婿，在滿京公卿的注目下，與我交拜行禮，結白首之誓約。

這個世人敬畏如神魔的人，驟然闖入我的人生，此刻終於離我這樣近了。原來他也是血肉之軀的凡人。

我不再懼怕。

與其惶惶，不如坦然。

洞房之中明燭高照，我斂容正坐，等待夫婿入內，行合巹之禮。絲竹喜樂之聲從外邊直傳入內院，喜宴深宵未歇。

喜娘僕婦們環繞在側，各進吉辭，繁瑣的禮數彷彿沒有盡頭。

我又累又乏，支撐著鳳冠吉服的重負，盼望這一夜快些熬過去。

再過片刻，就要面臨平生最忐忑的辰光。可想到那個人——頓時，我心底收緊，乏意全消。

我強自振作精神，不想新婚之夜就委頓如此，在那人跟前示了弱。待我抬起目光，卻見喜娘們在交頭私語，似有什麼不太尋常。

我怔了片刻，終於察覺外面的喜樂，不知什麼時候停了。我看向陪侍在側的錦兒。

她也滿是迷茫，悄聲道：「郡主安心，奴婢出去瞧瞧。」

「且等一等。」我搖頭，又等了片刻，起身想要卸下沉重的鳳冠。

喜娘們忙攔住我，正勸阻間，聽見門外傳來匆匆的腳步聲，一個侍女叫著「郡主，郡主」，直闖進來，朝我胡亂一欠身，急得禮數也沒有了。

我蹙眉看，是母親身邊的侍女，在府中侍奉多年，不是沒有見過世面的，出了什麼事能教她亂成這樣。

她面如土色，張口便是：「郡主，不好了，長公主驚怒之下暈了過去！」

「母親怎麼了？」我大驚。

「只因，只因……豫章王……」侍女抖抖索索道：「豫章王方才喜堂之上接到軍報，突厥大軍犯境，他……他當堂脫了喜服，連夜便要離京出征！」

我恍以為聽錯。「妳是說，豫章王要走？」

侍女顫顫點頭，聲不敢出。

我一時呆立，腦中空白。

喜娘們都大驚失色，面面相覷，洞房裡陡然死寂。劇變橫生，春宵驚破。

從未見過新郎臨陣而去，棄洞房不顧的，眾人都被這變故驚得不知所措，各個噤若寒蟬。

洞房花燭夜，我的夫婿連洞房也未踏進一步，就要走了。

我連他的樣貌聲音都一無所知，就這樣被丟在洞房中，一個人度過了新婚之夜。

說什麼離京出征，就算突厥犯境，十萬火急，當面辭行又能用得了多少時間。縱然軍情如火，也未必就差了這一時半刻。

堂堂的豫章王，是他自己要求娶王氏之女，要與我的家族聯姻。不管他圖的什麼，不管在不在乎，總也是他自己要娶的。

我委屈求全，卻換來如此羞辱。

一道軍情告急的傳書，他便拂袖而去，連敷衍周全的工夫都懶得花。

我不在乎他是否跟我洞房，不在乎他是否顧全我的顏面，但我絕不容忍任何人羞辱我的父母，輕藐我的家族。

我站起身，扔下遮面團扇，直往門口走去。

喜娘們將我攔住，有的叫王妃，有的叫郡主，紛紛跪倒，叫嚷著大婚之禮尚未完成，萬萬不可走出洞房，於禮不合，衝撞不吉。

我陡然怒了，拂袖喝道：「都給我退下！」眾人震懾無言，噤若寒蟬。

我一把推開結彩張紅的洞房大門，夜風撲面，冷簌簌吹起嫁衣紅綃。我踏出洞房，疾步走向前堂，環珮瓔珞隨急行的腳步撞擊搖動。

僕從見了一身嫁衣而來的我，驚得失色，退避呆立，不敢阻擋。喜堂上賓客都散了，侍從都亂了，入目一派冷清寥落。

我看見堂前有數名甲冑佩劍的武士，當先一人似要闖進來，被人攔阻，一時間人聲紛亂。

「將軍甲冑佩劍在身，刀兵之物乃大凶，不可靠近洞房，請將軍止步。」

「末將奉王爺之命，務必當面稟報王妃。」戎裝之人的聲音強橫不近人情。

我立在堂上，冷聲道：「何人求見？」

堂前一靜，眾人驚回首，見到我俱都呆了。

那一身鎧甲的人，竟不跪拜，只按劍低頭，朝內欠身稟道：「末將宋懷恩求見王妃，事出緊急，王爺吩咐一應從權，請恕末將甲冑在身。」

我冷冷地看著他。「豫章王有何吩咐？」

那人沉默了一刻，硬聲道：「啟稟王妃，王爺收到邊關火漆傳書，急告冀州刺史作亂，引突厥犯境，三鎮失守，北境十萬火急。王爺即刻回師平亂，無暇向王妃當面辭行，特遣屬下相告，待得勝回朝，王爺自當向王妃請罪。大局為重，還望王妃見諒。」

好個豫章王，自己不辭而別，麾下一個小小將領也硬聲硬氣地欺上門來，當真囂張。

父親說得沒錯，這些擁兵自重的粗野武人，對世家、皇室都已沒有禮敬之心，狂妄至極。

我置身在虎狼般的武人之中——這就是我嫁入的將門！

夜風透衣而過，我緊握了拳，心中絕望的灰燼裡迸出火星，燒成烈火。

我緩步走向門口，在明燭光亮下站定。

鳳冠壓得頸項生疼，忍無可忍，他們聲聲說大局，聲聲要我見諒。「好，既為大局從權，這身虛禮也用不著了！」

我抬手除下鳳冠，用盡全力往地上摜去——鳳冠砸落在地，碎濺了一地明珠，瓔珞玉片也跌得零落綻裂，滴溜溜的珠子四下濺跳，打在這班武人的革靴上，濺到鐵甲佩劍上，激靈靈的脆響不絕。

那人驚呆了，見我怒擲鳳冠，鬢髮紛亂地站在堂前，竟不知低頭迴避，目光直勾勾地定在我臉上。

我含怒迎視。

他的目光在觸及我眼睛的剎那一顫。「末將惶恐！」他低頭，單膝一屈朝我跪下。後面幾人跟著屈膝跪地，身上冷硬鐵甲刮劃發出錚錚之聲。周遭王府僕從也嚇得紛紛跪倒，一聲聲叫著「王妃息怒」。

我冷冷地環視面前跪了一地的人，最終目光凝在這個一身鐵甲閃著冰冷寒光，跪如石刻般紋絲不動的軍人身上，這就是豫章王的親衛，他說他叫宋懷恩。

他的主公，我那良人，用這樣的方式讓我領教了豫章王蕭綦的跋扈強橫。我克制著雙手的顫抖，除下了束髮之纓。

女子一朝許嫁，便以五色長纓束起頭髮，待新婚之夜由夫婿親脫婦之纓，是為結髮。

「結髮為夫妻，恩愛兩不疑。」我不怒反笑，揚手將五色纓擲在宋懷恩腳下。「婚姻乃禮義之本，上事宗廟，下繼後世，君子重之，慎始善終！煩請將軍將此物轉交王爺，代我轉告，這結髮之纓，我為他代勞了！」

喜娘們慌忙勸阻，直道於禮不合，於人不吉。

「豫章王乃不世英豪，自然吉人天相，我得遇良人，嫁入將門，何謂不吉？」我冷笑，新婿走也走了，鳳冠摔也摔了，脫不脫纓，結不結髮又有什麼差別。

「末將不敢，請王妃收回此物，末將自當將王妃心意轉達王爺，望王妃珍重。」宋懷恩俯首拾起彩纓，雙手奉上，末一句話低了聲氣，不復剛才的強硬。

我一笑，冷聲道：「將軍敢直闖喜堂，還怕這區區小事嗎？」

宋懷恩面紅耳赤，一手按劍，深深俯首。「末將知罪！」

罪不在他。

看著這年輕武人銳氣盡挫，跪在堂前的樣子，我沒有絲毫快意可言，即使是當面折挫了蕭綦又怎樣，事已至此，婚是悔不了了，命也改不了了。

面對這場門閥與武人的聯姻，我心中的最後一絲希望，也破滅得如此徹底而狼狽。

一時間我心中慘然，萬念俱灰。

我望向天際無邊濃夜，仰頭間髮髻已然鬆散，一頭長髮披散兩肩，髮絲被夜風吹得紛揚。

「將軍請回，我不送了。」我轉身，穿過明燭猶照，錦繡高懸的喜堂，緩緩走向後堂。

嫁衣長裾拖曳著我的腳步，每走一步，便耗去一分力氣。

這一夜，我將自己鎖在洞房，任憑任何人懇求都不開門。

徐姑姑趕來了，哭得柔腸寸斷的母親來了，哥哥和父親也不顧禮法地來了。

我將他們全都拒之門外，誰也不想見。

可笑的喜娘們竟驚慌地收走了房中一切硬質銳器，怕我尋短見。真是多慮了，我既不覺得傷心，也不再憤怒，只是累了，累極了。

不想再對任何人強作驕傲的笑顏，我就這樣倒在龍鳳紅綃金流蘇的床上，裹著一身錦繡嫁衣，塗一臉胭脂紅妝，茫然地望著帳頂連枝合歡，鴛鴦交頸雁比翼，心中說不出是荒涼還是冷寂。

我捂著胸口，彷彿找不到跳動的痕跡，心底只覺得空空蕩蕩，一如這空空的洞房，只有我自己的影子映襯著滿眼錦繡輝煌。

朦朧裡，我依稀能夠聽見，守在門外的錦兒哽咽地對誰說著：「郡主歇下了，且讓她睡吧，別再驚擾她……」

錦兒很好。

我側身向內，將自己藏進羅帷深影裡，心口泛起一絲暖意。

夢裡誰也沒有見到，沒有父母，沒有哥哥，沒有子澹。

只有我孑然一人，赤足走在潮溼陰冷的霧靄中，看不到光亮與邊際。

驚變

時光容易把人拋，轉瞬已三年。

我斜臥廊下，四月暖風熏人醉，一片花瓣被風吹到臉上，酥酥的癢。濃醉還未褪盡，身子依舊綿軟無力，伸手時，不經意拂倒了玉壺，它滴溜溜滾下階去，灑出最後一滴殘酒，風中便平添了一縷馥郁酒香。

哥哥半月前從京城帶來的青梅酒，又被我喝光了，等他下一次尋機赴暉州，再來看我，不知又是何時了。

我慵然撐起身子，喚了兩聲錦兒，沒有人答應。

這丫頭自從離開京城來了此處，也是越發疏懶起來。

我起身赤足踏了絲履，懶懶地穿過迴廊，卻不經意瞥見院子裡那樹玉蘭，一夜間竟開得欺霜勝雪。

我有些恍惚，神思飄忽，依稀回到了家中的蘭庭。

「郡主可算是醒了，醉裡睡了這半日，連外袍也不穿就出來，當心著涼。」錦兒一面絮絮叨叨埋怨，一面將長衣披在我肩頭。

我倚著欄杆。「家裡的白玉蘭也該開花了，不知道今年的花，開得怎樣。」

「京城天氣比這裡暖和，花兒也開得早。」錦兒嘆了口氣，復又脆聲笑道：「不過這邊雖冷些，晴天卻比京城多，不會時常下雨，我更喜歡這裡呢。」

這小妮子越來越會哄人開心，見我抿唇微笑，沒有應聲，她便輕輕倚著我坐下，低聲道：「若是在暉州住膩了，不如回京看看，出來三年，郡主也想家了吧？」

我收回神思，自嘲一笑，伸展了腰肢。

「是有些想念家中的青梅酒了，不過比起這裡的神仙日子，我還捨不得回去。」

我說罷，便起身拂去襟上的落花。

「大好春光，我們出去逛逛。」

錦兒追在後面急道：「昨日王爺遣來的信使還等著郡主……等著王妃覆信呢！」

我駐足，心頭掠過一絲不耐。

「妳替我回了吧。」我頭也未回，漠然道：「瞧瞧他這次又送來些什麼，挑好玩的留下，貴重的留給徐醫官，餘下的隨妳打發。」

過兩日，徐醫官又該到了，這次得備些厚禮賄他。

母親又來信催問我的病為什麼總不見好轉，遲遲不回京，叫徐醫官很是提心吊膽，唯恐遮掩不下去。

雖說父母那裡，有哥哥做內應；而徐醫官雖膽小怕事，卻好在貪婪好財，多打點些，總能堵住他的嘴。

母親那裡還好應付，怕只怕姑母一道懿旨召我回京。

只要別再讓我回去，怎樣都行。

我實不想再踏進帝京一步，不想再回到那惡夢般的日子。

這三年，在暉州幽居養病，神仙般逍遙自在，也全拜我那良人所賜。

大婚之夜，我的夫婿連洞房都未踏入一步，就匆匆出征去了。南疆初定，北方邊患又起，突厥犯境，烽煙直逼中原。

豫章王蕭綦連夜揮師北歸，一肩擔天下，策馬平四海，朝野聞之，無不敬慕他心繫社稷，國事為先，也讚嘆豫章王妃深明大義。

父親非但沒有責怪這位佳婿不辭而別，反而上表朝廷，對他大加褒獎。姑母也對其嘉賞有加。

母親的不諒解與我的狼狽，就這樣冠冕堂皇被掩蓋下去，無人提及。可愈是如此，背後的指指點點、明嘲暗諷，愈是來得無情。

我不用親耳聞聽，也知道他們如何繪聲繪色傳述上陽郡主嫁作豫章王妃的第一夜，就被新婿撇下。

昔日天之驕女的落魄，滿足了多少人落井下石的快慰。

大婚次日，我獨自盛裝一新，平靜地入宮謝恩。

那些追逐在我身後的目光，那些等著看我悲傷落魄的人，大概都沒有如願。

隨後我像所有新婚燕爾的婦人那樣，穿上喜氣洋洋的華服，出入烜赫，宴飲如舊。

直至半月後，一場風寒襲來，我突然病倒。

病得連自己也措手不及，似乎所有力氣早都耗盡，只剩不堪一擊的空殼，被區區風寒拖延在病榻上兩月之久，終日咳嗽，瘦到形銷骨立。

最險的一夜，太醫說我性命垂危。

那夜母親在佛堂長跪祈求，以淚洗面，對父親說，如果阿嫵離去，她終此一生永不原諒父親。

父親一言不發，守在我臥房外一整夜，夜露溼透他衣襬。

我在天明時分醒來，望見床前蒼老憔悴的母親，聽見錦兒悄聲說，父親還站在門外……

那一刻，淤積在我心底的怨，頹然消散，我握住母親的手，流出大婚之後第一行眼淚。

望著喜極而泣的母親，我只覺得深深疲憊，再不想怨，也不忍懟，只想有個角落給我躲藏。

終於看夠了父母親人的小心翼翼，每個人見到我總有藏不住的歉疚。我卻寧願他們如從前一樣數落訓責，再不想忍受這般異樣的壓抑。

京城的雨季來了，我病後久咳不癒，太醫擔憂陰雨綿綿的潮溼不利康復，進言父母，讓我去南方溫暖之地休養。

叔父在暉州為官時，曾在山中修有別業，剛剛建成就被調任，那別院至今閒置。暉州氣候晴好，風物宜人，正合休養。

父母雖不捨，為著我的康健，還是將我送來了此地。

初來暉州，父母派來的僕從護衛竟有百餘人，加上醫侍，將小小別院擠得人滿為患，暉州刺史偕夫人上門拜見，擾得我煩不勝煩，終將喧雜的一干人等趕回了京城，只留下身邊幾個侍女和醫侍，總算耳目清淨。

住下來才知叔父這院子別有洞天，山居幽靜，修竹疊泉，晨見山嵐夕傍晚霞，庭中碧樹繁花，幽池飛鳥，樓臺別有情致，比之京中園林的綺華，更合我意。

最妙是叔父還在地窖裡深藏了陳年美酒。

暉州之遠，天地之大，退開一步，我竟有一種脫胎換骨，再世為人之感。

父母原以為我只是散心休養，住不多久就會回去，未料一到暉州，我竟愛上此處逍遙閒逸，自此長住下來，樂不思歸。

哥哥幫著我以財帛賄賂太醫，哄得父母不敢催我回京。

三年間，只在新歲元春與父母生辰，我才回京暫住，住上幾日便稱身體不適，動身返回暉州。

豫章王府自大婚後，我再未踏入一步。

豫章王也一直駐守北境寧朔大營，再沒有回京。嫁為人婦三年，三年不知夫婿面目。

他在邊關，我在暉州，相隔千里。

那夜我怒擲鳳冠，將彩纓交他下屬帶去，卻是七分負氣三分恨，恨不能與之決絕。他的親筆修書，卻在我病中送到，信中言辭懇切，誠摯表歉。

從此，每過數月他都遣人送來書信，更有豐厚金帛財物。

我從初時厭惡不屑，到現在也漸漸習慣，甚至覺出這武人粗魯之下的一絲有趣——莫非他是覺得有愧家室，便盡心竭力送來財帛將我供養，以為這便是為人夫婿的分內？

雖如市井商賈一般粗蠢，卻也難得實心。

他的書信總是三言兩語問安，看行文自是同一個幕僚手筆，加蓋上他的印信，便算是家書。

連字跡也未必是他手書，想他一介武夫，斷然寫不出這般落拓豪邁的好字。但總算他略知禮數，略顧夫妻一分顏面，抑或多少有些負疚。

只是我從未回書予他，連問安敷衍也懶得。

人在此間，擔著豫章王妃的名頭，便是給他的回禮了。

他那些刻板如公函的家書，初時我還看看，久了連拆看的興趣也不再有。

說來是堂堂豫章王，位極人臣，兵權在握，對家室亦慷慨，更不會出現在眼前給我添煩惱，這便夠了——多少女子嫁入夫家，再不甘願也少不得強作笑顏，侍奉翁姑，持家教子，裝出相敬如賓的體面，來給家門增光添色。像宛如姊姊貴為太子妃，更要忍受妻妾爭寵。

倒不如我這樣，省了敷衍，落得清淨。如此這般相安無事，過完一生也未嘗不可。這段姻緣，這位良人，我也該是滿意的吧。

初來還是入秋時節，看了黃葉飄盡，又看冬夜落雪，雪融春來，夏蔭漸濃……韶光易逝，流年似水，一天天，一月月，一年年……我開始覺得，自己變了。

從心底最軟弱處開始，漸漸變得堅硬，也變得涼薄。

昔日承歡父母膝下的小阿嫵已不在了，如今我是嫁為人婦的王儇。有些東西，一旦變了，再也回不去從前了。

只有哥哥不曾改變，在他眼裡，我既不是豫章王妃，也不是上陽郡主，永遠只是跟在他身後玩鬧的那個小小女孩。可是他也不能常來看我，他已入朝為官，公務纏身，僅能互通書信，一年見上寥寥幾面。

就連子澹也許久不曾出現在我夢裡。

他在皇陵守孝之期已過，皇上卻又是一道聖旨，命他督造皇陵，修繕宗廟。這一修造便是遙遙無期，不知何時才能返京。

昔日我不明白，皇上明明疼愛子澹，為何卻任憑姑母將他逐去皇陵。

如今我卻懂了。

讓子澹遠離宮闈，才是真心憐他、護他……在那權勢的漩渦中，稍有行差踏錯便是粉身碎骨。

哥哥說，當年皇上曾有易儲之心，為此與姑母徹底反目，謝妃卻在東宮廢立最撲朔迷離的時候，突然間撒手逝去。

她的死，給了皇上沉重的打擊，也令皇上明白王氏與太子羽翼已豐，之後更與蕭綦聯姻結盟，贏得了軍中權臣的支持。

改易儲君，再無可能。

作為父親，他能做的，只有護住子澹平安，將他放逐到遠離宮廷的地方，消除皇后對他的忌憚。

如今我才明白皇上的苦心，而子澹，一直都是明白的。

所以他默默離去，自始至終沒有一聲反抗。

此生緣盡，我已嫁為人婦，只在偶爾午夜夢迴，為遠在皇陵的子澹，遙祝一聲安好。

暉州位於南北要衝，交通通衢，河道便利，歷來是商賈雲集的富庶之地。這裡天氣和京城很是不同，不像京城多雨，夏來鬱熱，冬來陰冷。

四季分明的暉州，一年到頭總是陽光明媚，天色明淨疏朗。

自古南北兩地的百姓不斷遷徙，混居於此，此地民風既有北人的爽朗質樸，又有南人的溫和靈巧，即便在饑荒之時，此地也少有天災，魚米富庶。

暉州刺史吳謙，是父親一手提攜的門生，也是昔年名噪一時的才子，很受父親青睞，在任四年頗有不俗政績。

自我在暉州住下，吳大人一直殷勤照拂，吳夫人也常來拜望，唯恐稍有不周，對我百般奉迎。

對攀附裙帶的官場奉迎，我素無好感，卻偏偏不忍回絕吳夫人的殷勤。

吳謙憑著一方政績和我父親的提攜，仕途順暢，升遷有望，本無須迎奉於我。只是他膝下獨生女兒已近成年，長年隨父母外放在暉州，無從結識京中高門子弟。如今婚嫁之齡將近，吳氏夫婦心中焦慮，只盼為女兒找個好人家，嫁入京中，攀上好門第。

天下父母心，為兒女牽掛，竟至於此。

我也有心幫著吳家女兒物色一門親事，卻想不出京中那些紈褲子弟，哪個才算得上是好歸宿。

這兩天，城裡最熱鬧的事情，莫過於「千鳶會」。

春日賽紙鳶，本是京中習俗，盛行於世家女眷之間。

每到陽春三、四月，京中仕女們總要找來能工巧匠，做出美輪美奐的紙鳶，邀約親眷閨友去郊外踏青、宴飲、賽紙鳶、賞歌賦……暉州原本沒有這習俗，自我來後，卻年年由吳夫人親自主持，邀集全城望族女眷，四月初九，在瓊華苑辦「千鳶會」。

錦兒暗裡取笑她們附庸風雅。

我倒感激吳夫人用心良苦，多少解了思鄉之情，總是一番心意。能在暉州親手升起紙鳶，是幽居獨處時光裡莫大的欣慰。

往年在家中，哥哥總能找到最巧手的工匠為我做紙鳶，再親筆繪上他最擅長的仕女圖，題上我所賦詩詞。

我們的紙鳶放飛出去，任它飄搖，也不在意。外人偶然拾到，卻奉為至寶，競相出價爭購，時人名之「美人鳶」。

今年不知哥哥又會為哪家閨秀繪製美人鳶呢？錦兒說得對，我是真的有些想家了。

暉州的紙鳶再熱鬧，也比不了家中哥哥親手所繪，我想著，三年的避世幽居也夠久了，勞父母如此牽掛，是我的不孝——過了這個春天，我是該回家了。

四月初九，瓊華春宴。

芳菲仲春，群芳爭妍，暉州名門閨秀雲集，但凡有些身分地位的人家，都來了女眷。

許多人家都同吳夫人想的一樣，那些韶齡女子都企盼在千鳶會上，一展風姿，得到豫章王妃的青睞，得以攀附高門。

在她們眼中，我是高不可攀的貴人，是一念之間可以改變她們命運的人。她們渴望被貴人改變命運，卻不知我的命運也不過為人擺布罷了。

我在吳夫人與一眾貴婦的隨侍下，步入苑中。眾姬俯身見禮。

一眼看去，春日嬌娥，紅紅翠翠，各自爭妍。

三年前的我，也有這般巧心巧手，曾一個月裡天天梳不同髮式，換不同新妝，引宮中競相效仿而自得其樂。

自來暉州，卻日漸疏懶，脂粉釵環都嫌累贅。今日赴宴也是一身流雲紋錦深衣，素帛緩帶，髮髻低綰，宛如姊姊所贈的鳳釵是唯一不離身的首飾，除此再無半粒珠翠點綴。

而此時我置身於這些芳華正好的女子之間，恍惚覺得，我已老了。

禮畢宴開，絲竹聲中，彩衣舞姬魚貫而出，蹁躚起舞。伴著絲竹樂舞，苑中率先升起一只絳紅撒金的蝴蝶紙鳶，盈盈隨風而起。形貌富麗，並無靈氣，所花工夫卻是不少，看來是吳家千金的手筆。

我淡淡笑道：「薄翅膩煙光，長是為花忙。」

「小女技拙，讓王妃見笑了。」吳夫人欠身，口中謙辭，喜上眉梢。座下一名黃衫少女應聲而起，垂首斂身，朝我盈盈一拜。

吳夫人笑道：「小女蕙心，素來仰慕王妃。」

我含笑頷首，讓那少女近前，心想著，依禮要賞她什麼才好呢。

鵝黃羅衫的少女低頭走來，身姿窈窕，臉上戴了薄薄一層面紗，迎風輕拂。

聽聞南方有舊俗，未出閣的女子須戴上面紗方可外出，卻不知暉州今時仍有這樣的風俗，這吳家女孩在女眷之中也以紗覆面，想來是家教極嚴。

正凝目細看這少女，忽聽一聲哨響，苑中一只翠綠的燕子鳶迎風直上，靈巧可人，翻飛穿梭如投林乳燕。
還未看得仔細，又一只描金繪紅的鯉魚升起，接著是仙桃、蓮花、玉蟬、蜻蜓……一時間，漫天紙鳶翻飛，異彩繽紛，煞是熱鬧，看得人目不暇接。
座中眾人都仰頭望著空中，讚嘆稱奇。
吳家女兒步態婀娜，弱柳扶風般徐行到我座前，盈盈下拜。
「好標致的女孩。」我回頭向吳夫人笑道，卻見她神色有異，定定望著面前的少女，張了口，似要說什麼話，話音卻被陡然而來的一聲尖厲哨響蓋過。這哨音刺耳怪異，與之前大不同。
我錯愕，抬眼見苑外東南方向飛快掠起一片灰影，挾疾風而來，竟是只巨大的青色紙鳶沖天而起，形似蒼鷹，雙翼張開近丈，比一人還高，赫然掠過園子，向這裡直衝過來。
我直覺不妙，起身離座，向後急退。
眼前黃影一晃，那吳家女兒突然迫近，身形快如鬼魅，一探手扣住了我的肩頭，五指緊鎖，深嵌入肉，痛得我筋骨欲折，半身頓時軟麻無力。
「妳不是蕙心，妳是誰？」
吳夫人驚駭的尖叫聲中，黃衫少女窄袖一翻，亮出森然刀光，冰冷刀鋒抵上我頸間。「誰敢近前，我便殺了王妃！」

與此同時，那紙鳶帶著巨大的陰影，席捲而至。黑暗鋪天蓋地壓了下來。

我咬牙掙扎，只見她揚起手掌，狠狠切來，我旋即頸間一痛，眼前一暗……最後清晰的意識裡隱隱聽見錦兒驚叫著「郡主」，便覺身子被一股巨力凌空拔起，耳邊颳過獵獵風聲……

賀蘭

漆黑，顛簸，窒悶。

在篤篤馬蹄聲中，我醒了過來，我以為我只作了一場惡夢，此時卻驚覺自己無法動彈，甚至口中也被塞了布條，發不出任何聲音，眼前更是漆黑不見光亮……

這是夢，一定只是場惡夢，我要醒來，立刻醒來。

黑暗中，我竭力睜大眼睛，卻什麼也看不見。

我用盡全力，四肢卻沒有半分力氣，連一根手指也抬不起來。

心臟急促地跳動著，在窒悶漆黑的空間裡迴響著，幾乎要撞出胸口。我喘不過氣來，冷汗瞬間溼透衣裳。

這是哪裡，我在什麼地方？

耳邊只聽見馬蹄聲急，時有吱嘎碰撞之聲，不斷顛簸搖晃——我定是在疾馳中的馬車上，可這前後左右都是木板，像在一口狹窄的長形箱子裡……這難道是，棺木？

只有死人才會躺進棺木，一股寒意竄遍了周身，竟懷疑自己是不是真的還活著。

除了雙手雙足被捆綁得僵痛發麻，我並沒有覺出自己受傷跡象——看來我還沒死。

是什麼人膽敢謀害我？是父親的政敵、宿仇，或是亂黨逆賊……劫掠了我，對他們有何用？

我一時間又驚又怕又怒。

千百個念頭在腦中盤旋紛雜，身子控制不住地發起抖來，恐懼與孤獨鋪天蓋地襲來。

黑暗窒悶中，我發了狂地掙扎，拚盡全力想要掙開捆綁，身子卻陡然撞上一個軟而溫熱的物事……不，是個人……漆黑狹窄的棺中竟還有一人躺在我身旁！

這令我魂飛魄散，駭得就要從喉中發出驚恐含糊的呼救。

「噓。」幽冷語聲在身旁響起。「安靜。」

我僵如木石。

「別吵醒我睡覺，若是再將我……將我驚醒……」這語聲頓住，異常低弱，帶著連連喘息，下一刻卻有隻死人般冷冰冰的手，摸到我臉頰，令我簌簌顫抖。

這手指滑過我的嘴唇下巴，停在頸上，慢慢收緊：「我會掐斷妳的脖子。」這是誰，是人還是惡鬼。

我狠狠地咬緊了脣，仍控制不住發抖。

黑暗中卻傳來急促的咳嗽聲，身旁這人，咳得像要死去。

馬車疾馳的勢頭彷彿緩了，外邊有人憂切地問：「少主可還安好？」

這人嘶聲怒道：「誰叫你停，走，快走！」

馬車立刻加速飛馳，顛簸劇烈，撞得我渾身疼痛，一陣陣天旋地轉。就連我身旁的惡魔也忍不住低聲呻吟，彷彿痛苦不堪，冰冷的手胡亂在我身上遊走，抓住我的衣衫，像在忍耐劇烈煎熬。

那滋味像被一條毒蛇纏住。

此時，我冷餓交加，驚恐忐忑，渾渾噩噩。

馬車一刻不停地疾馳，我努力維持著清醒，分辨著能聽到的聲響——有水聲、市井人聲，甚至風雨之聲……一次次昏睡過去，又一次次在馬車顛簸中醒來。

不知道過了多久，越來越冷，越來越餓，昏沉中，我覺得自己快要死了。

我再次醒來，只聽砰一聲響，刺目的光線突然間讓我睜不開眼。

「少主，少主！」

「當心，快將少主抬出來！」

亂紛紛的人聲人影裡，依稀看到他們從我旁邊抬起一個人。

我的神志還處於混沌狀態，只覺被人架住，從棺材裡拖了出來，扔在冷硬的地上，全身疼得似要裂開，喉間乾澀，連一絲動彈的力氣也沒有了。

「這小娘看著不妙，要死不死的，快叫老田來瞧，別剛弄來就嚥了氣。」

「老田正給少主療傷，且把她丟到地窖去，給一碗菜粥就死不掉了。」說話之人口音濁重，不像中原人氏，後一個冷戾的聲音竟是女子。

我的眼睛稍稍適應了眼前昏暗光亮，依稀看去，房梁破敗，懸塵積土，似是一處破舊民舍。

眼前站著幾個人，高矮各異，都做北地牧民打扮，面目掩在毯帽之下，不可分辨。有人解了我手中繩索，扯了口中所塞的破布，將一碗涼水澆了上來。

我一個激靈，有了幾分清醒，隨後被兩個大漢架起，趔趔撞撞地推進了一扇門內。他們將我扔在鋪了乾草的潮溼地上。

片刻又一個人走了進來，將什麼東西擱在了地上，接著便折身關上了門。

我伏在草堆上，周身僵冷、麻木，奄奄的沒有一絲力氣。鼻端聞到莫名異香，陡然令我感覺到飢餓。

我平生第一次知道飢餓的滋味，像無數隻猿猴的爪子在肺腑間抓撓。面前三步開外，擱著一只豁口土碗，盛有半碗灰色的黏糊東西。

異香——穀物的異香正從這個碗裡散發出來。

肺腑間的「猿猴爪子」抓撓得更急了，令我勉力擠出最後一絲力氣，撐起身子，竭力伸出手，指尖差一點兒，竟搆不到碗。

我眼前陣陣發黑，伏在地上，用盡全力爬過去，終於搆到碗。

我大口嚥下碗中黏糊食物，粗糙的穀物糠皮頓時刮得乾澀的喉嚨生痛，想吐出來，卻耐不過「猿猴爪子」的索求抓撓，只一口一口強往下嚥，直哽出了眼淚。

待我口中嘗到一縷鹹苦，卻因是自己的眼淚流到腮邊，與糠同嚥的緣由。

碗裡見空，我的喉嚨隱隱作痛，穀物的回甘滋味卻在舌尖化開，頓覺勝過往日珍饈百倍。

我嚥下最後一口米粥，用手背抹淨嘴唇，靜靜地伏在乾草上，等待力氣慢慢回來，等候三魂六魄重新活過來。

我終於明白，世上再沒有什麼事，能比活著更重要。

我會活下去，活著逃出這裡，活著回家。

我心底的聲音一遍遍重複著這個念頭，我對自己說——琅琊王氏的女兒，不能不明不白死在這地窖裡。

父親和哥哥一定會來救我，子澹會來救我，姑母會來救我……或許，豫章王也會來救我。

豫章王。

這個名字躍入腦中，眼前冰冷迷霧裡浮現出犒軍那日的鐵騎寒甲，黑盔白纓，那策馬仗劍獨立的身影頂天立地，馬蹄踏過胡虜枯骨，旌旗獵獵，一個「蕭」字彷彿能鋪天蓋地……那個戰神般的人，是我的夫婿，是能征服天下的英雄！

不錯，我的夫婿是一個蓋世英雄，他能平定天下，擊敗這區區幾個賊寇易如反掌。

我伏在潮冷地面，周身起了一陣戰慄，強烈希冀自心底迸出，化作力氣湧向四肢。

此刻如果有人在此，看見豫章王的妻子竟伏在地上，像垂死的獸一樣匍匐著……不，我不能如此軟弱，如此被人羞辱！這念頭激得我慢慢地撐起身子，挪動麻木的雙腿，扶著牆壁坐了起來。

我的雙目終於適應了黑暗，讓我能看得見地窖隱約輪廓。此處雖然潮溼陰冷，比起之前可怖的棺材，已經好了太多。

至少有乾燥的草堆，不再顛簸，不再窒悶，更沒有那毒蛇般森冷的人纏在身旁。想起被他們稱為「少主」的那人，和冷冷地掐在頸上的手，我打了個寒顫，不由得蜷縮進草堆。

這一刻，我強烈地想家，想念父母，想念哥哥，想念子澹……默念著那些牽掛我的親人，每想到一個名字、一張面容，勇氣便多一分。

最後想到的是蕭綦。

還是那日城樓上遠遠望見的身影，給我最篤定的支撐。

疲憊如山倒般地壓了下來，昏沉中，我似夢似醒，看見了子澹青衫翩翩站在紫藤花下，朝我伸出手，我卻搆不到他，連身子也動不了。

我焦急地朝他喊：「子澹，你過來，快到我身邊來！」

他來了，一步步走近，面容卻漸漸模糊隱入霧裡，身上青衫變成寒光閃閃的鎧甲。我惶然後退。

他騎在一匹黑色巨龍般剽悍的坐騎背上，戰馬張開憤怒的鼻孔，噴出火焰。馬背上的人，俯身向我伸出了手，我卻看不清他的面容。

大夢初醒，門上鎖響，有人進來將我拽起。

那人押著我出了地窖，來到一間破陋木屋，我又見到了那日黃衫娉婷的「吳蕙心」。她換了一身臃腫的棉袍，頭戴毯帽，做男裝打扮，面孔秀美，神色卻狠厲，看上去比立在她身後的幾名彪形大漢更有地位些。

那幾人身形魁梧，高靴佩刀，曲髯結辮，顯然不是中原人。

見我直視她，「吳蕙心」狠狠剜來一眼。「不知死活的賤人！」

我不理會，轉目打量這屋子，見門窗緊閉，四下空空落落，桌椅歪斜，像是荒棄的民宅。裡間有道門，嚴嚴實實地掛著布簾，一股濃烈藥味從那屋內飄出。

外面不知晝夜，卻有凌厲風聲，中原的風不是這樣，這裡怕是北邊了。身後有人將我一推，我踉蹌幾步到那門前。

「少主，人帶來了。」

「讓她進來。」那個熟悉冰冷的語聲傳出。

一個佝僂蓄鬚的老者挑起布簾，將我從頭到腳打量一遍。內間光線更是昏暗，迎面土炕上，半倚半臥著一個人。

滿屋都是辛澀濃重的草藥味，還有一股冰冷的，像是死亡的氣味，如同那日棺材中的氣味。

身後老者無聲地退了出去，布簾重又放下。

炕上那人似有傷病在身，擁在厚厚棉絮裡，斜靠炕頭，冷冷地看著我。「過來。」他語聲低弱。

我抬手理了理鬢髮，緩緩走到他榻前，極力不流露絲毫恐懼。迎著窗縫微光看去，我的目光，落入一雙漆黑冰冷的眸子。

竟是一個年輕俊美的男子，蒼白臉龐，輪廓深刻，長眉斜飛，緊抿的薄唇毫無血色，一雙眼睛卻森亮逼人，含了針尖似的鋒芒，看我的眼神像冰針刺過。

這樣一個人，便是劫擄我的匪首，是棺中那凶獰的惡人。他的目光，肆無忌憚地掃過我周身。

「車裡摸著妳的身子，很是香軟，便想瞧瞧妳這張臉……果真是個絕色，蕭綦豔福不淺。」他目光妖邪，言語像在說一個娼妓，以為這樣便能輕辱我嗎？

我輕蔑地看著這卑劣之人。

他迎著我蔑視的目光，森然一笑。「過來躺下，替我暖身，這兒太冷了。」

我忍住心頭嫌惡，淡淡道：「你病得快死了，只剩下凌辱女流的能耐了嗎？」

他臉色一僵，蒼白裡浮上病態的怒紅，驟然自炕上探起身了，出手疾如鬼魅地抓向我。

指尖只差毫釐，幾乎觸到我的咽喉。我駭然抽身退後。

他力頹，撐著炕沿，俯身大笑，笑得一陣喘咳，身上蕭索的白衣，立時露出點點猩紅血跡，像個浴血的鬼魅。

「妳倒有幾分膽色。」他抬起凌厲目光，毫無收斂，放肆地盯著我，盡是輕藐玩味之色。

「過獎。」我昂首與他對視。

他依然在笑，笑容卻漸漸陰冷。「人為刀俎，妳為魚肉，再伶牙俐齒的魚肉終究難逃刀俎，妳不如想想何種死法有趣些，是剝去衣衫懸在木樁上給風沙吹至皮開肉綻，還是半夜扔到野狼群裡，一口口讓狼撕去皮肉……對了，狼吃女人喜歡先吃臉，最後只剩頭皮連著髮絲，這個我喜歡。」

肺腑裡一陣翻湧，脊梁生寒。我緊咬了牙，極力維持平穩語聲，緩緩開口：「都不好，你想殺我，最好是當著我夫君的面，在豫章王眼前殺，讓他看著你動手。」

他的冷笑凝固在脣邊，森然看向我。「妳以為我怕他？」

「這不正是你劫我北上的圖謀嗎？」我鄙夷地看著他臉上血色全無、怒色如狂，便知心中猜測十有八九是對了——這個人果然是蕭綦的仇敵，他提起蕭綦名字時恨聲切齒。

他若只想刺殺我，在千鳶會上一刀便殺了，卻大費周章地將我藏匿在棺材裡，帶到接近邊塞的北方。他的目標，顯然不在我，只在蕭綦。

恐怕我是他要脅蕭綦的人質，抑或誘餌。「可見，我對你很有用，一時還不能死。」我不動聲色地退到一張舊椅前，拂去上面灰塵，大方落座。

他瞇起眼睛看我，目光如芒，彷彿一隻打量著獵物的豺狼。

這目光令我雙臂肌膚泛起涼意。

「不錯，妳很有用，但要看我喜歡怎麼用。」他笑得惡毒，將我從頭看到腳。

我默然握拳，憤怒從心底直衝上來。

「妳那夫君自命英雄，若是知曉他的王妃，失貞於他親手滅其族，屠戮如豬狗的賀蘭族人——」他目中如有兩簇鬼火跳動，脣角勾起陰寒的笑。「妳說，蕭大將軍會作何感想？」

我如被驚電擊中。

賀蘭，他說他是賀蘭族人。

賀蘭氏，這個部族幾乎已被世人遺忘，已被蕭綦一手從輿圖上抹去。

百餘年前，賀蘭部從一個小小的游牧氏族逐漸壯大，劃疆自立，建國賀蘭，向我朝按歲納貢，互通商旅。許多賀蘭族人與中原通婚，漸漸受中原禮教同化，語言禮儀都與中原無異。

後來戰亂紛起，突厥趁機進犯，賀蘭國為求自保，歸附了突厥人，斬殺我朝鎮守使，掠殺中原商旅，與我朝決裂為敵。

此後突厥人占據北疆多年，直至被蕭綦於朔河之戰打得丟盔棄甲，僵持三年，終於敗走大漠。

那一戰，賀蘭王拒絕了蕭綦的招降，殺了蕭綦傳書的信使，幫著突厥出兵，偷襲我軍糧草必經之路，放火燒我糧草。

時為寧朔將軍的蕭綦震怒，只率一萬精兵，兵圍賀蘭王城，斷其水源，絕其食糧。賀蘭王求突厥發兵來救，突厥卻自顧不暇，正被蕭綦大軍主力追堵痛擊。

賀蘭世子知大勢已去，發動叛亂，逼其父王自盡，開城向蕭綦投降。蕭綦接受了賀蘭人的降表，立世子為新王，新王對天立誓效忠我朝。隨即，蕭綦取道賀蘭，揮師向北夾擊突厥，留下守將駐城。

未料賀蘭氏王族趁蕭綦一走，再次叛亂，殺死守將，企圖與突厥兩面夾攻，合擊只帶了一萬鐵騎的蕭綦於大漠。

他們低估了蕭綦最精銳的親衛之師，那一戰，賀蘭人傾一國之兵五萬人，血戰兩天兩夜，被蕭綦的一萬精騎殺得只剩五千，潰退回王城。

新王再次請降，蕭綦連使臣送去的降表也沒看一眼，揮師破城而入，將賀蘭王族三百餘人盡數處死，親手斬下新王的頭顱，作為給背盟者的懲戒，懸城十日。

這一段大漠屠城的血腥傳奇，細枝末節我都記得清楚。

賜婚之後，父親命人將朝廷多年來旌表蕭綦戰功的文書，盡數抄了送與我看。

我明白父親的苦心，逐字逐句地看了，即便沒有自幼過目成誦的記性，想要忘記那字裡行間都驚心動魄的故事也是很難——至今我還沒見過蕭綦的容貌，沒聽他說過一個字，卻已熟知他平生所經大小戰役，有如親見。

「王妃，妳可知妳那夫君的赫赫功勳，是如何得來？豫章王一門榮耀，又是多少冤魂枯骨堆積而成？」

這個賀蘭氏的遺孤，傾身逼視我，目光如霜刃，面孔煞白得怕人。

「覆國之日，王族三百餘人盡數被屠，連剛降生的嬰兒也不放過！平民被他鐵蹄踐踏，有如碾死螻蟻！」

我咬唇凝坐不動，手足冰涼，熱血卻從耳後直沖上臉頰，眼前不由自主地浮現出一幕幕血紅景象。

我從紙上看來的屠城滅族只覺懾然，此刻聽著此人裂眥欲狂的喝問，卻如置身極寒深淵。

他眼底那兩簇怨毒火焰，直迫向我。「王妃，妳這金枝玉葉，可曾見過孤寡婦孺，活生生凍死餓死，倒斃道旁，屍骨任野獸啃齧；白髮老人親手掩埋慘死兒孫；村莊轉眼就成火海……妳可知眼睜睜地看著國破家亡的滋味？」

「我知道那是人間至慘至痛。」我克制著語聲的微顫，閉了閉眼，驅散了眼前血色幻象，緩緩言道：「我也知道，當年若不是賀蘭王出爾反爾，背盟於前，絕不會招致滅國慘禍。」

我眼前驟然一黑，只聞衣袂風動，那人竟離了炕，狀若瘋魔地朝我撲來，猛然將我按在椅中。

他狠狠地扼住我頸項，整個身軀壓上來，將我抵在堅硬的椅背上，讓我的背脊幾欲斷裂。

我咽喉被鎖緊，動彈不得，呼吸不能，連一聲痛呼都發不出來。只望見他赤紅如血的雙目逼近，氣息直逼眉睫。

「妳是說，我堂堂賀蘭王族就該坐以待斃，反抗便是死有餘辜？」他暴怒喝問，雙手鉗得我幾欲窒息。身下破舊木椅發出裂響，不堪重壓地倒了，帶得我同他一起跌在地上。

我趁此掙扎，急喘著撐起身，抓到手邊一根木條向他打去。

「賤人！」他將我猛拽起來，抵上牆壁，欺身貼了上來。

我周身都僵了，不知從哪裡來的力氣，奮力舉起兩肘護在身前，撞向他胸口。他一聲痛哼，箝制我的力量陡然鬆開。

我跌倒在地，看見他踉蹌退後，以手捂胸，胸前白衣湮出一抹鮮紅。

他恨恨地看著我，面孔慘白如紙，身子顫了顫，猛地嗆出一口血，脣上盡是猩紅，點點血沫濺上我的衣襟。

我掩口將一聲驚叫捂住，驚駭地退到窗下，心口突突劇烈地跳動著。他倚著炕邊軟軟倒下，張了口，卻發不出聲音。

布簾隔斷了門外視線，即使有人聽見裡面的響動，也只聽見他凌辱我的話，和撕裂我衣襟的聲音，聽見椅子翻倒和我的掙扎喘息聲……沒人會在此時闖進來，打擾他們少主的「好事」。

窗戶雖然被釘死，炕上卻有一柄匕首。

我沒有半分遲疑，立即撲上前將匕首搶在手中。抽劍出鞘，寒光耀目，與哥哥那柄海底精鐵所鑄的寶劍一般無二。

我咬牙揮匕，削鐵如泥的刀鋒，果然三兩下便砍開了窗戶。倒在炕邊的那人，張口急劇喘息，像要呼喊出聲。

我心頭一緊，回身逼近他，將手中匕首舉了起來，刀尖直指他胸膛。這人傷病發作，毫無反抗之力，只需一刀下去就可取他性命。

我緊咬了唇，手上發顫，對上他怨毒卻無懼的目光。

他胸前湮開的血跡已大片，喉中發出低啞呻吟，單薄身軀在痛楚中蜷縮如嬰孩，臉色慘白近乎透明，漆黑眼裡映出我手中刀光——命在頃刻，他眼裡的仇恨愈濃烈如火，看不到半分軟弱恐懼。

縱是惡人，這份勇氣，教人不得不佩服。

他是惡人嗎？

我遲疑於舉刀欲刺的一剎那。

想起他說，堂堂王族難道該坐以待斃，反抗便是死有餘辜嗎？在我眼中他是異族餘孽，在他眼中我何嘗不是異族死敵。

王族也罷，平民也好，終歸是一條命。

我緩緩放下了手中匕首，望著他冰一般的眼睛，心中有剎那惻然。這也是一個活生生的人。

雖是異族蠻夷，也有美得孤清的面容，這霜雪般的孤清，是我藏在心底的那個人，留給我最深刻的印象……子澹，子澹，昔日病中的他，也曾這般單薄無助。

這人的淒厲眼神，竟與子澹冰雪般的目光疊合在一起，在我心底最軟處，戳了一刀。罷了，罷了。

我將匕首一橫，貼在他頸上，咬了咬脣道：「豫章王殺你族人，是為國殺敵，他沒有錯；你為國復仇，也沒有錯，所以……我不殺你。」

他定定地望著我，眼中淒厲如血，卻在這一刻浮起悲傷迷茫。

推開破損的窗戶，一股朔風直捲進來。

外面是灰黃凌亂的草場，我咬了咬牙，小心翼翼地鑽過窗洞，躍了下去。

我跌在鬆軟的草垛上，待踉蹌爬起，便發足急奔。可奔出不過數丈，我的腳被衣帶纏住，整個人摔在地上，撞得膝頭生痛。

眼前卻亮了，雪亮，刀光雪亮。我的心直墜入深谷，咬牙緩緩坐起。

「妳當外頭十幾個人是瞎子嗎，說跑就跑得了？」一個粗濁的男子口音正哈哈大笑著。

他伸手來拖我。

我側頭避開，冷冷道：「別碰我，我自己會走。」

「嘿，好辣的娘兒們！」那漢子探手又抓來。

我霍然抬頭，目光冷冷地瞪著他。「你敢放肆！」

他一怔。

我站起身，從容理好衣帶，轉身朝那剛剛逃出的屋子走去。

我跨進門內，腳下未待站穩，眼前人影一動，耳邊脆響，臉上是火辣辣的劇痛。

是那男裝少女揚手一掌摑來。「賤人，膽敢冒犯少主，罪該萬死！」

眼前一陣發黑，口中滲出血腥味，我咬牙，怒目迎視，耳中嗡嗡作響。

少女再度揚起手，卻聽一聲喝斥：「住手，小葉！」佝僂長鬚的老者從那門後掀簾而出，沉聲道：「少主吩咐，不可傷她。」

「少主怎樣了？」那少女顧不得理我，忙扯住老者急問。

老者淡淡地看我一眼，沒有答話。我被再次押回地窖。

這一次，大概是為防我逃跑，雙手雙腳都被粗繩捆綁。地窖門重重地關上，黑暗中，我苦笑。

早知道跑也是白跑，倒不如一刀殺了那人，一命賺一命。

過了一夜，那名叫小葉的男裝少女親自將我押出，帶去後院，推進一間氈棚。

竟然有一桶熱水，還有乾淨的粗布衣衫。

我滿足地長長嘆了口氣——管他們有什麼目的，能有一桶熱水沐浴，已足夠歡喜。

我換上乾淨衣物，擦乾溼髮，綰起，神清氣爽地步出氈棚。

小葉姑娘二話不說，上前又將我雙手捆綁，麻繩特意紮得緊了又緊。

我忍痛對她笑笑。「妳穿男裝不好看，還是穿回那天的黃色衫子更美。」

她寒著臉，在我肋下狠掐一記。

姑母說過，女人折磨女人，比男人狠多了。

我又被帶到那少主的房中。

他倚躺著，臉色更蒼白了些，陰沉目光在我臉上流連半晌，移到我手上。

「誰將妳縛住的？」他皺眉。

「過來。」他探起身，伸手來解我腕間繩索，手指瘦削纖長，涼得沒有什麼溫度。

「瘀青了。」他握住我的手腕。

我抽出手，退開一步，冷淡地注視著他。

他也靜靜地看著我，良久，瞇起眼睛。「後悔沒殺我？」

「無妨，或許還有機會。」我笑笑，等著看他假惺惺又有什麼新法子來羞辱我。

他縱聲笑。「蕭綦殺人如麻，娶的王妃倒是心慈手軟，有趣，有趣至極！」

我一笑。「將軍自該為國殺敵，我雖不願手染血腥，若逼不得已，也在所不辭。」

他冷笑。「妳很維護夫婿，可惜豫章王不知憐香惜玉，如此佳人，卻冷落空閨三年。」

我緊抿住脣，抑制心中羞憤，怕被他窺去了半分窘態，冷冷道：「在下家事，何足為外人道。」

「天下皆知妳的委屈，王妃又何必強撐顏面。」他笑得幸災樂禍。

「你非我，怎知我委屈。」我揚眉一笑。「我的夫婿為國征戰，光明磊落，又不是鬼鬼祟祟小人專與婦孺為難，有什麼可委屈的。」

他目光雪亮，怒色勃發，笑容隱含惡毒。「當棄婦當得如此甘願，好生下賤。」

我怒極反笑。「仇人有妻如此，你也無須嫉妒。」

他灼灼地盯著我，胸膛起伏，似壓抑著極大的憤怒。「滾，滾出去！」

險行

我依然被關在地窖，白天卻被帶到房中侍候他。所謂侍候，除了端藥遞水，就是坐在一旁聽他說話，不時受他辱罵。我沉默順從，不做無謂反抗，只暗自留心，尋找出逃的機會。

他傷病時好時壞，性情也乖戾無常，時而懨懨安靜，找些無關緊要的閒話同我說，像忘了我是仇人的妻子；時而陰鬱暴躁，動輒斥罵下屬，責罰甚重。昏睡時，他偶爾會囈語，眉眼間流露出無助脆弱，像換了個人。

那些下屬卻對他忠誠無比，無論怎樣喝罵，都恭敬異常，絕無怨言。這人卻實在孤傲敏感之極，最厭惡受人憐憫同情，旁人即便出於好心，對他多些照拂，他便覺得旁人是在可憐他，立刻發怒翻臉。

窗紙被風吹得嘩嘩作響，幾欲吹破，外面風聲越發呼嘯銳急。算日子已經過了七天，這裡不知道是什麼地界，四月天裡還常常颳風，近兩日更是風急雨驟。冷風絲絲灌進來，草草補上的窗戶有些鬆動，我探手去關窗，袖口卻被木條掛住，一時鉤在那裡。我用力一扯，不慎撞上木刺，手背被劃出血痕。

「還想逃？」他不知幾時醒轉，倚躺在炕上，斜眼冷冷瞧著，以為我又想弄破窗戶逃走。

我懶得應聲，用力將窗掩好，皺眉看著冒出血珠的傷處。

「妳過來！」他喝令。

我只得過去，在離他一步之外小心站定。

他卻抓起我的手，看了眼，竟低頭張口吮上冒血的傷處。

男子嘴唇的溫熱印上手背，我驚得猛抽回手，下意識地甩了甩。他臉色一寒，睨著我。「不知好歹！」

我的臉卻熱了，羞惱窘迫，低頭看手背，只覺被他嘴唇吮過的地方火辣辣的，恨不得剜去。

他盯著我這模樣，突然間莫名其妙地大笑起來。

「少主？」門簾掀動，小葉探身問，被他的笑聲驚動，有些驚疑不定。

卻聽他一聲怒喝：「出去，誰要妳進來！」

小葉怔在門邊，欲語還休地望著他。

他大怒，抓過炕邊藥碗，向門邊擲去。「滾！」

小葉驚駭失色地退出，眼中彷彿有淚。

我遠遠避到屋角，看著這人，覺得像在看一頭被困的野獸。這幾日他傷勢好轉得很快，雖未痊癒，精神卻已恢復大半。

他病中憔悴時還有些令人惻然，一旦精神好轉，便越發乖戾莫測，發起火來毫無理由。

他罵走了小葉，仍不解氣，越發煩躁不安。「藥呢，我要服藥！」他厲聲問。

我轉身向門外走去。

「混帳，我叫妳走了嗎？」他怒道。

「剛才碗被你砸了，服藥總要有碗。」我頭也不回地駐足門邊。

身後沉默片刻，傳來冷冷一聲：「在妳眼裡，我很骯髒？」

我怔了下才明白過來，他是說我嫌惡地甩手的舉動。「男女授受不親。」我只得這樣回應。

他沒有作聲。

彷彿有窸窣之聲，我正待回頭，腰間驀然被一雙手臂環住，身子被圈入他懷抱。

「妳是說這樣嗎？這樣才叫男女授受……」他貼在我耳邊惡毒地笑。「王妃想來還不曾這般服侍過蕭綦吧？」

我驚怒交加，一時間止不住地發抖，卻又被他圈住動彈不得。

語聲都哽在了喉頭，所有的悲酸、憤怒、委屈，陡然在心底爆裂開來。

先是晴天霹靂的賜婚，再是不辭而別的洞房，直至被人劫持，身陷險境，一切莫名厄運，都拜我這位素未謀面的夫君所賜。

我因他而受辱，如今他卻身在何處？被劫至今已十餘日，父母遠在京城，鞭長莫及，可他身為大將軍，鎮守北境，卻連自己的妻子也保護不了！

我忍辱負重，等待來人救援，卻至今不見半分希望。如今還要忍受此人的輕薄凌辱。

憤怒已到極處。我……

「妳這有名無實的王妃，是否至今守身如玉，還是處子之身？」他扳轉我身子，迫我仰頭看他。

我拚盡全力，揚手一記響亮的耳光甩上他的臉。他一震，側了頭，蒼白臉上浮現出紅印。

他緩緩回首，冷冷地看著我，脣邊笑意令我不寒而慄。「我倒要看看，豫章王妃是如何三貞九烈！」

胸前驟然一緊，裂帛聲過，我的衣襟被他撕開。

我渾身顫抖。「你若是血性男兒，就堂堂正正跟蕭綦在沙場上決戰！凌辱一個女人算什麼復仇？賀蘭氏先人有知，必會以你為恥！」

他的手在我胸前頓住，俊秀面容漸漸扭曲，眼底被怒焰熏得赤紅。

「先人有知？」他厲聲大笑。「賀蘭氏二十年前便以我為恥，再多今日一次，又有何妨？」他猛然扯下我胸前褻衣，雙手沿著我裸露的肌膚滑下。

「你無恥！」我拚命掙扎，鬟髻散亂，頭上唯一的鳳釵鬆脫。

鳳釵被我反手抓住，絕望中，我咬牙握緊髮釵，全力向他一刺——釵尖扎進皮肉，我已感覺到血肉的綿軟，卻再也刺不下去。

手腕被他死死鉗住，劇痛之下，髮釵脫手。他目中殺機大盛。

腕上碎骨折筋般的痛，令我冷汗透衣，終於失聲痛呼。

他反手拔出扎在肩頭的金釵，鮮血從他頸上蜿蜒流下。「妳果然還是想殺我。」

他的聲音暗啞。

「我後悔沒有早一些殺你。」我恨聲道。

他的瞳孔慢慢收縮，眼底一片冰涼，像殺氣又像絕望。我閉上眼睛，等候死亡降臨。

肩上一熱，銳痛傳來——他竟低頭在我裸露於外的肩頭咬了一口。

「妳如何傷我，我便如何回報於妳。」他以手背拭去唇上血跡，笑意陰冷，目光灼熱，手攀上我頸項緩緩摩挲。「這傷痕便是印記，妳的主人，從此以後都是賀蘭箴！」

一連兩天兩夜，我被鎖進地窖，再沒出去過，除了送飯，也再沒有人進來。想到賀蘭箴，依然令我不寒而慄。

那日僥倖逃過他的凌辱，不知道下一次，他還會想出什麼法子折磨我。他恨蕭綦，卻將滿心惡毒傾瀉在我身上，此人竟是瘋魔了。

他若真想以我為誘餌，要脅蕭綦，怕是要失望了，比我還失望。

一天天等待救援無果，我漸漸想到，也許我的生死，豫章王是全不在意的。我只是他與門閥世家聯姻的一枚棋子，死便死了，大可另娶一個。

蜷縮在地窖裡，我只對自己說——如果還能活著逃出這裡，我會立刻去見豫章王，向他求取休書一封——我寧可獨身終老，也好過做這豫章王妃。

夜裡，紛亂的聲響將我驚醒。

地窖門開，小葉悄無聲息地進來，將手中的衣物拋到我身上。「將衣服換了！」她狠狠地盯住我，像要在我臉上剜出兩個洞才甘休。

我身上衣物已殘破不堪，只靠一件罩袍蔽體。我撿起她拋來的衣服，卻是一套花花綠綠的胡人衣衫。

穿戴整齊後，小葉親自動手，將我一頭長髮梳成兩條辮子，垂下肩頭，又披上一條豔麗的頭巾，遮去大半張臉。

她將我推出地窖，一路帶到門外。

上次倉皇逃出，未及看清四下，此時雖是夜裡，卻燈火通明。依稀看去，竟是一處頗熱鬧的營寨，遠處燃著三兩堆篝火，周圍都是簡陋的土屋，近處停著多輛馬車，四下都有人奔忙來去。

周圍人多是關外打扮，有幾個女子畏畏縮縮地被押在一處，也像我一般胡人穿戴。

天色隱約發白，透出矇矇天光，涼意透骨，大概已過五更。

兩名大漢與小葉一起將我押向其中一輛馬車，車上垂著厚厚的簾子，似已整裝待發。

忽聽得婦人的哭泣哀號，繼而是喝罵鞭打聲。

「求大爺大發慈悲，我家中孩兒還未斷奶，離了娘活不下去，求您放我回家吧！」

「少囉嗦，妳男人將妳賣給我，收了白花花的銀子，妳就給大爺老老實實做買賣，過個十年八年，說不定就放妳回來，要不然，現在就打死妳！」

有輛馬車前，一個年輕婦人死死攀住車轅不肯上去，被後面的大漢一頓鞭打，哭聲淒厲。

我心頭發寒，不覺縮了縮肩，手臂卻被人一把抓住。

身後是賀蘭箴，也是胡人打扮，神色淡淡，正冷眼看著我。「這些都是私娼，一同押去寧朔，賣到軍中做營妓的。」

我悚然一驚。

「上車，別讓我也拿鞭子抽妳。」他似笑非笑，將我拽上馬車。

車簾放下，馬車向前馳去。

我靠住廂壁，聽得馬蹄聲急，心念紛亂如電。

原來他們扮作經營私娼的掮客，將我混在這批營妓之中，竟是要混入寧朔城。送往軍中的營妓，按例是跟在糧草軍需之後，一併押行。

為了保障糧草能夠暢通無阻運往前方，沿途均有兵部特頒的通關令符，不必通過盤查。

攜帶一個女子，還有什麼比混入販營運妓的私娼隊伍更安全。

此去寧朔，就到了蕭綦的眼皮底下，他們終於要與蕭綦白刃相見。

蕭綦，我的夫婿，睥睨天下的大將軍，果真能來救我嗎……我將頭埋在臂彎，蜷膝苦笑。

「笑什麼？」賀蘭箴忽然伸手抬起我的下巴，語氣莫名溫軟。

我側過頭，不願理他。

「此去寧朔，成全你們夫妻團聚，妳不喜悅嗎？」他冰涼的手指沿著我臉龐摩挲，令我一陣戰慄。我一語不發，任憑他說什麼都不再理睬。

他亦沉默下來，不再糾纏，只靜靜地看著我。

猛然，馬車一個顛簸，將我重重地摔向前面，撞上車壁。賀蘭箴伸手來扶。

我往後縮，冷冷地躲開他。

「我就如此可嫌可憎？」他望著我，莫名自嘲地一笑。「妳不是說，我沒有錯嗎？那日聽妳這樣說，我是很歡喜的……想不到除了娘親，第一個這樣對我說的人，竟是妳。」

我是對他說過，為國復仇沒什麼錯。

這句話在我看來平平無奇，為何對他卻如此特殊。

他臉上浮現恍惚笑容，喃喃道：「從前我做什麼事，說什麼話，都被人奚落喝斥；旁人打我，我若還手，也是我的錯。只有娘每次都摟了我說，箴兒，你沒有錯……」

不知他為何突然說起往事，我蹙眉聽著，有些酸楚。

他目光迷離。「那日，妳這樣說……我就想起了娘親，以為是娘在對我說話呢。」

我心念微動，低低問：「令慈可知道你如今所作所為？」

他一僵，冷聲道：「她已過世很久了。」

我不知再說什麼是好，默然垂目。

「她總是叫我箴兒。」他忽然問：「妳娘叫妳什麼？」

「阿嫵。」我如實答了，旋又有些後悔被他知道。

他長眉微挑地笑起來，眼底陰霾頓時化作春水。

「阿嫵，阿嫵。」他低聲念了兩遍這名字，聲氣溫存和緩。「真是好聽。」

我一時怔忡，分不清眼前的溫柔男子，和陰鷙易怒的少主，誰才是真實的賀蘭箴。

一路上，只有賀蘭箴與我單獨相對，相安無事。虯髯大漢在前駕車，其他人跟隨在後面的馬車上。

每到一處驛站歇腳餵馬，小葉也扮成營妓模樣，寸步不離地跟著我。我處處留心，卻連示警求救的機會也沒有，更不必說伺機逃走。

眼看一天天往北行去，寧朔，漸漸近了。

我曾經無數次在皇輿江山圖上，看過這個地方。卻不曾想，當我真正踏上那片土地，卻是在這樣的情形之下。

這座邊關重鎮原本不叫寧朔。

當時還是寧朔將軍的蕭綦，曾經在此大破突厥，一戰成名，結束了北境多年戰禍，威名遠震朔漠。朝廷為嘉賞如此奇功，遂將這座城池改名為寧朔。這座城，凝結了太多血淚傳奇。

蕭綦率雄兵四十萬，駐守寧朔多年，將北境經營得固若金湯，牢不可破。連突厥鐵騎都不能撼動半分的寧朔，只憑賀蘭箴這一行十數人，竟敢直入虎穴。他究竟設下怎樣險惡的陰謀向蕭綦復仇？離寧朔越近，我越發忐忑不安，不敢想像當我踏上寧朔，將會面對什麼結果——

蕭綦，我與他，會在怎樣的情形下會面，他會如何應對賀蘭族人的復仇，又會如何待我？

入夜，大霧瀰漫了山道，馬車負重更是崎嶇難行，一行人馬只得在前面的長風驛歇腳。

過了這個驛站，再走半天的路程，就到寧朔了。

一下馬車，小葉便將我押入房中，寸步不離地看守著。

這幾天我態度溫順沉默，不再反抗，對賀蘭箴也時而溫言相向。

也許是因我表現順從，賀蘭箴對我的敵意似乎淡了，一路上不乏關照。

唯獨小葉，稍有機會便對我厲色惡語——如果我沒有猜錯，她應當是愛慕賀蘭箴的。

外頭送來了飯菜，今天是肉糜韭葉粥，我坐到桌前剛拿起木杓，卻被小葉劈手打落。她扔過來兩只冷饅頭。「妳也配喝肉粥，饅頭才是給妳的！」

饅頭砸到我身上，滴溜溜滾落桌下。我緩緩抬眸看她。

「死娼婦，看什麼，再看我剜了妳的眼睛！」

「好，妳來剜吧。」我一笑。「最好捧了我的眼珠給賀蘭箴，看妳家少主如何獎賞妳。」

她騰地站起來，面紅耳赤，怒不可遏。「妳也配口口聲聲提少主，以為我看不出，妳這賤女人死到臨頭還妄想勾引少主！」

「可惜妳不曾親眼看到，不知是誰妄想誰。」我淡淡掃她一眼。

小葉氣結，面孔漲得通紅，眼裡像要射出刀來。

「不要臉，不要臉的賤人！」她氣得全身發顫。「不出三天，我就看妳怎麼死！」

三天！

我心頭一顫。

莫非他們這麼快就要動手了？

「賀蘭箴或許會改變主意呢。」我揚眉，挑釁地激怒她。「說不定他看上我，不忍心殺我。」

她哈哈大笑，笑得面容幾近扭曲。「憑妳就能破壞少主復仇大業？蕭綦毀我家國，與少主有不共戴天之仇！你們這對狗男女，都要給我賀蘭族人償命！」她的笑聲尖厲，充滿報復的快感。

我不再作聲，寒意卻從心底湧上……三天之後，一旦入城，只怕他們就要動手了。

桌上油燈忽明忽暗，不遠處的床榻大半都罩在牆角陰影中，上面散亂地堆著一床棉被。

這是最後的機會，我已沒有時間觀望等待，唯有捨命一搏。我默默彎腰，撿起地上的饅頭。

小葉冷哼。「賤人，有骨氣就別吃啊。」

我不理她，將饅頭湊近油燈，仔細拂去上面沾到的塵土。

「不能糟蹋了這麼好的饅頭。」我回頭對她一笑，拿起油燈，用力向牆角的床榻擲去。

油燈落到棉被上，燈油潑出，棉被轟然燃燒起來。小葉大驚失色，慌忙撲上去撲打著火的棉被。

北地氣候乾燥，棉絮遇火即燃，火舌迅速舔上屋頂，豈是輕易可以撲滅的。撲打間她身上衣物也被火苗舔到，衣襬竟燃了起來。

小葉慌忙將棉被一丟，火苗亂竄，舔到了桌椅，火勢頓時大盛。

我折身奪門而出。

賀蘭箴等人住在左邊房間，我便不顧一切沿著右首走廊急奔。

很快身後傳來呼喊聲：「走水啦，走水啦——」

頃刻間驛站內人聲鼎沸，一團大亂。

有人從我身邊跑過，迎面又有救火的人拎桶提水奔來。

我低頭，散髮遮面，趁亂朝大門奔去。

赴死

驛站大門就在前方，然而此刻人員混雜，不辨敵友，我不敢貿然求救。眼看門外夜色深沉，濃霧瀰漫，卻再無猶疑的餘地，我咬了咬牙，發足奔向門外。斜角裡閃出一人，我眼前忽暗，一個魁梧身形將我籠罩在陰暗中。

我駭然抬頭，卻被那人一手捂住了嘴，拖進簷下僻靜處。

「王妃切莫輕舉妄動，屬下奉豫章王之命前來接應，務必保護王妃周全。」

我一震，不敢置信地瞪大眼睛。

黑暗中看不清此人的面目，只覺得這帶著濃重關外口音的嗓門似曾相識。不待我從震駭中回過神來，這漢子竟攔腰將我扛起，大步往回走。

我伏在他肩上，動彈不得，心中劇震，千萬個念頭迴轉，紛亂至極。

甫一踏入院內，他便放聲高喊：「誰家的小娼婦逃了，老子逮到就算老子的人啦！」

「他奶奶的，這小娘兒們不知好歹！」那虬髯大漢的聲音響起。「多謝兄弟幫忙擒住她，要不然白花花的銀子可就沒了！」

眼前一花，我被拋向那虯髯漢子。

他將我的雙手扭住，扭得肩頭奇痛徹骨。

我佯作絕望地掙扎，趁勢偷偷打量方才擒住我的漢子。

只聽這灰衣長靴的漢子嘿嘿冷笑道：「好說，好說，不過這麼個大活人不能白白還給你。」

虯髯大漢賠笑，從袖中摸出塊碎銀子。「一點兒小意思，給大哥打壺酒喝。咱是初次出來跑買賣，往後路上還請多照應。」

灰衣漢子接過銀子，往地上唾了一口，哼道：「這小娘兒們可俊著哪，鐵定能賣個好價。」

虯髯大漢手上一緊，不動聲色地將我擋在身後，呵呵笑道：「這娘兒們是個瘋婆子，能脫手就不錯了，沒指望賺多少錢。等兄弟做成了買賣，再好好請大哥喝上一頓！」

灰衣漢子哈哈大笑，湊近了瞅我，一副垂涎模樣。「好俏的臉子，瘋不瘋不打緊……老哥可看緊點兒，眼看這兩日就能做成買賣，別讓到手的銀子給飛了！」他說著，便伸手來捏我下巴。

虯髯大漢一邊賠笑一邊將我拖了回去。

我被反剪雙手，痛徹筋骨，回想那大漢臨走前的話，心中悲欣交集。

他說「眼看這兩日就能做成買賣」的時候，伸手來捏我下巴，趁機緊緊地盯了我一眼——我猜，他是藉此暗示，救援就在這兩日。

他若真是蕭綦派來的人，那麼，蕭綦已知道賀蘭箴的行蹤，知道他們將在三天後動手。

原來他派來的人早已悄然潛入，盯著賀蘭箴一舉一動，伺機制敵。豫章王蕭綦，我所嫁的夫婿，到底沒有令我失望。

我的掌心裡因緊張出了一手的汗，心口如有風雲激蕩——他到底還是來救我了。本以為身入絕境，孤立無援，不再冀望於他人施救。卻在最絕望處，霍然照進一線光亮，驅散了眼前濃黑。最不敢指望的那個人，在最緊要時出現。

我咬住嘴脣，強忍酸楚欣喜，心中再無懼怕。

那灰衣漢子的面目聲音不斷閃現眼前，總覺似曾相識，我苦苦思索，腦中驟然靈光一閃！

是他！

出發那日有個大漢鞭打一名哭泣哀告的婦人，如今回想起來，正是此人。我周身一僵，膝彎卻發軟。

原來在草場，他們就已被蕭綦的人盯上。

從我被劫持到邊關，蕭綦就已知道他們的行蹤。

賀蘭箴的人千方百計混入販營運妓的私娼隊伍，蕭綦卻不動聲色地看著，只等他們入甕。

蕭綦在想什麼，既然早就能將我救出，卻為何按兵不動？他可知道我身陷險境，隨時可能遭受凌辱折磨？

他竟一點兒也不顧惜我的安危，放任他名義上的正妻受困敵手。我身周陣陣發冷，茫然似被拋上雲端，又蕩入谷底。

火勢已撲滅，廊上一片煙燻火燎的狼藉。虯髯漢子將我推入賀蘭箴房中。一干人等都在，各個垂手肅立，沒有半點聲響。賀蘭箴端坐椅上，白衣蕭索，面無表情。

小葉跪在地上，蓬髮汙面，異常狼狽，鬢髮間猶有煙火燎到的焦跡。賀蘭箴並不看我，目光只掃過她。「小葉，她是怎麼逃的？」

小葉抬頭，盯著我，眼裡似要滴出血來。

「奴婢失察，被她放火燒屋，趁亂逃走。」小葉咬唇。

賀蘭箴側目看我，不怒反笑。「好烈性的女人，很好，我喜歡。」

我冷冷與他對視，心下鎮定，無所畏懼。

他睨了小葉一眼。「妳這一時疏忽，幾乎壞我大事。」

小葉重重地叩下頭去。「奴婢知罪，聽候少主責罰。」

他臉色一寒。「廢物一個，罰妳又有何用。」

小葉伏地瑟縮。

賀蘭箴漠然道：「不是我不憐惜妳，總要教人都知道，做廢物是個什麼結果……索圖，廢她一條臂膀便是了。」

小葉一顫，臉色死灰，雙目空洞地望著他。

虯髯漢子沉了臉上前，鷹爪般的手將她肩頭拿了，反手抽刀，森然刀光高高揚起。

「不，不要！我還要伺候少主，不要砍我的手──」小葉像是從悲夢中猛然醒過來，掙脫了箝制，撲上前抓住賀蘭箴的衣袍下襬，以頭觸地，叩得聲聲驚心。

大漢一把扯住她的頭髮，反剪了她右臂，眼看便要砍下。

「住手！」我叫：「賀蘭箴，難道你只會遷怒無辜，欺凌女子？」

賀蘭箴側首，冷冷地睨了過來。

「火是我放的，與她無關，就算你親自看守，我也一樣會逃。」我揚眉怒視他。

他目光如冰，看我半晌，忽然陰冷地一笑。「好，我就親自看守妳。」

這人說到做到，果真把我留在他房裡，由他親自守著。

雖共處一室，賀蘭箴卻沒有再滋擾我，倒讓人抱來棉絮鋪在地上，他盤膝席地而坐，閉目入定。

我不敢在他的床上入睡，半寐半醒，凝神警惕地挨過了一夜。天色一亮，人馬上路，直奔寧朔。

正午時分，馬車漸漸緩行，外面人聲馬嘶，隱約有熱鬧氣象。隔著車簾，什麼都看不見，聲音也嘈雜難辨。

我傾身，隔著密不透風的車簾，側耳傾聽，又深深呼吸，哪怕只在這乾燥寒冷的空氣中，聞到一絲親近的氣息也好。

這裡就是寧朔，蕭綦所在的寧朔。

這念頭讓我陡然添了勇氣與安心——終於不再是孤零零一個人。

就算身陷狼群，卻已看見遠處隱約的火光。蕭綦，這名字，就是那簇火光，遠遠照耀。

隨著車輪滾動，將我帶到寧朔城下，帶到他所在的這方土地，我竟第一次有了企盼，盼望見到他，無論何地、何時、何種境況。

到了人聲漸杳處，我被推下車，立即被罩上風帽。那一瞥之間，我似乎看見了遠處的營房。

腳下穿過數重門檻，左穿右拐，終於停下。風帽被扯下，眼前竟是一間窗明几淨的廂房，門外是青瓦白牆的小院。

我訝異，轉頭張望，卻不見賀蘭箴身影，只有小葉冷冷立在眼前。

這一整日，小葉寸步不離左右，門外有護衛看守，賀蘭箴卻不見蹤影。看來平靜如死水，水面下看不見的暗流，正洶湧翻騰。

入夜，我和衣而臥，小葉仗刀立於門口。邊塞的月光透窗而入，灑落地上清冷如霜。

「妳站一天不累嗎？」我輾轉無眠，索性坐起，同小葉說話。

她不理我，目光相觸依然冰涼。我嘆了口氣。

「我欠妳一份人情，妳臨死若有什麼心願，可對我說。」她冷冷開口。

我想笑，卻笑不出，一時間竟想不出有什麼心願。

眼前掠過哥哥、父母和子澹的身影，我抱膝搖頭，微微苦笑。「妳沒有心願？」

小葉詫異地回眸瞪我。

過往十八年，玉堂金馬，錦繡生涯，竟然一無所求，竟沒什麼心願可掛礙。

就算有一天，我從人世間消失，父母、哥哥、子澹……他們固然會悲傷，但忘卻了暫時的悲傷之後，他們也會繼續活下去，在一生榮華後平靜終老，沒有什麼會不同。

「參見少主！」門外忽有動靜。

我忙拉過棉被擋在身前，遮住來不及整理的衣衫。門開處，賀蘭箴負手邁了進來。

身後淡淡月色，映得他白衣勝雪，愈見蕭索。

他進來也不出聲，只看著擁被坐在床上的我，面目隱在夜的暗色中，如影似魅，不可分辨。

然後他走近床前，拂了拂袖。「你們退下。」

「少主！」小葉似乎發了急，屈膝跪下。「奴婢大膽，求少主以復仇大業為重！」

賀蘭箴低頭看她。「妳說什麼？」

小葉身子一抖，顫聲道：「奴婢死不足惜，求少主看在奴婢往日侍奉的分兒上，容奴婢說完這句話！」她倔強地抬起頭，含淚道：「我們為了復仇，等了那麼多日子，死了那麼多人，成敗就在明日一舉……若少主為女色所迷，壞了復仇大計，怎對得起賀蘭氏的血海深仇！」

賀蘭箴靜默，月光照在他臉上，煞白得怕人。「多謝妳盡忠。」他淡淡開口。

話音未落，卻見他驟然翻手一掌，將小葉擊飛出去。小葉直撞到牆角，噴出一口鮮血，委頓倒地。

驚駭之下，我跳下床，顧不得只著貼身中衣，慌忙扶起小葉。鮮血從小葉脣角淌下，她面如金紙，顫顫地說不出話來。

「賀蘭箴，你……」我驚怒交加，難以相信眼前這白衣皎潔，彷彿不染纖塵的人，竟能對一個忠誠於他的弱小女子下得去手。

他只撣了撣衣袖。「來人，將她拖走。」門外護衛進來拖走了小葉。臨去前，她目光渙散，仍淒然望著賀蘭箴。

賀蘭箴來到床邊坐下，用剛剛打傷小葉的手，撫摸我的臉。我僵住，退無可退，周身泛起寒意。

「殺人其實很簡單。」他笑了笑，將我臉前的一綹亂髮撥開。「殺多少人我都不在乎，可是想到明天就要殺了妳，我很不快活。」他一雙幽黑瞳孔，在月光中閃動著妖異的光，眼底有真切悲哀。

「老天但凡讓我得到一件美好之物，必會在我眼前將之毀去。越是喜歡，越得不到。」他逼近我，望著我的眼睛，逼得越來越近。「不錯，我生來不祥，是被詛咒之人，但凡我所愛的，都將毀滅在我眼前。」他眼神淒惻，有如瘋魔。

然而他口中的「所愛」，令我怔住。

「妳配做我的女人，又凶又美又壞。」他抬起我的下巴，痴痴地看。「假如我不是賀蘭氏的王子，不是你們的仇敵，妳會不會……沒這麼厭惡我？」

「我厭惡你，與你的身分無關。」我看著他美得妖異的眉目，果然應當是一位王子的面容。「我只厭惡你欺辱弱小，遷怒無辜，一心只想殺戮報復。」

他並未惱怒，眼裡有些悲哀。「我生來已是這樣的人，這樣的命。」

我想反駁，一時卻不知能用什麼話來反駁，那是一種怎樣慘烈的際遇，我一無所知。他的目光流連在我臉上。

「妳可知道我是怎樣活下來的，不狠，不先下手，就會死在別人手裡。沒有人會對我心慈手軟，除了娘親，除了妳。」他垂目苦笑。「妳們都有很軟的心腸。」

眼前的賀蘭箴陌生得像個孤苦無依的孩子，全然不見平日的狠厲。

「妳那天拿著刀，想殺我的時候，絲毫沒有怯懦，妳是敢殺人的，我知道……但妳沒有，就那麼一點兒軟軟的眼光，像娘親一樣美，那時候我幾乎願意死在妳的刀下，知道嗎？」他握住我肩頭，慢慢，慢慢地，將我擁入懷抱。

我聽得到他胸膛下的心跳急亂。

這一刻我沒有掙扎反抗，安靜順從，在他最心軟脆弱的時刻，放軟了語聲喚他的名字：「賀蘭箴，不是沒人肯對你好，你若是好好去過安寧日子，總會有許多女子溫柔陪伴——」

他打斷我的話，微笑凝望。「我不要許多女子，我要妳，還要妳夫婿的人頭。」

從頭到腳的寒意，令我僵了半晌，只得冷冷一笑。「即便殺了蕭綦，你的國也回不來，無非搭進更多族人的命，令他們為你陪葬。」

殘忍冰冷的笑意，像一層夜霧在他漆黑的眼裡慢慢散開來。「我講一個故事給妳聽。」他在榻邊坐下。

「賀蘭國有過一位美麗高貴的公主，高貴得讓人多看一眼也是褻瀆。」他垂眸看我。「妳很像她。」

「賀蘭王將她嫁給全族最高貴的勇士，成婚那天，來觀禮的突厥王子見她美貌，婚禮上當眾將她搶去。賀蘭王不敢得罪突厥，只得眼睜睜地看著她受辱。她只是個懦弱女子，沒有勇氣反抗。被突厥王子玷汙之後，她生下一雙孿生兒女。」賀蘭箴彷彿在說一個遙遠的故事，娓娓道來，脣角猶帶一絲笑容。

「她和那一雙兒女，被王族看作莫大恥辱。賀蘭王從此不肯承認她的身分，將她母子三人逐出宮外。只有她宮中忠心耿耿的侍衛長一直跟隨著她，幫她將一雙兒女帶大，教她的兒子讀書習武。」

我望著賀蘭箴清秀的側臉，心中不忍，泛起一絲疼痛。

「她的兒女漸漸長大，母子三人相依為命，過得貧苦艱辛。有一年女兒病得快死了，她帶著兒子去向昔日皇族的親眷求救，他們卻指著那男孩子罵孽種，將她趕走。誰知過了多年，突厥王子卻派人尋來，強行搶走她的兒子。」

我脫口道：「為什麼，他之前不是不肯認這孩子嗎？」

他冷笑。「他唯一的兒子戰死，沒了繼承人，才想起當年還有個遺留在賀蘭的孽種。」

我沉默。

「那孩子被搶走不久，中原與突厥開戰，賀蘭夾在兩國之間，飽受戰禍荼毒，民不聊生。那孩子身在突厥，明知親人受盡煎熬，卻無能為力。」他仰頭，抑不住淚水滑落。

「賀蘭城破之前，突厥也被擊敗，向北方潰逃。那孩子以死哀求，突厥王子才答允他帶一支衛隊趕回賀蘭救母。」他的聲音一頓，瞳孔驟然收縮，道出最殘酷的一幕：「他去晚了，只晚了一天……賀蘭王都已被蕭綦攻破，屍積如山，血流成河。王族上下全部處死，婦女嬰兒無一倖免。原本他還有最後一絲期望，指望母親被逐出王族，不在處死之列。可當他趕到母親所居的村莊，整個村子都已經化為一片火海。他在家中殘垣斷壁裡，找到了兩具焦黑的屍首，母親緊抱著妹妹，雙雙慘死。」

我聽得喘不過氣來，眼前浮現出那可怖的一幕，彷彿看見一個絕望瘋狂的少年，在廢墟中發出淒厲哭喊。

戰禍裡人命如螻蟻，上至皇族，下至平民，概莫能免。縱然蕭綦沒有屠殺平民，平民也受池魚之苦，受害最烈。哪個將軍手上沒有血債累累，誰的功勳不是白骨堆積。

賀蘭箴依然仰著頭，似已僵化為石。

他狠狠攥緊我的手，手指冰涼，沒有一絲溫度。

「我在這世上僅有的牽掛，都在那一天化成灰燼。從此沒有國，沒有族，沒有家。我成了一個孤魂野鬼，哪裡也回不去。索圖，母親的侍衛長找到我，帶著一幫僥倖逃出的宮人，擁戴我為少主，誓死為賀蘭氏復仇。」他眼中閃動著妖異的癲狂。「可笑，我為什麼要替賀蘭氏復仇？一個被親族拋棄的突厥野種，算什麼少主？不過沒有關係，這些都沒有關係！野種也好，少主也罷，只要能為母親和妹妹復仇，我什麼都肯做！害死她們的人，必將付出慘烈百倍的代價！」

我無言以對，滿口滿心都是苦澀。

不僅賀蘭箴，飽受戰火荼毒的黎民百姓，誰又沒有母親、姊妹、父兄……在那個孤苦激憤的少年心中，母親和妹妹只怕是他僅存的美好與牽念。

背負一身傷痛，不是不可憐。

然而，他的恨、他的仇，卻指向我的夫婿、我的家國。

而我已成為他復仇的棋子。

驚魂

姑母曾說，每個人都藏有最珍愛的過往。

這一刻我想起她的話。

無論好人惡人，心中皆有堅持，皆有珍愛，一旦遭人侵犯，必全力維護，不惜以命相搏。

換作是我，目睹親人至愛遭此慘禍，也會拚盡餘生向凶手復仇。

「妳恨過嗎？」他目光幽冷地逼視我。

恨——這個字，令我恍惚半晌。

「沒有。」我垂眸，悵然一笑。「我沒人可恨。」平生負我棄我者，卻是親人與夫婿，我不能恨。

然而我抬首直視他雙目。「如果有朝一日，你統領大軍南征中原，可會放過我們中原的婦孺老人？」

他定定地看著我，目光陰晴不定，良久側頭不答。

我望定他。「你若殺我，何嘗不是傷及無辜？你有母親姊妹，我也有父母兄長，己所不欲，勿施於人。你今日所作所為，與蕭綦相比如何？他是為國征戰，你卻只為私怨。假若你認為自己沒有做錯，蕭綦當日又有什麼錯？」

「住口！」他暴怒，揚起手，掌風掠過我的臉頰，卻沒有落下。

他彷彿極力克制著凶戾，雙目赤紅，殺機大盛。「妳一心只想為蕭綦開脫，不知悔罪，你們中原人個個虛偽狡詐，男子皆可殺，婦人皆不可信！總有一日，我會殺盡南蠻，踏平中原！」

我被他逼到牆角，後背抵在壁上，退無可退。

望著他瘋狂扭曲的面目，我卻清清楚楚明白過來——兩族之間的刻骨血仇，世代綿延，殺戮永無休止。

戰場之上，只有成王敗寇，沒有是非對錯。我不屠人，人亦屠我。

將軍血染疆場，才換來萬千黎民安享太平。

若沒有豫章王十年征戰，保家衛國，只怕無數中原婦孺都將遭受異族凌辱。

「賀蘭箴，你會後悔。」我傲然微笑。「你必將後悔與蕭綦為敵。」

賀蘭箴瞳孔收縮，俯身逼近，捏住我的下頷。

「連自己的女人也守不住，算什麼英雄，蕭綦不過一介屠夫！」我在他的箝制下，掙扎開口：「我死不足惜，你卻不會得逞。」

賀蘭箴手上用勁，如鐵鉗扼住我的咽喉，看著我痛苦地閉上眼，他俯身在我耳邊冷笑。「是嗎，那妳就睜大眼，好好看著！」他的手探進我衣襟，慢慢挑開衣帶，嘴唇冷冷地貼在我耳際。「不如先將妳變成我的女人，等我殺了蕭綦，妳便不用守寡。」

我口中嘗到了一絲血腥味，嘴唇被自己咬破，這痛楚，卻被屈辱憤怒所淹沒。他將我重重地壓倒在床上。

我不掙扎，亦不再踢打，只仰了頭，輕藐地笑。「賀蘭箴，你的母親正在天上看著你。」

賀蘭箴驀地一僵，停下來，胸口急劇起伏，面色鐵青駭人。我看不清他的目光與神情。

彷彿一切如死一般凝住了。

僵持良久，他緩緩起身，再未看我一眼，離去的背影僵硬森冷，像個了無生氣的活死人。

又是一日過去。

算來今晚該是他們動手的時候了，可無論賀蘭箴還是蕭綦的人，都全無動靜。再沒有人進來過，亦沒有人送飯送水，我被獨自囚禁在這間斗室中。

入夜一室森暗。

我蜷縮在床頭，拉扯衣袖領口，想遮住這些日子被折磨出的累累傷痕。可是怎麼拉扯，都不能遮住被羞辱的痕跡。

我不想以這副落魄狼狽的模樣出現在蕭綦眼前，哪怕是看見我的屍首，也要潔淨體面。

忽有一線光，從門口照進來。

賀蘭箴不知何時出現在門口，一身黑衣，披風曳地，與身後夜色相融在一起。

跟隨在他身後的虯髯大漢，領了八名重盔鐵甲士兵，從頭到腳罩在披風下，幽靈般守在門外。

他走到我面前，幽魂般注視著我。

「時候到了？」我從容地站起身來，撫平散亂的鬢髮。

賀蘭箴突然抬起我的臉。

月光下，他的臉色蒼白如雪，手指冰涼，薄唇微顫。

「今日之後，若妳不死，我不死……我便帶妳回大漠……」他滿目恍惚，似有一瞬不忍。

「即便是我的屍首，蕭綦也會奪回，你什麼也帶不走。」我淡淡回答。

他的手僵住，一瞬不瞬地看著我，灼熱目光漸漸冷卻成灰。

虯髯漢子進來，將一只黑匣捧到賀蘭箴面前。

賀蘭箴一隻手搭上那匣子，眼角似在微微抽跳。

「少主，莫誤了時辰。」虬髯大漢低聲催促。

賀蘭箴的臉色比方才更加蒼白，手上顫了顫，驀地掀起匣蓋。匣中是一條普通的玉版束帶。

他緩緩取出玉帶，似要給我束在腰間。

我往後瑟縮，躲開他的觸碰，隱隱察覺那玉帶隱伏著危險，似一條毒蛇將我纏繞。虬髯大漢上前將我制住。

賀蘭箴雙手繞上我腰間，答一聲扣上玉帶，掌心輕輕摩挲上來。

「自這一刻，妳最好別再妄動。」他笑著，面色卻如罩寒霜。「玉帶中藏有最烈性的磷火劇毒，一旦觸動機括，磷火噴發，丈許內一切皆會燒為灰燼。」

我僵住，連呼吸也凝固成冰。

「妳可以祈求上天，助我一舉斬殺蕭綦，那樣妳也可免一死。」賀蘭箴輕撫我的臉，笑意漸冷。

他將一件玄黑披風給我罩上，藉著月光，那披風上熟悉的朱紅虎形徽記赫然入眼。朱紅虎徽依稀是兵部欽查使的徽記。

難道，他們要假扮兵部欽查使的護衛混入軍營？我這一驚非同小可，隱隱有可怕的念頭浮上心頭。

未及細想，賀蘭箴已經將我手腕牢牢扣住。「跟著我走，記著，一步不慎就是毒焰焚身。」

我手足冰冷，木然地隨著他，一步步走出門外。

邊塞寒冷的夜風吹得袖袂翻飛，遠處依稀可見營房的火光。

此時月到中宵，夜闌人靜，我卻已經踏上一條死亡之途，不能回頭了。賀蘭箴已經動手，蕭綦，卻仍似不動聲色。

院子裡一眾下屬已經候命待發。

我看見面色慘白的小葉也在其中，被兩名大漢挾著，看似傷重，搖搖欲墜。她竟然換上一襲宮裝，滿頭珠翠，雲鬢高綰，儼然侯門貴婦。

我心頭惴惴，猜她是要假扮成我，去接近蕭綦。四下皆有營房火光，遠遠綿延開去。

虬髯漢子走在最前面，我被賀蘭箴親自押解在後，一行人沿路經過重重營房，巡邏士兵遠遠見到我們，肅然讓道。每過一處關卡，虬髯漢子亮出一面朱紅權杖，均暢通無阻。

如果我沒有猜錯，那一定是兵部欽查使的印信。見火漆虎賁令，如見兵部欽查使親臨。

果然，通過了關卡，便見到欽查使的虎徽牙旗矗立在帥旗一側，朱紅虎紋映照著獵獵火光。

過了最後一道關卡，竟是北疆大營的校場。校場依山而建，場外廣闊林地，通向山腳。

場中已築起高達數丈的烽火臺，臺前三十丈外是主帥登臨閱兵的點將臺。

記得叔父講過，每有兵部欽查使出巡邊關，便要舉行閱兵演練，在校場燃起烽火，主帥升帳點將，主將登臺發令，六軍將士列陣操演，向欽查使顯示赫赫軍威。

我抬頭望去，那烽火臺上碩大的柴堆已經層層疊疊架起，巍然如塔。

夜色中，一行人迎面而來，同樣披著黑色斗篷，披風上有欽查使護從徽記。「何人擅闖校場重地？」

「我等奉欽查使大人之令，特來檢視。」虯髯大漢亮出權杖。

對方為首一人上前接了權杖，細細看過，壓低聲音問：「為何來遲？」

虯髯漢子回答：「三更初刻，並未來遲。」

那人與同伴對視一眼，點頭收下權杖。「閣下是賀蘭公子？」那人欠身道。

我身旁的賀蘭箴扮作尋常護衛模樣，斗篷覆面，不動聲色。

「主上另有要務在身，先行一步。」虯髯大漢低聲道：「我等自當遵令行事。」

那人頷首道：「人手已安排妥當，一旦動手，即刻接應。」

「有勞大人！」虯髯漢子拱手欠身。

我看著那一行人擦身而過，如魑魅隱入暗夜。

一時間全身生涼，絲絲寒氣從四面八方鑽進身體。果真有內應，這內應竟還是欽查使的人！

難怪他們可以輕易逃出暉州，混入押運軍需的隊伍，更在光天化日之下直入寧朔大營。

我一直驚疑賀蘭箴何來通天之能，卻原來背後另有內應。

勾結賀蘭餘孽，挾持王妃，謀害豫章王，不惜與蕭綦和王氏為敵——這人是何方神聖，竟有這樣的膽子，賀蘭箴又用了什麼好處，誘他亡命至此？

賀蘭箴真有這樣大的能耐，還是背後另有主謀？內應是混入欽查使手下的，還是欽查使本人？

我被他們押著出了校場，進到場外那片林地。

林中有開闊地，設了許多木樁屏障，乃至千奇百怪的攻戰之物，大概是供陣法演練之用。

時過四更，四下巡邏籌備的兵士正在往返奔忙，沒人阻攔我們這一列「欽查使」的人。每當巡邏士兵經過面前，我略有動作，賀蘭箴立刻伸手扣住我腰間玉帶。

生死捏於他人之手，我不敢求救，更沒有機會脫逃，只能苦苦等待時機。我被賀蘭箴帶到一個設在高處的哨崗，隨眾人隱伏下來。

天色放亮，營房四下篝火熄滅，校場在晨光中漸次清晰。天邊最後一抹夜色褪去，天光穿透雲層，投在蒼茫大地上。

驀然間，一聲低沉號角，響徹方圓數里的大營。

戰鼓催動，號角齊鳴，萬丈霞光躍然穿透雲層，天際風雲翻湧，氣象雄渾。大地傳來隱隱震動，微薄晨曦中，校場四周有滾滾煙塵騰起。

校場四面赫然出現了一列列兵馬重裝列陣，依序前行，靴聲撼動地面，捲起黃龍般的股股沙塵。

三聲低沉威嚴的鼓聲響過，主帥升帳。點將臺上，一面黑色滾金帥旗赫然升起，迎風招展，獵獵作響。

帥旗招展處，兩列鐵騎親衛簇擁著兩騎並駕馳出，登臨高臺。

當先那人騎墨色神駒，依然是熟悉的黑盔白羽，身披藩王服色的蟠龍戰袍，按轡佩劍，身形傲岸，玄色大氅迎風翻捲。旁邊一人騎紫電騮，著朱紅袍，高冠佩劍。

那就是蕭綦。

他再一次遠遠進入我的眼中，如城樓上初見，卻已天地迴異。我眼前驟然模糊，有淚水湧上。

「主帥升帳——」
號角聲嗚咽高亢，六軍將士齊聲吶喊，聲震四野。
九名重甲佩劍的大將，率先馳馬行到臺前，按劍行禮。
蕭綦俯視眾將，微微抬手，校場上數萬兵將立刻肅然，鴉雀無聲地聆聽。
他的聲音威嚴沉厚，遠遠傳來：「欽差使徐綬代天北巡，親臨寧朔，勤勞王事，撫定邊陲。今日校場點兵，眾將士依我號令，操演陣容，揚我軍威，以饗天恩！」
數萬兵將齊齊高舉戟戈，發出驚天動地的呼喊，令人心旌震盪，耳際嗡嗡作響。鼓聲隆隆動地，一聲聲直撞人心。
傳令臺上四名兵士，各自面向東西南北四面而立，舞動獵獵令旗。號角吹響，金鼓齊鳴，鼓聲漸急。
一隊黑甲鐵騎率先奔入校場，縱橫馳騁，進退有序，隨著將校手中紅旗演練九宮陣形。隨即是重甲營、步騎營、神機營、攻車營……每一營由一名將校統帶，排陣操演，訓練精熟。
一時間，四周俱是沙塵飛揚，旗幟翻飛，殺聲震天。雖不是真正的沙場廝殺，我仍看得心魄俱震。
這浩然軍威，比之當日京城犒軍，更雄渾百倍，令我震懾得忘了置身險境。身側賀蘭箴扣緊劍柄，眉鋒如刀，面色越發凝重肅殺。

四下沙塵滾滾，一眼望去，只見旌旗招展，金鐵光寒。

只見高臺之上，蕭綦振臂一掀大氅，接過巨弓在手，張弦如滿月，一支火矢破空飛去，正中烽火臺上柴堆。隨著烽火熊熊騰起，號角聲再起，高亢直裂雲霄。

校場眾將士齊聲發出山搖地動般呼喝。

高臺之上，蕭綦拔出了佩劍，寒光劃過，直指天際。座下通身漆黑的神駿戰馬一聲長嘶，揚蹄立定。

場下陣列如潮水般齊齊向兩側退散，留出正中一條筆直大道。蕭綦一馬當先，欽查使徐綬緊隨在後，雙雙馳入場中。

徐綬，會是那個與賀蘭箴暗中勾結的內應嗎？

此刻眼見他跟隨在蕭綦身後，我心急若焚，恨不能奔到他面前示警。

身側賀蘭箴冷笑一聲，手按在我腰間，低聲道：「若不想陪他同死，就不要妄動。」

我咬唇，一語不發。

他壓低聲音，笑得陰險。「好好瞧著，很快妳便要做寡婦了。」

我霍然回頭看向場中，蕭綦已至校場中央，九員大將相隨於後。他身後傳令官揮動令旗，分指兩側，號令一隊黑甲鐵騎迅疾而至。

此時，蕭綦突然掉轉馬頭，向右馳去。身後鐵騎一字橫開，重盾步兵截斷去路，陣形疾馳如靈蛇夭矯，轉眼便將蕭綦與徐綬分隔左右兩翼。

蕭綦領了右翼，竟徑直向我們藏身的林地馳來。

徐綬被圍在左翼，勒馬團團四轉，進退無路，四下重盾甲兵如潮水湧至，收緊陣形，將他迫向陣形中央。徐綬幾番催馬欲退，卻已身不由己。

「不好！」賀蘭箴失聲低呼。

奪魄

轟然一聲巨響，大地震顫，塵土飛揚，校場正中騰起火光濃煙。

我被那一聲巨響震得心驚目眩，耳中嗡嗡，幾乎立足不穩。

頃刻間驚變陡生，校場上塵土漫天飛揚，情形莫辨，人聲呼喝與驚馬嘶鳴混雜成一片。

徐綬駐馬而立之地，被炸出一個深坑！

周邊甲兵有重盾護身，雖有傷者倒地，看似傷亡不大。

唯獨徐綬一人一馬，連同他周圍親信護衛，恰在深坑正中，只怕已是粉身碎骨，血肉無存。

方才還是活生生的人，就這樣在我眼前消失。我只覺腦中一片空白，恐懼和震驚一起翻湧上胸口，冷汗透衣而出。

卻見硝煙中，一面黑色滾金帥旗自右翼軍中高高擎起。

帥旗獵獵飛揚，通身漆黑的戰馬揚蹄躍出——蕭綦端坐馬上，拔劍出鞘，如有驚電劃破長空，劍光耀亮我雙眼。心中從未有過的激蕩，陡然令我血氣翻騰。

「傳令察罕，發動狙殺！」賀蘭箴森然發令。

「少主不可，蕭綦已有防備，我們只怕中計了！」虯髯漢子急道。

「那又如何？」賀蘭箴扣住我肩頭的手陡然收緊，我頓時覺得奇痛難忍。我咬脣，不肯痛呼出聲。

虯髯漢子恨聲道：「眼下不利，懇請少主撤回人馬，速退！」

「賀蘭箴生平不識一個退字。」賀蘭箴獰然笑道：「今日大不了玉石俱焚！」

身後死士齊聲道：「屬下誓與少主共進退！」

虯髯漢子僵立，終究長嘆一聲：「屬下誓死相隨。」

忽聽場中號角響起，嗚嗚聲低沉肅殺。

蕭綦威嚴沉穩的聲音穿透一片驚亂，遠遠傳來：「賊寇行刺，死罪當誅！」隨著他聲音傳開，場上兵將立時肅然。

但見蕭綦橫劍立馬，縱聲喝道：「眾將聽令，封鎖四野，遇寇殺無赦！」

全場齊呼：「殺——」一片殺聲如雷，刀劍出鞘。就在這一剎那，異變又起！

一點火光挾尖促聲直襲蕭綦馬前，蕭綦策馬急退，火光落地竟似雷火彈般炸開，碎裂的石板四下激飛。

幾乎同一瞬間，周圍兵將中，幾條人影幽靈般掠出。一道黑影凌空躍起，兜頭向蕭綦撒出一蓬白茫茫的粉雨，漫天石灰粉末鋪天蓋地罩下，左右兩人就地滾到馬前，刀光橫斬馬蹄。

石灰漫天裡，刀光乍現，縱橫如練，殺氣織就天羅地網，罩向蕭綦一人一馬。一切都在剎那間發生，快得不可思議。

然而比這更快的，是一道牆——盾牆。

寒光森然的重甲盾牆，恍如神兵天降，鏗鏘乍現。

一列重盾甲衛自亂陣中驟然現身，行動迅疾如電，手中黑鐵重盾鏗然合併為牆，於千鈞一髮之際擋在蕭綦馬前，如一道刀槍不入的鐵牆，阻截了第一輪擊殺。

一擊不中，六名刺客當即變陣突圍。

眾護衛齊聲暴喝，盾影交剪，刀光暴漲，形成圍剿之勢，與刺客搏殺在一起。忽一聲怒馬長嘶，聲裂雲霄，蕭綦策馬殺出重圍。

兩名刺客厲聲長嘯，飛身追擊，其餘刺客俱是捨了性命，近身格殺，招招玉石俱焚，硬生生將一眾護衛纏住，為那兩名刺客殺開一條血路。

那兩人一左一右撲到蕭綦身側，鐵槍橫掃，長刀挾風，欲將蕭綦刺於馬下。

我沒能看清那一刻，死亡是如何降臨。只看到一道驚電，一片雪光，一抹耀眼的肅殺。

刺客的劍，是血濺三尺；將軍的劍，是一劍光寒十四州。電光石火的一擊過後，蕭綦連人帶馬躍過，風氅翻捲如雲。

身後一蓬血雨灑落，兩名刺客赫然身首異處，伏屍當場。而此時石灰猶未全部落盡，白茫茫灰濛濛的粉末，夾裹了猩紅血色，猶在風中飄飛，落地一片紅白斑斕。

伏擊、交鋒、突圍、決殺，刺客伏誅——只在瞬息。

「豫章王妃在此，誰敢妄動！」這一聲暴喝，聲震全場，竟是從校場烽火臺下傳來。

我一震，望向烽火臺上，見一名紅衣女子被綁縛而出，身側一人橫刀架於她頸上。

眼前掠過臨行前身穿宮裝的小葉，假王妃，真陷阱，分明是一個有毒的誘餌！

那人厲聲道：「蕭綦狗賊，若要王妃活命，你便單騎上陣與我決一勝負！」

眾兵將已如潮水湧至，將那烽火臺團團圍住，正中留出一條通道，直達蕭綦馬前。

蕭綦勒馬立定。「放了王妃，本王留你一個全屍。」他語聲淡定，蓄滿肅殺之意。

臺上之人厲聲狂笑。「若殺我，必先殺你妻！」

我再也忍耐不住，拚盡力氣呼喊：「不，那是假——」話音驟斷，再也發不出聲，我被賀蘭箴猛地捏住了下頷。

他森然靠近我耳畔。「妳很想救他？我倒想看看，他肯不肯為了『妳』，捨命相救？」

我狠狠一扭頭，咬在賀蘭箴手上。

他負痛，反手一掌摑來。

口中湧出血腥味道，我立足不穩跌倒，被他箍在懷中。

「很好，他果真救妳去了。」賀蘭箴冷笑。

我被那一掌摑得天旋地轉，眼前發黑，聽見這句話，心中震動，掙扎抬首望去——只見蕭綦一人一騎，果真馳向那烽火臺下，臺上刺客的弓弩齊齊對準了他。

不，那是假的，那不是我！

我惶急得一陣眩暈，在賀蘭箴手中拚命掙扎。

然而兩側軍陣中，驀然吼聲震天。四塊巨石同時從陣中飛起，投向那烽火臺四角，所過之處，摧石裂柱，慘呼不絕。

那軍陣中竟早已設下投石機弩，持盾士兵，疊成盾牆擋在蕭綦身前。伏於四角的弓弩手紛紛被激飛的石屑打中，跌下高臺，落地非死即傷，更被槍戟齊下，剁成肉泥。

碎石飛濺，凶險異常，那「王妃」深陷其中，也不知道死活……他，到底還是動手了。

蕭綦遙指高臺，悍然道：「攻上去，格殺勿論——」這一聲，驚得我心頭劇顫，震盪不已，為他的決絕魄力，也為他的冷酷無情。寧為玉碎，不受脅迫，好個豫章王。

可那是他的「王妃」，那是「我」，他竟毫不在乎「我」的死活。

「他連妳也格殺勿論……」賀蘭箴恨聲，卻帶著惡毒笑意，扳起我的臉，迫我看向前方。「妳果然只是他籠絡權貴的棋子，救下來的是人是屍，他不在乎！」

每個字都像毒針直刺心底。

他說得不錯，我只是棋子罷了，死活並不那麼重要。我眼前模糊，淚意被咬牙忍回。

卻見此時陣中佇列變換，隊後弓弩掩射，左右精兵持短刀攻上，迅捷勇悍如尖刀，饒是賀蘭死士拚死抵擋，依舊一個個被斬於陣前。

那假王妃被挾著步步退縮，挾她之人厲聲高呼：「王妃在我手裡——」被一支狼牙白羽箭截斷，箭尖洞穿了他咽喉。

射出那一箭的人，傲然立馬張弓，一箭破空之聲撕裂雲霄。

三年前犒軍初見，也是遙遙一眼，也是這般雄姿英發……今日往昔，俱在這一刻重疊。

獵獵長風吹亂鬢髮，我閉上眼睛，悽楚如潮水淹沒心底。

賀蘭死士盡數伏誅。

當先攻上的兵士小心翼翼帶下了那名「王妃」。

蕭綦策馬馳向前去，沒有護衛，只一個持長槍的銀甲軍緊隨在側。賀蘭箴緊緊地扣住我的咽喉。

我發不出聲音，這一剎那，悲哀地記起，蕭綦不認得我，連我的容貌也不曾瞧過一眼。攙扶著「王妃」的士兵已將她送到馬前，離蕭綦不過丈許。

蕭綦駐馬，那「王妃」顫巍巍地掙脫旁人，向他走去，衣袂鬢髮迎風飄拂。她抬頭，雙臂揚起。

「她不是王妃！」蕭綦身側的銀甲將軍驀然大喝，躍馬搶出，紅纓鐵槍橫掃，於半空中銀光交剪，鏗然擊飛一物。

假扮王妃的小葉不退反進，揚手又是兩道寒光射出。眼見那銀甲將軍閃避不及，劍光乍現，蕭綦一劍横削，擊落飛刀。銀甲將軍反手一槍刺倒了小葉。

「留下活口！」蕭綦大喝。

左右一擁而上，便要擒下小葉。

小葉一聲淒厲長笑，翻腕將最後的飛刀扎進自己胸膛。「少主珍重——」最後一個字猝然而斷，她撲倒，血濺黃沙。

未待我看清眼前變故，只覺身子一緊，旋即騰起，竟被賀蘭箴拖上馬背。

他緊緊將我挾在身前，催馬揚蹄，衝向校場。人驚馬嘶風颯颯。晨光照耀鐵甲，槍戟森嚴，一片黑鐵般潮水橫亙眼前。在那潮水中央，蕭綦英武如神祇的身影，迎著晨光，離我越來越近。越過千萬人，越過生死之淵，他灼灼目光終於與我交會。

我看不清那盔甲面罩下的容顏，那目光卻直烙進心底。

眼前軍陣霍然合攏，步騎重盾在後，矛戟在前，齊刷刷發一聲吼，將我團團圍住。

數千張弓弩從不同方向對準這裡——箭在弦上，刀劍出鞘，金鐵鋒稜折射出一片耀目寒光。

蕭綦抬手，眾軍鴉雀無聲。

賀蘭箴緊貼我的身軀僵硬緊繃，在這一刻微微發顫。

他只剩我這唯一的籌碼——失去鎮定，便已是輸了一半。

「豫章王，別來無恙。」賀蘭箴的語聲如冰。

「賀蘭公子，久違。」蕭綦面無表情，目光冷冷掃過賀蘭箴，停在我臉上。他對賀蘭箴連眼角也未抬一下，像是全未將他放在眼裡，只凝目看我。

賀蘭箴捏起我下巴，掌心汗出，指尖發顫，卻笑得輕慢。「這次看仔細了，真真假假，要殺要救在你一念之間。」

蕭綦的目光鋒銳更甚他的劍光。

我極力想將他看個仔細，眼前卻驀然湧上水霧。

時隔三年，真正的初相見，竟在這般境地。此刻他以怎樣的目光看我，是王妃，是妻子，還是棋子……這些都已經不重要了，一念之間，便是他的取捨，我的生死。

四目相對，萬語千言，只成緘默。

賀蘭箴將那柄寒氣森森的匕首，抵在了我頸上。蕭綦身後的弓弩手也早將弓弦拉滿。

「王妃……」那銀甲將軍欲言又止，卻被蕭綦抬手制止。

我認出他，是大婚那日在喜堂上被我怒斥的那個人，猶記得他的名字是宋懷恩。我對他微微一笑。

蕭綦的目光幽深，望向我，竟像夏日正午的陽光照在我臉上，睜不開眼的熾烈之下，有種被灼痛的快意。

「你想怎樣？」蕭綦淡淡開口。

這樣問，便是接受賀蘭箴的要脅，肯與他交涉。

賀蘭箴一字字道：「其一，開啟南門，不得追擊；其二，若想要回你的女人，就單槍匹馬與我一戰。」

蕭綦沉聲問：「僅此而已？」

賀蘭箴冷哼，一抖韁繩，策馬退開數步，貼在我頸上的匕首閃動寒光。

六軍當前，萬千雙眼睛注視下，蕭綦策馬出陣，緩緩抬起右手。「開啟南門。」

南門外即是那片陡峭山林，一旦縱人脫逃，再難追擊。

賀蘭箴橫刀將我挾在身前，徐徐策馬後退，與所餘殘部一起退至南門。軋軋聲過，營門升起。

森寒刀刃緊貼頸側，我回眸，於生死交關之際，匆匆一眼，仍是來不及看清蕭綦的樣子。

賀蘭箴已掉轉馬頭，馳出營門，一騎當先，直往山間小道奔去。

生死

一入山林，橫枝蔽日，險路崎嶇。

殘餘賀蘭死士二十餘騎衝入林中，三五成隊，分散向南奔逃。賀蘭箴一騎絕塵，非但不往南逃，反而奔上盤山羊腸小徑，朝山林深處馳去。虬髯漢緊隨在側，其餘兩騎斷後，護衛著賀蘭箴馳上山道。

一路全無阻攔，也不見追兵，蕭綦果真信守諾言。

山路盤旋崎嶇，交錯縱橫，賀蘭箴卻輕車熟路，顯然早已選好了這條退路。

「少主，蕭綦跟至山下岔道，突然不見蹤影。」虬髯漢縱馬上前。

賀蘭箴勒韁，回馬望去，只見林莽森森，山崖險峭，瞧不見半個人影，只有山風呼嘯不絕。

「莫非蕭綦貪生怕死，沒有跟來？」虬髯漢緊張地問，有些慌了神。

「他一定會來，留心伏擊。」賀蘭箴冷冷道。

是的，我也相信，他一定會來。

我狠狠咬住唇，壓下心中紛亂。

原以為到了這一步，生死已不足為懼，沒什麼值得惶恐。可是蕭綦現身，帶來生之期待，也帶來忐忑惶恐。

這一刻，我絲毫不怕刀刃相挾，卻害怕被放棄。

「少主……」虯髯漢方欲開口，賀蘭箴卻一抬手，示意禁聲，只凝神側耳傾聽。山風呼嘯過耳，蓋過了所有聲音。

賀蘭箴臉色凝重異常。「各自小心戒備，不可大意。」

虯髯漢應道：「前面過了鷹嘴峪、飛雲坡，就是斷崖索橋，我們的人已在橋下接應。此段河道湍急，順流而下，不出半個時辰就可越過邊界。」賀蘭箴頷首，揚鞭催馬，疾馳向前。

山路越發險峻，勁風如刀，狠狠颳過我臉龐，吹得鬢髮散亂飛舞。我被賀蘭箴箍在懷中，裹在他披風下，驀地聽見他說：「抓緊我。」

這三個字，令我一怔……花月春風共少年，昔日我和子澹也曾並肩共騎，那個白衣飛揚的少年，也曾低頭在我耳邊說：「別怕，抓緊我。」一時恍惚，酸楚不能自持。

山路陡轉，眼前豁然開朗，一座棧橋凌空飛架於斷崖上。崖底水聲拍岸，似有激流奔湧。

虯髯漢縱馬上前，探視片刻，回首道：「就是這裡！垂索已備好，屬下先行下去接應。」

賀蘭箴勒住韁繩。「小心行事。」

眼看著虯髯漢下馬，檢視橋邊垂索，我再難鎮定——難道我真要被賀蘭箴挾去塞外，死也不得死在中土嗎！

蕭綦怎麼還不來，他不會將我放棄，他不是那樣的懦夫！

賀蘭箴在我耳邊切齒道：「既然他不要妳，跟了我去塞外也罷。」

輕飄飄一句話，刺中我心底隱痛，刺得恨意如烈火勃發。

我咬牙恨道：「就算今天他不殺你，總有一天，我必親手殺你！」

賀蘭箴厲聲長笑。

笑聲未歇，勁聲破空，尖嘯而至！慘呼，濺血。

一名負弓善射的隨從，栽下馬來，滾在地上。

一支狼牙白羽箭洞穿他頸項，箭尾白羽猶自顫顫。猩紅的血，大股大股從他口鼻湧出。

這垂死的人，口鼻扭曲，雙眼瞪如銅鈴。

「少主小心！」虯髯漢高聲示警，翻身躍上馬背，將賀蘭箴擋在身後。

幾乎同時，賀蘭箴俯低，將我緊緊按住，拔刀怒喝：「他在東南方向！」

虯髯漢反手抽出箭來，張弓開弦，對準東南方。

我拚力大叫：「小心——」

颼颼連射三箭，沒入林莽，毫無聲息。

東南方只有一條小路從山坡下斜斜探出，前方卻被一片低矮樹叢遮蔽。

「在那裡！」幾名護衛縱馬衝了出去。

虬髯漢驚喝：「回來！」

他話音未落，又一聲疾矢厲嘯，一箭之力，竟將衝在最先那人，從馬背上摜倒，一頭栽下來，脖子被一支狼牙白羽箭貫穿。

只聽怒馬長嘶，聲裂雲霄。

那通體如墨的神駿戰馬，凜然躍下坡頂，揚蹄俯衝而來，一路踏出塵泥飛濺。

馬背上的蕭綦，橫劍在手，甲冑光寒，風氅如鷹展翼。

一人一騎，挾風雷之勢，恍如血池修羅。

人未至，殺氣已至。

「少主先走！」虬髯漢子策馬掉頭，拔出九環長刀迎上，縱聲怒吼：「狗賊，與我一戰！」

賀蘭箴夾馬躍出，搶上僅容一騎通過的棧道，直奔棧橋。

蕭綦與那虬髯漢迎面交鋒。

山道狹窄險峻，兩騎戰在一處，刀劍交擊之間，金鐵聲劃破長空。陡然一蓬猩紅濺開，不知是誰血灑當場。

我心膽俱寒，眼前只見刀劍寒光，看不清激戰在一起的兩個身影，身上箝制卻一鬆。

賀蘭箴放開我，勒馬立定，反手搭箭，從背後對準了蕭綦。

蕭綦與虯髯漢刀劍交剪，背後空門大開。弦開滿月，蓄勢已足。

我撲上去，用盡全力，一口咬在賀蘭箴手腕。賀蘭箴吃痛，一箭脫手射出，偏了準頭。

那一箭，斜擦蕭綦臉側飛過。齒間嘗到濃重血腥氣。

「賤人！」賀蘭箴怒發如狂，翻手一掌擊在我後背。

我只覺肺腑劇震，喉頭發甜，一口鮮血噴出，眼前驟然翻黑。卻見這電光石火的一瞬，蕭綦錯馬回身，手中劍光暴漲，一道寒芒裂空。

漫天血雨如蓬，虯髯漢的頭顱滾落馬下。

蕭綦躍馬，從當空血雨中躍過，盔上白羽盡紅。眼前懾人心魄的一幕，卻令我精神大振。

腥熱衝上喉頭，我嗆出一口血，每吸一口氣都痛徹肺腑。賀蘭箴已退至棧橋邊上，挾了我，橫刀而立。

橋頭居高臨下，棧道僅容一人通過。

我被賀蘭箴挾住，搖搖欲墜，再沒有力氣站立。

「你不是要與我一戰嗎？」蕭綦躍下馬背，緩緩抬劍，藐然冷笑。正午日光照在他平舉的劍鋒上，殺氣森然，不可逼視。

他周身浴血，整個人凜然散發著無盡殺意，人如鋒刃，劍即是人。賀蘭箴扣緊我肩頭，指節發白，殺機彷彿溢滿緊繃的每一寸身軀。對峙間，山風呼嘯，林濤有如殺聲陣陣。

賀蘭箴森然一笑。

「是要這女人，還是要我的命，你選。」

蕭綦靜靜凝立，不動如山，正午陽光將他眼中鋒芒與劍尖寒芒，隱隱連成一線。

「本王都要！」

賀蘭箴的指尖驟然扣緊，縱聲大笑。笑聲中彌散的殺機，令山風也凝結成冰。

蕭綦振腕一抖長劍。

賀蘭箴的手滑向我腰際，扣住了玉帶機關。

我悚然驚呼：「不要過來！」語聲落，兩人身形同時展動。

寒光交剪，刀鋒擦著我鬢角掠過。劍氣如霜，迫人眉睫俱寒。

然而這一切，都不若腰間喀的一聲輕響可怖。

賀蘭箴一刀虛斬，將我擋在身前，趁勢倒掠而出，彈指觸動我腰間玉扣。一束銀絲從玉扣中激射而出，彼端緊扣在賀蘭箴手中。

我驟然明白了——

說什麼玉石俱焚，玉帶中磷火劇毒可焚盡三丈內一切，他卻以銀絲牽引機關，待自己飛身躍下棧橋，銀絲自斷，引發磷火，我與蕭綦俱會化為灰燼，他則全身而退。

我霍然抬頭，與賀蘭箴冷絕的目光相觸。

「阿嫵，來生再見！」他目中淒厲之色大盛，扣了銀絲，縱身躍下。

我咬牙，拚盡最後的力氣，張臂抱住了他。

我身子驟然騰空，風聲過耳。

「王儇——」蕭綦搶到橋邊，凌空抓住我衣袖。裂帛，衣斷。

轉瞬間，我全身凌空，隨賀蘭箴懸於橋下吊索。賀蘭箴臉色慘白，單憑一臂懸挽，阻住下墜之勢。

蕭綦只抓住我半幅衣袖，見勢不顧凶險地探下身來，欲抓住我的手。

「別碰我，有磷火劇毒！」仰頭望著他，我顫聲道：「你快走，我與他同歸於盡！」

蕭綦臉色一變，竭力伸出手來。「別亂動，抓住我的手！」

我決然搖頭。

「好一對同命鴛鴦！」賀蘭箴狂笑，揚手將銀絲一扣。「罷了，我們黃泉路上再決勝負！」

我駭然，見腰間銀絲急速收緊，機關一觸即發。

蕭綦半身探出，勃然怒道：「手給我！」他甲胄浴血，凜然生威，目光凌厲不容抗拒。

生死一念間，我將心一橫，奮力抓住了他的手。

腰間銀絲傳來斷裂的脆聲——就在這一剎那，眼前匹練般劍光斬下！骨頭斷裂的聲音，原來也脆如碎瓷。

滾燙猩紅濺上我的臉。

賀蘭箴的慘呼淒厲不似人聲，一團鬼火般的幽綠磷火毒焰，堪堪在身後爆開，隨他那聲慘呼，一同飛墜橋底深淵。

那握住我的大手，猛地發力，將我凌空拽起。一拽之力，將我與他雙雙摜倒。

我跌入堅實溫暖的懷抱，被一雙有力的手臂緊緊抱住。

腰間玉帶完好，銀絲的彼端赫然連著一隻齊腕斬下的斷手。是賀蘭箴扣住銀絲的手，被蕭綦一劍斬了下來。

「王妃，沒事了。」蕭綦低沉的聲音在耳邊響起。

我已力竭虛脫，張口欲言，卻嗆出一口腥甜，睜大眼睛想要看清楚他的容顏，卻只看見到處是血，天地一片猩紅，旋即無邊無際的黑暗向我壓了下來。

火，熊熊烈火，籠罩了天地，呼呼的風聲颼過耳邊，一道劍光陡然掠起，大股大股的鮮血如洪水一般湧來，即將沒頂……

我在血海中浮沉掙扎，神志漸漸清醒，卻怎麼也睜不開眼。彷彿置身熊熊火焰之中，周身痛楚無力，稍稍一動，便傳來牽心扯肺的劇痛。

混沌中幾番醒來，又幾番睡去。

夢中似乎有雙深沉的眼睛，映著灼灼火光，直抵人心；又似乎有雙溫暖的手，撫在我額頭；又是誰的聲音，低低同我說話？我聽不清他說什麼，只聽著這聲音，便漸漸安寧下去。

我再次醒來的時候，眼前一線模糊光明，終於慢慢睜開了眼。

床幔低垂，燭火搖曳，瀰漫著一股濃重的藥味。我緩緩呼吸，觸摸到柔軟溫暖的被衾，才相信不是在夢中。

那場惡夢真的過去了，此刻安然躺在床榻上，我已經安全了。

回想起夢裡，血光劍影，生死頃刻……縱身而下，身在虛空……千鈞一髮，刀鋒掠鬢，那雙溫暖堅定的手將我從黃泉路上奪回人世……我驀然一顫，口中猶有血氣的腥甜，喉中乾澀欲裂，不禁低低呻吟出聲。

垂幔外有人影晃動，低沉的男子聲音彷彿從很遠處傳來：「她可是醒了？」

「回稟王爺，王妃傷勢已見好轉，性命無虞，只是尚未清醒。」一個老者的聲音答道。

「已經兩天了，她身受內傷，經脈受損，當真無性命之憂？」那聲音透出焦急，竟然是蕭綦。

「雖是傷在要害，但未損及心脈，王妃脈象微弱，不能用藥過急，否則反受其害。」

外面良久無聲，只有濃郁的藥味彌散，我勉力抬了抬手，想掀開垂幔，卻沒有力氣。

只聽沉沉一聲嘆息。

「若是賀蘭箴那一掌用了全力，只怕她已不在了。」

「王妃吉人天相，必能逢凶化吉。」

這又是誰的聲音，不是方才的老者，隱隱有些熟悉。

「此番大意輕敵，想來後怕，險些害了她。」蕭綦的聲音低沉，透著愧疚。「枉我馳騁疆場，半生戎馬，卻牽連她一個弱女子，來受這樣的罪。」

「如今王妃已平安，王爺且放寬心，守了這幾晝夜，您都沒怎麼歇息。」

「她沒醒，我不放心。」

「王爺這是……」

蕭綦低笑了一聲。「懷恩，你欲言又止什麼？」

「末將只知，關心則亂。」外頭再無聲息，良久沉寂。

我隔著床幔望去，隱隱見一個挺拔身影映在屏風上，側臉起伏鮮明的輪廓，堅毅如鑿。

他的身影靜立不動，似乎隔了屏風，正凝望我所在的內室。

我屏息，一時竟怕被他看到臉上滾燙的紅潮。

關心則亂，這四個字在我心頭縈繞，滋味莫辨。

愛憎

垂簾動，珠玉簌簌有聲，他的腳步聲轉入內室，身影清晰映上床帷。

我的心裡怦怦急跳。

他沉默地佇立在床前，隔著一道素帷彷彿在看我。

五月間的天氣已換上了輕軟的煙羅素帷，隔在其間如煙霧氤氳。

我看他，隱約只見形影；他看我，也只怕不辨面目。

侍女悄然退了出去，一室靜謐，藥香瀰漫。他抬手，遲疑地撫上羅帷，卻不掀起。

我不知所措，心中怦然，一時屏住呼吸。

「王妃，我知妳已醒來……」他語聲沉緩。「我有負於妳，不能妄求寬恕，妳若肯給我機會彌補，便請開口；若不能，蕭某也不再驚擾，待妳傷好，便送妳回京休養。」

我靜靜聽著，心底卻已風急雲捲，如暴雨將至前的窒迫。

未等我質問責備，他已自稱「有負」，一開口便將姿態放到了低處。我還未想好怎樣面對往日恩怨，他卻已為我定好了選擇——我只需要選擇開口，或是沉默，選擇原諒，或是離去。

我隔了羅帷，定定地看著他，分不清心中酸楚滋味，到底是不是恨。他立在床前，負手沉默等待。

一室寂靜，光影斑駁，只有沉香繚繞。

這是何其決絕，何其霸道的一個人，要麼原諒，要麼離開，不容我有含糊的餘地。

我該對此憤怒的，可是偏偏，他給的選擇和我想到了一處，或者原諒，或者恨，沒有第三條路可走——竟有默契至此。

他已佇立良久，等待我的選擇，等待我開口喚他，或是繼續沉默。望著這陌生又親近的身影，我心中萬千慨然，無從啟齒。

他卻嘆了一聲，不掩落寞，僵立片刻，轉身一言不發而去。

「蕭綦。」我輕聲喚他的名字。

嗓音低啞，力氣微弱，連自己都聽不分明。

他沒有聽見，大步走向外間，眼看便要轉出屏風。我惱了，盡力提起聲氣：

「你……站住！」

他身影一頓，駐了足，怔怔回頭。「妳，叫我站住？」

這一聲耗盡氣力，牽動胸口傷處，我一時痛得說不出話來。他大步趕過來，親手掀開床帷。

眼前光亮一盛，我抬眸，直落入一雙灼人深邃的眼裡——就是這雙眼，懸崖之上驚徹我心魄，昏迷中予我無窮盡的力量與安穩。

這雙眼愈發幽黑，深不見底，令我失神。

此刻我的樣子一定狼狽得難看，不由轉頭向內，羞於被他看見。

「別動。」他蹙眉，俯身按住我的肩頭，急忙傳喚大夫。

大夫匆匆進來，滿屋子的人忙著端藥倒水，診脈問安。侍女端了藥上來，欲將我扶起進藥。

他親手接過藥盞，側坐榻邊，極小心地扶起我，讓我靠在他胸前。

陌生而強烈的男子氣息將我包圍，即使隔了衣襟，我也隱隱能感覺到他的體溫。

「這樣舒服嗎？」他扶住我的肩頭，低頭凝望著我，目光溫和專注。

我臉上發燙，低眸不敢看他。

他笑了。「妳我早已成婚，不必羞怯拘禮。」

為何一場傷病竟將我變得這樣膽小了，一時暗惱，倨傲心起，抬頭看向他……終於看清楚了他的樣子，濃眉飛揚，深目薄唇，不怒自威，竟也是個軒昂不凡的偉男了。

「看清了嗎？」他看著我，不掩揶揄。

我連耳後也發燙起來，只怕臉上已是紅透，索性大大方方地將他從頭看到腳。

「如何？」他含笑看我。

我淡淡轉頭道：「並沒有三頭六臂。」

他朗聲笑，將藥碗遞到我脣邊，一面看著我喝，一面輕拍我後背，落手極輕，也笨拙至極。

我低頭喝藥，背後感覺到他掌心的溫熱，心裡不知為何，軟軟的，似塌下去一個地方。

藥味辛澀，我皺眉喝完，轉過頭。「蜜酪呢？」

「什麼？」

他愕然，我也一呆……往日在家，母親知道我怕苦，每次喝過藥，總是立即遞上雪蓮蜂漿調製的蜜酪。可此間哪裡去尋，想起母親、父親和哥哥，想起家中種種，我低頭，淚水不爭氣地湧上。

淚水滑下臉頰，濺在他手背。

一路凶險，命懸頃刻的關頭，都不曾落淚……而此時，在他面前，我竟傻乎乎地落了淚。

他放下藥碗，伸手替我拭淚。

我低頭躲避，眼尾仍被他手指撫過，隱隱感到指頭硬繭的摩挲。

他柔聲道：「良藥苦口，睡一覺醒來傷勢好轉，便不疼了。」

口中藥味仍覺辛澀，我心頭卻不那麼酸楚，漸覺溫暖安穩。

「睡吧。」他將我放回枕上，握住我的手，濃濃暖意從他掌心透來。

我有些恍惚，不知是藥效發作，還是一時錯覺，眼前模糊見到小小的子澹，如幼時一樣伏在榻邊，踮起足尖，伸手來摸我的額頭，趴在我耳邊細聲說：「阿嫵妹妹，快些好起來。」

我睜開眼，卻見子澹的面容漸漸模糊，變成了蕭綦的眉目。

此刻撫著我額頭，握緊我手的人，是我已嫁了三年，卻初相見的夫婿，再也不會是子澹了。

酸楚襲上心頭，比傷痛更難挨。

之後數日，我總在藥效下整日昏睡，內傷日漸好轉。

偶爾清醒的片刻，我會期待從侍女口中聽到蕭綦的消息。但是，他並沒有來過，自那日離去就沒有再來過。

只有那叫宋懷恩的將軍，每日都奉命前來詢問醫侍，將我的情形回報蕭綦，只說王爺軍務繁忙，要我靜心休養……我默然以對，分不清心中晦澀滋味，是不是失落。

或許原本就不該存有期許，或許什麼都沒有改變，他仍是他，我仍是我。我只想知道，京中是否已經得到我脫險的消息，父母是否已安心。

再者，便是賀蘭箴的下落。

那日賀蘭箴斷腕墜崖，慘烈景狀歷歷如在眼前。我隨他一起躍下之際，滿懷與之俱亡的恨意。

想來我是恨他的，一路上的屈辱折磨，均拜他所賜，至今傷痕累累，受他那一掌的內傷也還未癒。

昏迷的惡夢裡，時而見到那個白衣蕭索的身影，見到他滿身浴血，墜向無底深淵。那麼高的懸崖，又被斬斷手腕……想來此刻，他已是白骨一堆。

然而，他狂怒之下的一掌，並未下足狠手，到底手下留情。每每想起那一掌，想起當日種種，恨意不覺淡去，徒留憐憫。

那一天，死了那麼多人。

先是校場之上血肉殺戮，繼而山中棧道，奪路追殺，蕭綦接連斬殺三人，洞穿咽喉的箭矢、身首分離的頭顱、斷臂、熱血……有生以來，我從未見過，想也不曾想過這般景象。

從前在御苑獵鹿，第一隻鹿被哥哥射到，獻於御前。太子妃謝宛如看到死鹿，只一眼便昏厥過去。皇上感嘆，稱太子妃仁厚，姑母卻不以為然。

想來，我一定是不仁厚的，目睹這樣的血腥也沒昏厥過去。

欽查使串通賀蘭餘孽劫持王妃，行刺豫章王，事敗身亡——出了這樣的大事，朝廷震動，京中只怕早已掀起萬丈風浪。

蕭綦會如何上奏，父親會如何應對，姑母又會如何處置？

我雖神志昏沉，心中卻清醒明白，前後種種事端，翻來覆去地思量，隱隱覺出叵測，似有極重大的關係隱藏其中。我卻什麼也不知道，被他們裡裡外外一起蒙在鼓裡。

蕭綦不來，我只能向身邊醫侍婢女詢問。

可這些人統統只會回答翻來覆去的幾句話，要麼「奴婢遵命」，要麼「奴婢不知，奴婢該死」。

只有一個圓臉大眼的小丫頭，年少活潑些，偶爾能陪我說說閒話，也不過是有問便答。

煩悶之下，我越發思念錦兒。

暉州遇劫之後，就此與她失散，也不知道她是留在暉州，還是已被送回京中。

夜裡，我靠在床頭看書，不覺乏了，剛懨懨闔眼，便聽見外面一片跪拜聲。

橐橐靴聲直入內室，蕭綦的聲音在屏風外響起：「王妃可曾睡了？」

「回稟王爺，王妃還在看書。」

他突然到來，一時令我有些慌亂，不知該如何應對，匆忙間放下書，閉目假寐。

「這是要做什麼？」蕭綦的腳步停在外面。

「稟王爺，奴婢正要替王妃換藥。」

「藥給我。」蕭綦頓了一頓，又道：「都退下。」

侍女退出內室，靜謐的房中更是靜得連每一聲呼吸都清晰可聞。床幔被掀起，他坐到床邊，與我近在咫尺。

我閉著眼，仍感覺到他迫人的目光。

肩頭一涼，被衾竟被掀開，他掀開我貼身中衣的領口，手指觸到肩頸傷處。

他的手指與我肌膚相觸，激得我一顫，全身血液似一瞬間衝上腦中，雙頰火辣辣地燙。

耳中聽得他低聲笑謔。「原來有人睡著了也會臉紅？」

我張開眼睛，被他的目光灼燙，從臉頰到全身都有如火燒。羞惱之下，我躲開他的手，拉起被衾擋在胸前。

他肆無忌憚地笑著看我，突然目光一凜，伸手捉住我手腕。我痛得蹙眉，腕上青紫瘀傷處被他握得生痛。

蕭綦臉上笑容斂去，寒聲問：「他們對妳用刑？」

「只是皮肉傷，也沒怎樣。」我抽回手，抬眸卻見他目光如霜，殺氣懾人。我話到嘴邊再說不出口，彷彿被寒氣凍住。

「我看看。」蕭綦突然攬過我，一把拂開我的衣襟。

我驚得呆住，在他凜冽目光下，竟忘了反抗。

燈影搖曳，我的肌膚驟然裸露在他眼前，僅著小小一件貼身褻衣，渾若無物。

見我身上並無更多傷痕，他眉心的糾結這才鬆開，將我衣襟掩上，淡淡道：「沒事就好，他若對妳用刑，那十七個賀蘭人也不用留全屍了。」

他說得漫不經心，我聽得心神俱懾，怔了一刻，才低聲問他：「那些賀蘭死士，你都追獲了？」我記得當日，他是允諾過賀蘭箴，三軍概不追擊的。

「區區流寇，何需勞動三軍。」他淡然道：「突厥的人馬早已擋在疆界，豈會放他們過去。」

「賀蘭箴不是突厥王的兒子嗎？」我愕然。

蕭綦一笑。「不錯，可惜突厥還有一個能征善戰的忽蘭王子——賀蘭箴的從兄，突厥王的姪子。」

「你同突厥人……」我驚得呆住，掩口不敢說後半句。

怎能相信與突厥多年惡戰的豫章王蕭綦，竟會與敵方王子合作。

可那灰衣大漢一路跟隨，照理說只能探得行蹤，未必能獲知賀蘭箴的計畫。原來真正的內應是他們自己人，出賣賀蘭箴的正是他的兄弟，與他有著王位之爭的忽蘭王子。

一時間，我不寒而慄。

賀蘭箴自以為有欽差為內應，想不到蕭綦會與忽蘭王子聯手。

一環環都是算計，一處處都是殺機，誰若算錯一步，便是粉身碎骨。他們都活在怎樣可怕的圈套中。

我凝望蕭綦，只覺他的眼睛深不見底，什麼也看不清。他亦凝視我。「妳怕我？」

方才還寒意凜冽的一雙眼睛，恍如深雪漸融。

當年遙遙望見他率領三千鐵騎踏入朝陽門，那一刻，我是怕過的。如今卻與他共歷生死，見過他在我眼前殺人。

我揚眉看他，往事歷歷浮上心頭，百般滋味俱全。「我恨你。」我抿緊脣角，耳後卻發熱。

他目光一凝，隨即笑了。「我確實可恨。」

連一句辯解開脫的話都沒有，就這麼承認了，我倒一時語塞。

「你可有話對我說？」我咬了咬脣，心下有些頹軟，事已至此，便給彼此一個臺階吧。

「妳想知道什麼？」他竟然這樣反問我。

胸中一口怒氣湧上，我氣極，轉眸見他笑容朗朗，整個人身上有灼人的光芒。

當年洞房之夜，不辭而別，他一直欠我一個解釋。

我不在乎他能彌補什麼，但這個解釋，攸關我的尊嚴，和我家族的尊嚴。耿耿三年，最令我不能釋懷的，就是這一口意氣。

我看著他的笑容，怒極反笑，緩緩道：「我欠了你一件東西，現在還給你。」

蕭綦略微一怔，笑容不減。「是什麼？」

我靠近他，揚眉淺笑，揮手一掌摑去。

這脆生生的一掌，用盡了我的全力，不偏不倚摑在他左頰。

他受了這一巴掌，沒有閃避，灼人目光迫住我，臉上漸漸顯出泛紅指印。

「這本是大婚之夜，就該送給你的，不料欠了這麼久。」我直視他，手掌火辣辣的，心中暢快，積壓許久的鬱憤，終於宣洩而出。

「多謝王妃，如今我們兩清了。」他脣角微牽，握住我火辣作痛的手掌，翻過來看了一眼，見掌心紅腫一片，似笑非笑道：「舊傷未去，又添新傷。」

我掙脫不得，卻見他的目光從我面孔滑下，移向胸前——陡然察覺，我衣襟半敞，胸口大片雪白肌膚都被他看在眼中。

「你，你轉過頭去！」我羞窘，偏偏雙手被他控住，半分掙脫不得。

他一手將我圈住，一手拿起藥膏。「妳再亂動，只好脫光了衣服上藥。」

我相信他說得出，自然做得到，狠狠咬了唇，不敢亂動。

他用手指蘸取藥膏，仔細塗在我肩頸手腕的外傷處。傷處已經癒合，不覺怎麼疼痛，他的手指停留在我肌膚上，緩緩按揉藥膏，帶起一片酥癢……偏偏，他還含笑看著我。

侍女上藥從來沒有這許多麻煩，他是故意捉弄我。

我瞪著他，氣結無語。

他頗有深意地看我一眼。「如此凶悍……很好，命中註定嫁入將門。」

禍福

燭影跳動，將他的側影映在床頭羅帷，忽明忽暗。

我無奈地側了臉，不看他，也不敢再掙扎，任由他親手給我上藥。

此時已近深夜，羅帳低垂，明燭將盡，內室裡只有我與他單獨相對。這般境地下，我偏偏是這副衣衫不整的模樣，更與他肌膚相觸……縱然已有三年夫婦之名，我仍無法抑制此刻的緊張惶惑，手指暗自絞緊了被衾一角。

蕭綦一言不發，間或看我一眼，那似笑非笑的神色越發令我心下慌亂，耳後似火燒一般。

「下來走走。」他不由分說，將我從床上抱起來。

腳一沾地，我頓覺全身綿軟無力，不得不攀住他手臂。

「妳躺得太久了。」蕭綦笑笑。「既然內傷已好，平日可以略作走動，一味躺著倒是無益。」

我抬眸看他一眼，倒覺得新鮮詫異。自幼因為體弱，稍有風寒發熱，周圍人總是小心翼翼，一味叫我靜養，從沒有人像他這般隨意，倒是很對我的脾性。

他扶我到窗前，徑直推開長窗，夜風直灌進來，挾來泥土的清新味道，與淡淡的草木芬芳。

我縮了縮肩，雖覺得冷，仍貪婪地深吸一口氣，好久不曾吹到這樣清新的晚風。肩上忽覺一暖，卻見蕭綦脫下自己的風氅，將我緊緊裹住。

我僵住，整個人陷入他臂彎，裹在厚厚的風氅下，被他身上獨特而強烈的男子氣息濃濃包圍住。

我從來不知道，男子身上的氣息會是這樣的……無法分辨的味道，溫暖而充滿陽剛，讓我想起正午熾熱的陽光，想起馬革與鐵，想起萬里風沙。

我記得哥哥和子澹的味道，哥哥偏好杜若，子澹獨愛木蘭。

他們行止之間，總有一縷隱隱香氣。

京中權貴之家，都存有遠自西域進獻的香料，都有美貌的稚齡婢女專司調香。連賀蘭箴那樣的異族男子，衣上也有熏香的氣息。

唯獨蕭綦沒有，在這個人身上，我看不到一絲一毫的綿軟，一切都是強悍、鋒銳而內斂的。

月白，風清，人寂。

我似乎聽得見自己心口怦怦急跳的聲音，竟有些許恍惚。

「我不冷。」我鼓足勇氣開口，想從他臂彎中掙脫，掙脫這一刻的慌亂心跳。他低頭看我，目光深不見底。

「為何不問我這幾日去了哪裡？」他似笑非笑。

方才見他風塵僕僕地進來，面有倦色，我已猜到他是遠行而歸。這大概是他一連幾日都沒有來看我的原因。

可他若有心讓我知道，大可以提前知會，如今才來問我，算是一種試探嗎？我回眸。「王爺自然是忙於軍務，去向豈由我來過問。」

蕭綦牽了牽唇角。「我不喜歡口是心非的女人。」

「是嗎？」我一笑仰頭，任夜風吹在臉上。「我還以為，自視不凡的男人，大都喜歡口是心非的女子。」

他一怔，旋即揚聲大笑，爽朗笑聲迴響在寂靜夜裡。我亦莞爾，抬眸靜靜地看他，心緒起伏莫名。

看著他下頷微微透出湛青的鬍碴，越發覺得落拓颯然。

即便拋開權位名望，拋開加諸在他身上的耀目光芒，單論風儀氣度，他亦是極出色的男子。

假如沒有當年的賜婚，假如與他今日方始初見，假如不曾識得子澹……我們會不會一見傾心，成全了這段英雄美人的佳話？

世事弄人，這樁姻緣，從一開始就不圓滿。

我緊閉雙唇，那些在心中兜轉了千百回的話，遲遲不能出口。如果閉口不提從前，一切從此刻開始，還來得及嗎？

夜風更涼了。

蕭綦走到窗邊，合上了長窗，背向我而立，似漫不經心道：「這兩日，我去了疆界上一處荒村。」

我在案几旁坐下，心下略作思量，已明瞭幾分。「是去見一個特殊的敵人？」我蹙眉看他。

蕭綦轉身，含笑看我。「何謂特殊的敵人？」

我低眸，不知該不該讓他知道我的思量，躊躇了片刻，終究還是緩緩開口：「有時候，敵人可以變成盟友，朋友也可能變成敵人。」

「不錯。」蕭綦頷首微笑，語帶讚賞。「此人確是我的敵人。」

他果真是去見了忽蘭，難怪數日不見蹤影，王府中人只知他在外巡視軍務，誰也不知他在何處。主帥私會敵酋，傳揚出去是通敵叛國的大罪，此番行蹤自然不能洩漏半分。

我蹙眉道：「徐綬已死，賀蘭伏誅，一應罪證確鑿，為何還要走這一遭？」他並不回答，眼底仍是莫測高深的笑意，隱含了幾許驚喜。

然而我實在不明白，就算那忽蘭王子手中另有重要罪證，他也只需一道密函，遣人傳達即可，何必冒了這等風險，親自去見那突厥王子。

或者說，他還另有計算？

「妳猜對一半，卻猜錯了人。」蕭綦笑道：「這個特殊的敵人，並非忽蘭。」我怔住，卻聽他淡淡道：「忽蘭此人，倒也驍勇善戰，在沙場上是個難得的對手。可惜悍勇有餘，機略不足，論心機遠不是賀蘭箴的對手。」

燭光映照在蕭綦側臉，薄唇如削，隱隱有藐然笑意。「若非這蠢人送來的信報，誤傳了賀蘭箴布下的假象，延誤我部署的時機，妳也不致落入賀蘭箴手裡。」他冷哼。「日後與賀蘭箴交手，只怕他死狀甚慘。」

我驚得霍然站起。「你是說，賀蘭箴還活著？」

蕭綦側首看我，眼中鋒芒一掠而過，但笑不語。

「你去見了賀蘭箴！」我實在驚駭太過，那個人斷腕墜崖而未死，倒也罷了。真正令我震驚的是，蕭綦非但沒有派人追擊格殺，反而私下密會此人。迎著他深不可測的目光，我只覺得全身泛起寒意。

「我不僅見了他，還遣心腹之人護送他回突厥，擊退忽蘭的追兵。」蕭綦的笑容冷若嚴霜，緩緩道：「此去全看他的造化，但願他能返回王城，不負我此番苦心。」

我低了頭，腦中靈光閃過，前因後事貫通，萬千撲朔思緒，霍然明朗——蕭綦原本與忽蘭王子聯手除掉賀蘭箴，更將計就計剷除徐綬一黨。而今見賀蘭箴僥倖未死，而徐綬已除，他便改了主意，非但不殺賀蘭箴，反而助其回返突厥。

以賀蘭箴的性子，勢必對忽蘭恨之入骨，王位之爭再添新仇，就此兩虎相爭，突厥必陷入大亂。

一時之間，我心神震動，恍惚又回到當年的朝陽門上，初見犒軍的那一幕。當時，他威儀凜凜，氣魄蓋世，豫章王蕭綦的名字，在我心中只是一個傳奇。待得嫁了他，三年獨守，我仍對他一無所知。

寧朔重逢，生死驚魂，目睹他喋血殺敵，方知那赫赫威名，盡是鐵血鑄就。

及至此時，他就站在我面前，輕描淡寫說來，渾如夫妻間閒談。然而揮手之間，早已攪動風雲翻覆，設下這龐大深遠的棋局……只怕天朝邊疆、突厥王廷、兩國黎民，都已被置入這風雲棋局之中，不知有多少人的命運就此改變。

一介武夫，豈能做到這一切。

此刻站在我面前的人，不只是一個疆場上的英雄，而是翻手為雲，覆手為雨，握有生殺予奪之權的藩王，是名將亦是權臣。

望著他月色下的身影，彷彿看見一代英豪將要叱吒風雲，虎視天下。這念頭令我心神俱震，心中激蕩難抑。

然而思及賀蘭箴的怨毒，我忍不住道：「那人恨你入骨，此去縱虎歸山，不知日後又會想出什麼惡毒的法子來害你。」

蕭綦淡淡笑道：「知己難逢，能得一個有能耐的對手，何嘗不是樂事。」英雄當如是。

「你敢放他走，自有再制住他的把握，放虎歸山不是為了打虎，是為馴虎。」我由衷地感嘆。

蕭綦笑而不語，負手深深地看著我，眼中不掩喜色。「一個閨閣女子，竟有這番見識。」

從他口中說出的讚賞之語，竟令我微微紅了臉。從前，哥哥總說我心高氣傲，目中無人。

他卻不知，並非我心氣高傲，只是未曾遇到胸襟氣度足以令我折服之人。而今，我是遇到了。

正自低頭出神，蕭綦不知何時走到面前，伸手抬起我的臉。「你擔心賀蘭箴對我不利？」他噙了一絲笑意，目光意味深長。

我似被什麼烙燙在心頭，慌忙側頭避開他的手。

分明還是五月的天氣，我卻莫名一陣發熱，只覺得房內窒悶異常。

「你，要喝茶嗎？」倉促之下，我不知如何掩飾自己的慌亂，答非所問地回了這麼一句。

藉著起身去取茶盞，我背轉了身子，卻仍能感覺到他灼人目光。

我強自斂定心神，取了杯子，默默往杯中注茶。然而心中怦然跳動，竟讓我手腕微微發顫……這是怎麼了，有生以來，從不曾失態至此。

驀地，手上一緊。

我的手被他從身後握住，這才驚覺拿錯了壺，這只壺是空的，而我茫然無覺兀自倒了半晌。

他笑著，也不說什麼，只接過我手中的茶壺，另取了一只杯子，重新倒茶。我羞窘，他卻悠然將茶倒好，含笑遞了過來。

「還是我來侍候王妃為好。」他語聲低緩，笑意溫煦。

這一杯茶穩穩地端在他手裡，我卻沒有伸手去接。

我靜靜地抬眸看他，想分辨出他眼底的情愫有幾分是真，幾分是假。四目相對，一時沉靜無聲。

他目光深邃。「以茶代酒，補上大婚那日，我該當面向妳賠的罪。」

我望著他的眼睛，往事重回眼前，苦楚依舊。

大婚之夜，是我一生難忘的恥辱。

燭影搖曳，映照在蕭綦臉上，將他的神色照得格外清楚。

他脣角緊抿，似乎不知如何開口，默然良久，沉聲道：「當日情非得已，我亦歉疚。」時至今日，他仍在說情非得已，不肯承認當日驕橫。

我抬眸，冷冷道：「就算突厥進犯，急待你出征，未必就差那一時半刻。」

蕭綦眼底異樣之色掠過，似聽見了咄咄怪事。

我氣極反笑。「怎麼，王爺已經不記得？」

蕭綦沉默，那錯愕之色也只一閃即逝，再無痕跡。

「左相……岳父大人當日沒有告訴妳別的？」他沉聲問。

「王爺這話什麼意思？」我心頭一跳，定定地看向他。

他眉心緊鎖，目光深沉懾人。「那之後，左相一直都是這麼說？」

這一番話，連同他的神色，令我心底陣陣發寒。

我仰起頭，強自鎮定地與他對視。「恕王儇愚昧，請王爺說明白些。」房裡陡然陷入僵持的死寂。

我與他四目相對，誰也沒有開口，卻能感覺到他的凝重。

燭芯突然剝的一聲，爆出一點兒火星，陡然令我想起那個紅燭空燃的夜晚。濃重的悲哀從心底湧上來，壓得我透不過氣來。

蕭綦深深地看著我，眼裡神色莫測。「妳真想聽我說個明白？」

「是。」我抿脣直視他。

他緩緩道：「也好，不論妳願不願意接受，知曉真相總是公平些。」

我咬唇點頭。

他踱至窗下，背向我而立，緩緩道：「妳可曾想過，大婚那日，若沒有左相大人的手諭，我豈能調動王氏一手控制的京畿戍衛，連夜出城離京？」

我彷彿被人驟然抽了一鞭，心口抽緊。「說下去。」我挺直脊背，定定地望著眼前燭火。

他的語聲平緩，恍若在說一段無足輕重的閒事：「皇上不滿太子頑劣，外戚專權，早有易儲之心。而太子倚仗王氏之勢，若要易儲，則務必廢去外戚。這些年，皇后和妳父親已把持了半壁朝政，唯有右相溫宗慎與皇族親黨，力拒外戚干政，暗中支持皇上易儲。兩派勢力，一直相持不下，朝中門閥世家，紛紛陷入爭鬥，無心邊關軍務，守土開疆盡仰賴我等寒族武人之力。及至我平定邊關，獨攬四十萬大軍之時，朝廷始知忌憚。右相溫宗慎力主削奪武人兵權，又恐動搖邊疆，不敢貿然動手。他卻不知，皇后與左相，已經另有計量。」

他頓住，我卻已明白他言下所指。

彷彿一桶冰雪從頭頂澆下，霎時寒徹——原來那時候，他們便已想到了聯姻之計。

難怪姑母一直反對我與子澹的情事，難怪父親總是謝絕那些提親之人。其中不乏京中望族，甚至是與王氏齊名的侯門世家。

那時母親曾笑嘆：「只怕在妳爹爹眼裡，除了皇子，誰也配不上他的掌上明珠。」

那時，我也是這樣想的。卻不知道，爹爹一早看中的東床快婿，並不是空有一個尊貴身分的子澹，即便子澹將來即位，父親也不會滿足於國丈的空名。

姑母更不會容忍旁人奪去她兒子的皇位。

王氏需要擁有更大的勢力，除了朝堂與宮闈，更需要來自軍中的支援。從一開始，他們就已經看中了蕭綦，而蕭綦也看中了王氏。

我竟然想笑，一面笑，一面望向蕭綦。「讓皇上賜婚，是你的主意，還是皇后的授意？」

蕭綦轉身，迎著我的目光，眼中有些不忍。「是我密見皇后與左相時議定的。」

他不必直言，我已明白，再沒有什麼可以支撐僅存的驕傲。

「那麼大婚當日，又是怎樣？」我緩緩開口，一字字說來，竭力不讓聲音發抖。

蕭綦蹙眉看我，隱有負疚之色，目光久久流連在我臉上。

我仰頭，執拗地望定他，等他說下去。

「我以平定南疆之功，御前求娶王氏之女，得皇后親口允諾，皇上無奈，當廷賜婚。右相一黨就此坐立不安，遂與皇上密謀，欲趁我回京成婚之際，密調他人趕赴寧朔，接掌軍權。待大婚之後，皇上便要將我留困京城，架空兵權。此事是皇上與右相合力謀定，隱祕迅捷，待我得知風聲，已經是大婚當日。左相當機立斷，調遣禁軍，連夜開城讓我離京。恰逢突厥北犯，天意助我，令朝廷削權之計落空。所以從那之後，我便以突厥擾境為由，固守寧朔，三年不歸，與左相內外相應，令皇上莫可奈何。」

我恍惚回想他的每一句話，想找出一個漏洞來反駁他，證明這一切都是假話。可是沒有用，非但找不到漏洞，反而越想越明晰，許多被遺忘的細節，此時回頭想來，竟與他的話一一吻合。

甚而，一些事，當年我也曾暗自質疑過……只是那時，我絕不會想到，這一切都來自我至親至信的家人。

我不會，也不敢這樣想。

父親和姑母，怎麼可能是他們欺騙了我——騙了我，利用我，到如今依然隱瞞我，將一切罪咎推與蕭綦，讓我永遠沉淪於孤獨怨憤之中，如同又一個姑母，身邊再沒有可親之人，只能永遠依附於家族，忠於家族，直至將畢生奉獻於家族。

然而，是他們，偏偏就是他們。

別人可以騙我，我卻再也騙不了自己。一切都已經清楚明瞭，再透徹不過。

五月的天氣，我卻像浸在冰水之中，這樣冷，冷得寒徹筋骨。蕭綦攬住我肩頭，將我緊緊擁住。

他的懷抱很溫暖，如同他的聲音，滿是憐惜：「妳在發抖。」

我抬頭，自心底迸發的倔強，令我陡然生出力氣，從他懷中掙脫。「誰說我發抖，我沒有……不要碰我！」

我覺得痛，全身都在痛，不能容忍任何人再觸碰我一下。「你，出去。」我撐著桌沿，勉力站定，再也忍不住全身的顫抖。

他一言不發地望著我，那歉疚負罪的目光，越發如刀子割在我身上。

我轉過頭，不再看他，頹然道：「我沒事，讓我一個人歇歇。」他不語，過了許久才聽見他轉身離去，腳步聲走向門邊。

我再也支撐不了，頹然跌伏在案前，將臉深深埋入掌心。腦中一片空茫，什麼都想不起來，也說不出口，只有淚水決堤。

身上驟然一暖，我回首，忘了拭去淚痕。

蕭綦俯身將那件大氅披在我肩上，只說一句：「我就在外面。」

看著他轉身離去，我陡然惶恐，只覺鋪天蓋地都是孤獨。

「蕭綦……」我啞聲喚他。

他回轉身，驀地將我擁入懷中。

「都過去了。」他撫過我鬢髮。「那些事，已經都過去了。」

他將我抱得這樣緊，手臂壓到了傷處。

我忍住痛楚，一聲不吭，唯恐一出聲，就失去了這溫暖的懷抱。他的下巴觸到我臉頰，微微鬍碴輕扎著我，刺痛而又安恬。

「雖是過去了，妳也終究要面對，不能一生一世躲在家族羽翼之下。」他凝視我的眼睛，一字一句說道：「從今往後，妳是我的王妃，是與我共赴此生的女人，我不許妳懦弱！」

疏離

一路孤身而來，唯有對親人的牽掛和信賴，始終支撐著我。而這份支撐的力量，終於隨著真相的到來而崩塌。

在我心中，那個曾經完美無瑕的琉璃世界，自大婚之日，已失去全部光彩，而今終於從九天跌落到塵土，化為一地瓦礫。

從此，即便宮闕依舊，華彩不改，我記憶裡的飛紅滴翠、曲水流觴、華賦清談……也再不復當時光景。

一切，都已經不同。

有生以來，我從不曾哭得那般狼狽。

失去外祖母的時候，固然傷心，卻還不曾懂得世間另有一種傷，會讓人痛徹心扉。當時尚有子澹，尚有家人……如今卻只得一個陌生的懷抱。

那一夜，我不記得自己說過什麼，也不記得蕭綦說過什麼。只記得，我在他懷裡，哭得像個孩子。

蜷縮在他懷中，他的氣息令我漸漸安靜下來，再也不想動彈，不想睜眼……醒來時，已是次日清晨，蕭綦不知何時悄然離去。

我躺在床上，手裡還抓著他搭在被衾外的風氅，難怪夢中恍惚以為他還在身邊。心裡突然覺得空空落落，恍若丟失了什麼。

被婢女侍候著梳洗用膳，我任憑她們擺布，怔怔失神，心裡一片空茫。一個圓臉大眼的小丫頭，雙手捧了藥碗，半跪在榻前，將藥呈上。

這小小的女孩，個頭還不足我未嫁前的身量。我瞧著她，一時不忍，抬手讓她站起來。

她將頭埋得極低，小心翼翼地站起，手上托盤卻是一斜，那藥碗整個翻倒，藥汁潑了我半身。

眾侍婢頓時慌了，手忙腳亂地擁上來收拾，個個嚷著「奴婢該死」，那小丫頭伏地不住叩頭，嚇得話也說不出來。

「起來吧。」我無奈，看了看身上汙跡，嘆道：「還不預備浴湯去。」我看著眼前這些戰戰兢兢的婢女，想一想自己的境地，不由低頭苦笑。

同樣是韶齡女子，他人命若螻蟻，尚且努力求生，我又何來自棄的理由。

傷病之後未曾下床，每日由人侍候淨身，多日不曾沐浴。幸好北地天涼，若是熱天，怕是更加難耐。

這些日子，我都不曾仔細照過鏡子，不知變成了怎樣一副模樣。就算家人離棄我，旁人不愛我……我總還是要好好愛惜自己。

水氣氤氳裡，我微微仰頭而笑，讓眼淚被水氣漫過。

誰也不會看到我的眼淚，只會看到我笑靨如花，一如大婚之後——當日我是怎樣笑著過來，如今，仍要一樣笑著走下去。

沒有溫泉蘭湯，香樨瓊脂，這簡單的木桶，騰騰的熱水，倒也清新潔淨。濯淨了塵垢，四體輕快，神氣為之一爽。

看到侍女呈上的衣物，我頓時啼笑皆非。一件件錦繡鮮豔，華麗非凡，卻沒有一件可穿。

「這都是誰預備的？」我隨手挑起一件茜紅牡丹繡金長衣，又看了看托盤中那副祖母綠手鐲，駭然笑道：「穿成這樣，好去唱戲嗎？」

那小丫頭俏臉漲紅，慌忙又要跪下請罪。

「罷了。」我抬手止住她，懶得再看那堆衣飾。「挑一套素淨的便是。」我轉身而出，散著溼髮，緩緩行至鏡前。

鏡中人披了雪白絲衣，長髮散覆，如墨色絲緞從兩肩垂下。

雪膚、雲鬢、修眉如舊，眉目還是我的眉目，只是下頷尖尖，面孔蒼白，比往日消瘦了許多。

然而這雙眼睛，一樣的深瞳長睫，分明卻有哪裡不同了。是哪裡不同，我卻說不上來，只覺鏡中那雙漆黑的眸子，如有水霧氤氳，再也不見清澈。

我笑，鏡中的女子亦微笑，而這雙眼裡，卻半點兒笑意也無。

「王妃，您看這身合適嗎？」小丫頭捧了衣物進來，怯怯低頭。

我回眸看去，不覺莞爾，她倒挑了一襲天青廣袖羅衣，素紗為帔，清雅約素，甚合我意。

「妳叫什麼名字？」我一面梳妝更衣，一面打量這小女孩。她始終垂眸，不敢看我。

「奴婢名喚玉秀。」

「多大了？」我淡淡問她，隨手挑了一支玉簪將溼髮鬆鬆綰起。

「十五。」她聲音細如蚊吟。

我凝眸細看她，心下一陣悵然……才十五的年紀，和我出嫁時一般大。細看這女孩子，雖不及錦兒玉雪可人，卻也眉目秀致，頗具靈氣。

想起錦兒，剛剛才抑下的酸楚又浮上心頭……雖是主僕，卻自小一起長大，情分不同旁人。

我而今自顧不暇，身如飄絮，更不知她又漂泊到了何處。

一時間，心下窒悶。

我默然走到窗前，卻見庭中一片明媚，陽光透過樹蔭，絲絲縷縷灑進屋內。原來，竟已是暮春時節，連夏天都快到了。

「這屋裡太悶，陪我出去走走。」我遣退眾人，只留玉秀跟在身邊。

步出門外，和風拂面，陽光暖暖地灑在身上，眼前高柱飛簷，庭樹深碧，頓覺豁然開朗。

「王妃……您添件外袍，外頭涼呢。」玉秀急急趕上來，手中抱了外袍，一臉憂切。

我回眸看她，心中感動，卻只笑道：「這時節，哪還穿得了外袍。」

往年我是最喜歡夏天的，京中暑熱，每到了五月春暮，宮中女眷都換上輕透飄逸的紗衣，行止間袖袂翩翩，衣帶當風，一個個都恍若瓊苑仙子。

玉秀聽我說起這些，滿面都是神往。

一路行來，所見庭院連廊簡單樸拙，看似普通北方人家的深宅，卻又有幾分像是官衙。

「王爺日常都住在這裡？」我回頭問玉秀。

玉秀想了想，遲疑地點頭。「有些時候王爺也住在軍營裡。」

我大致明瞭，想來蕭綦一直以官衙為居所，並沒有單獨修造王邸。

聽聞他出身寒族，性好儉素，看來果真如此。若換作哥哥，哪裡受得了這般簡陋居處。

我一時好奇，問玉秀：「王爺平日在府中，都做些什麼？」

「王爺總是忙，回到府裡，也常忙到半夜。」玉秀側首想了想。「偶爾閒了，會與宋將軍、胡將軍他們飲酒下棋，有時獨個兒看書、練劍……沒別的了。」玉秀說到蕭綦，滿臉敬畏，話也漸漸多起來。

我低頭抿脣而笑，只覺那人好生古板，終日過得這樣乏味。

「府裡連個歌姬都沒有？」我隨口笑謔，語聲未落，卻聽一陣女子笑聲傳來。我駐足抬眸，卻見前面廊下轉出幾名女子。

她們乍看到我，呆在原地，只望著我發怔。

當先一人慌忙跪下，口稱「王妃」，眾人這才急急跪了一地。

我凝眸看去，當先兩名女子做女眷打扮，一人穿杏紅窄袖衫，面容俏麗，身段窈窕，髮間珠翠微顫；另一人衣飾素淨些，年貌略輕，眉目更見娟秀。

這身不同於尋常侍婢的打扮，我一眼看去，便已明白。心頭似被狠狠捏了一下，我窒住，只覺喉間發緊。

是了，我竟忘了這一層。

杏紅衣衫的女子搶在我之前開口：「玉兒給王妃請安。」她一面說，一面抬起眼角看我，目光掃過我衣襬，低頭間，耳畔翠環，瑩瑩光華一轉。

這對耳環令我想起了方才的祖母綠手鐲，依稀是同一副物件。驀地，大約明白了那些華豔衣飾是何人為我置辦。

「玉兒？」我含笑道：「我到來後，起居是由妳備辦嗎？」

她略抬了眼角。「侍候王妃是奴婢的本分，只怕下人愚笨，讓王妃受了委屈。」這般伶俐口齒，倒是一副主母同客人說話的口氣。

我詫異到極處，不覺失笑。

見我笑，她膽色更壯了些，索性抬頭看我。迎上我的目光，她呆了呆，目中有驚羨之色。

「好標致的丫頭。」我微微一笑。「正愁身邊缺個伶俐的人，明日妳就過來跟著玉秀。」

玉兒面紅耳赤，像受了極大的羞辱，提起聲氣道：「回稟王妃，奴婢是在王爺身邊服侍的。」

我挑了挑眉。「哦，王爺身邊的丫頭，是差遣不得的？」

玉兒一僵，俏臉變得煞白。

我蹙眉問玉秀：「王府裡可有這樣的規矩？」

玉秀脆生生答道：「回王妃的話，不曾聽過有這規矩。」玉兒滿面羞憤，低頭咬脣，肩頭微微發抖。

她身後那娟秀女子忙叩頭道：「奴婢知罪，玉姊姊魯莽無知，並無意衝撞王妃，求王妃饒恕。」

我掃她一眼，淡淡地笑。「我喜歡知輕重的人，明日妳也一起過來。」

我轉身拂袖而去。

跪在地上的眾女相顧瑟瑟，身子越伏越低，噤若寒蟬。

轉過迴廊，至無人處，玉秀忍不住歡笑出聲：「這可好，王妃一來，再沒她放肆的分兒了！」

我駐足，冷冷抿了脣，沉下臉來。

玉秀觸及我的目光，身子一縮，再不敢開口。胸口像堵了一團火，氣息翻湧，再難平靜。

是我愚鈍了，這是早該想到的，誰家沒有幾個姬妾，何況似蕭綦這般位高權重，孤身在外的盛年男子。莫說貴為藩王，就連尋常府吏也有妾室，更遑論風流如我家哥哥。

哥哥迎娶嫂嫂之前，已有三名寵姬相伴。嫂嫂進門，帶來四名陪嫁媵妾，及至兩年後，嫂嫂病逝，哥哥雖不曾再娶正妻，卻又陸續納了幾名美人。

母親貴為長公主，下嫁父親之後，也曾容許父親納了一房妾室。在我出生之前，那位韓氏就已去世，此後父親再未納妾，與母親恩愛甚篤。不錯，這些都是再尋常不過的。

可是，無論想到哥哥還是父親，無論這世間有多少男子納妾，都無法平息我的惱怒。分不清這心緒，是惱怒，是不屑，還是什麼。

從未嘗過這種滋味，往日子澹在我身邊，絕不會再看別的女子一眼，不像太子哥哥左擁右抱，東宮姬妾爭寵鬧得不成樣子。

那時我還懵懂，卻也斷然想，日後嫁了人，絕不許他再納別的女子，不許旁人分享我的夫婿。

可那是子澹，是與我青梅竹馬的人，我眼中只有他一個，他心中也理當只有我一個。蕭綦不一樣。

我與他又不曾兩情相悅，不曾兩小無猜。他不過是我名義上的夫婿，是父親以我為籌碼，換來的一個盟友。

成婚三年不相見，他獨居在外，另有妾室再尋常不過——納多少姬妾都是他的事，與我何干。

轉念至此，我自嘲地笑，心口卻有莫名苦楚，有苦亦難言。我倚了廊柱，撫著胸口，兀自苦笑出聲。

玉秀慌了神。「奴婢說錯話了，王妃息怒，別氣壞了身子……」

「不，我不在乎。」我搖頭，只是笑，說著自己也難相信的話。

「奴婢不該多嘴的，都是奴婢的錯！」玉秀手足無措，幾欲哭出來。

看她焦急神情，是真為我擔憂，越發令我心酸。

這裡有我的夫婿，是我名義上的家，僕從眾多，一呼百應，卻只有這小丫頭在意我的喜怒。

我靠著廊柱，茫然望向四周，眼前一切越看越覺陌生，哪裡才是家。我想回家。可又該回哪裡去……京城，暉州，還是這裡？滿心荒涼，冷意透骨。

我低頭掩住了臉，隱忍心中悽楚，強抑懦弱的眼淚，任由玉秀怎麼喚，也不抬頭。及至她猛地拉扯我袖子，在我身側匆匆跪了下去。

我抬頭，見走廊盡處，蕭綦負手而立，身後幾名武將尷尬地退到一旁。他大步而來，我一時恍惚，來不及拭去眼角一點淚痕。

今日他未著戎裝，穿一襲寬襟廣袖的黑袍，高冠束髮，顯得清俊軒昂。「怎麼不在房裡？」他皺眉，語聲卻溫存：「北邊天氣涼，當心受寒。」

聽著他關切的言語，我心頭越發刺痛，漠然低下目光。「有勞王爺掛慮。」他一時無語。

庭外風過，吹起我衣帶飄拂，透衣生涼。他深深地看著我，似有話說，卻良久緘默。咫尺疏隔，說什麼也乏力。

我斂首為禮，轉身不顧而去。

我回到房中，胸悶氣乏，小睡片刻，卻輾轉難以入眠。閉了眼，眼前一時掠過蕭綦的身影，一時又是父母的模樣。想起姑母，想起她說，離開了家族的庇佑，我將一無所有。

而今的境地，果然是失去了家族的庇護，孤身漂泊，榮辱禍福，乃至生死都握於一人手中。

從什麼時候開始，我已不再是萬千寵愛於一身的郡主，不再是父母膝下嬌痴任性的小女兒，不再是被子澹永遠呵捧在掌心的阿嫵……這些都已經永遠不再了。

自踏入喜堂，成為豫章王妃的那一天，註定這一生，我都將站在這個男人身邊，冠以他的姓氏，被他一起帶入不可知的未來。

邊塞長風，朔漠冷月，在這邊荒之地，我僅有的，不過是這個男人。

如果他願意，或許會為我支撐起一個全新的天地。

如果他走開，我的整個天地，是否再次坍塌於瞬間？

我輾轉枕上，滿心悲酸無奈。

這世上連父母親人都會轉身離去，還有誰會不離不棄。

耳邊隱約縈繞著他昨夜的話，忘不了他說：「從今往後，妳是我的王妃，是與我共赴此生的女人，我不許妳懦弱。」

如果可以，我願意相信，相信他口中的此生……此生，還這樣漫長。

此生此間，原來，不只有我和他兩人，還隔著這麼些不相干的人和事。不相干，我原以為是不相干的。

直到那活生生的女子站在我眼前，他的侍妾，他的女人……怎能不相干。正恍惚間，外頭隱隱傳來人語聲，入耳越發叫我心煩。

「誰在喧譁？」我坐起來，蹙眉攏了攏鬢髮。

玉秀忙回稟道：「是盧夫人領了玉兒和青柳兩位姑娘，在外頭候著王妃。」

我沉了臉，第一次對下人厲色道：「這王府還有半點兒規矩嗎？我寢居之處，也由得人亂闖？」

眾侍婢慌忙跪了一地，瑟縮不敢回話。

玉秀怯怯道：「回稟王妃，盧夫人說是奉了王爺口諭，帶兩位姑娘過來，硬要在此處等候王妃醒來，奴婢……奴婢不敢阻攔。」

又來一個盧夫人，我滿心煩悶都化作無名火，倒也想看看，這裡還有多少放肆的奴才，不把我這空有虛名的王妃放在眼裡。

「傳我的話，讓方才喧譁之人到庭前跪候。」我掀簾起身，更衣梳妝。

彼此

我端了茶盞，以瓷蓋緩緩撥著水面漂浮的茶葉，一言不發。

跪在堂下的婦人，一身新綢夾衣，腕上戴一只金釧，此刻面如土色，低頭伏跪在地。這盧氏之前已經同兩個侍妾在庭前跪了半晌，我只傳她一人進來，依舊讓二女跪在外頭。

待她向我叩拜之後，我只低頭啜茶，也不開口，任由她繼續跪著。此前更衣梳妝時，聽玉秀說了個大概，王府中諸般人事，我已有數。

盧馮氏原是蕭綦身邊一名盧姓參軍的繼室夫人。

蕭綦忙於軍務，身邊幕僚副將都是一群男子，長久沒有女人打理王府內務。盧參軍便舉薦了他在寧朔新娶的續弦夫人，暫時進府執事。盧馮氏出身富家，知書識字，人也精明幹練，將王府打理得有理有條。蕭綦從不過問府中內務，日常事都由盧氏做主，儼然是王府總管的身分。

兩年前，盧氏從親族中物色了兩個美貌女子帶入王府，近身服侍蕭綦。

聽玉秀說來，蕭綦常年征戰在外，很少親近女眷。那玉兒與青柳雖有侍寢，卻無名分。只因我遠在暉州，府裡沒有別的女眷，一時以主子自居，盼著往後封了側妃，從此飛黃騰達。

以蕭綦的年紀身分，在寧朔之前，想來也有過別的侍妾。然而卻不曾聽說他有過子嗣。

我問玉秀，玉秀卻還年少懵懂，紅了臉答不上來。

我苦笑，生在侯門宮闈，別的不曾多見，姬妾爭寵奪嗣倒是見得多。

堂前鴉雀無聲，眾人垂首禁聲，盧氏汗流浹背跪在地上，初時的傲慢神色已全然不見。

我擱了茶盞，淡淡開口：「何事求見？」

盧氏忙叩頭道：「回王妃的話，奴婢是奉王爺之命，帶兩位姑娘前來賠罪，聽候責罰。」

「我幾時說過要責罰？」我閒閒一笑。「這話是怎麼傳的？」瞧著盧氏眼神閃爍，我懶懶道：「妳將人領回去吧，這裡沒什麼責罰可領。」

盧氏臉色陣陣青白，垂首道：「老奴糊塗，王爺原是遣了兩名婢子過來服侍王妃……老奴自愧調教無方，斗膽領了她兩人前來請罪，甘願領受王妃責罰。」

我冷冷地看她，原來是想大事化小，向我討得責罰，就此搪塞了過去，挽回最後一線希望。膽子倒是不小，可惜這盧氏太不經唬，一看勢頭不對，便將舊主子丟了，急急朝我靠過來。

「原來如此。」我閒閒端坐，只笑道：「王爺是怎麼說的？」

盧氏低了聲氣，弱聲道：「王爺說……既是王妃要兩個丫頭，送去便是。」

我沉默，心下五味雜陳。

此前斥責那兩名侍妾，是我故意為之，料想她們在我處受了委屈，必會找蕭綦哭訴。我要藉此看看，蕭綦如何應對——眼下看來，他對那兩名女子，絲毫也不放在心上。

這結果，本也在我意料之中。

蕭綦不是那多情之人，不會為了兩個侍婢，與身分顯赫的正妃翻臉。然而，想到他對待侍妾之涼薄，難免心起狐悲之感。莫說色哀愛弛，便是當寵之際，也不過是隨手可棄的玩物。

盧氏見我沉吟不語，賠笑道：「那兩名婢子已知悔改，該當如何處置，還望王妃示下。」

「逐出府去。」我淡淡道。

盧氏一震，忘了禮數，駭然抬頭望向我。「王妃是說……」

我不再多說一個字，冷冷垂目。

「奴婢明白了。」盧氏面色如土，僵硬地叩下頭去，顫聲道：「奴婢這便去辦。」

她以為我只是耍耍王妃的威風，將兩個婢子責罰凌辱一番也就罷了。畢竟是蕭綦身邊的人，如今撥給我做婢女使喚，已算給足了我顏面，至多受些責罰，吃些苦頭。等我氣消了，總還有機會翻身的。

或許連蕭綦也以為，我不過是吃醋犯妒，妻妾爭寵而已……我低頭端詳自己修削的指尖，微微一哂。

我不會給他絲毫機會再看低我。

兩個侍妾連我的房門也未踏入一步，便被帶了出去。

庭外傳來玉兒與青柳哭叫掙扎的聲音，漸漸去得遠了，聲音也低微下去。

我走到門口，默然駐足立了一陣，回身正待步入內室，忽的一陣風起，吹起我衣帶飄揚。

轉身回望庭外，庭前夏蔭漸濃，暮春最後的殘花，被一陣微風掠過，紛紛揚揚撒落。殘花似紅顏一般薄命。

生錯命，選錯路，遇錯人。

有人固然生錯命，往後樂天知命，原也可安度一生。最可憐的，一種是心比天高，命比紙薄。另一種便是身不由己，步步荊棘，要麼拓路前行，要麼困死舊地。

我從眾人眼前緩步走過，所過之處，人盡俯首。一干僕從侍女立在旁邊，自始至終，大氣不敢喘。

看著往日最得勢的兩人，就這樣被逐出王府，從頭至尾不過半天光景。

從前一呼百應，人人折腰，卻不過是敬畏我的身分。而今，她們敬畏的只是我，只是我的鐵石心腸，強橫手段……我不是什麼善類，生來骨子裡就流淌著權臣世家冷酷的血液。

從此這闔府上下，再沒有人敢藐視我的尊嚴，忤逆我的意願。即便蕭綦，也休想在我這裡看到妻妾爭寵的戲碼。

這個姓氏和骨子裡流淌的血液，不允許我接受這樣的侮辱。

身為女子的自尊，更不允許我接受一個被分享的男人——我等著看，看堂堂豫章王、大將軍、我的夫君，如何來應對我的決絕。

案前已堆滿了揉皺的廢紙，沒有一張畫成。紙上勾出亭臺水榭，芭蕉碧濃，櫻桃紅透，依稀還是舊時光景。

我怔怔地望著滿眼的墨痕狼藉，心神再不能寧定。

五月，又是分食櫻桃的時節……「樹下分食櫻桃，嫣紅嫩紫憑儂挑，非郎偏愛青澀，為博阿妹常歡笑」。這歌諺，是京中少年男女常常吟唱的，曾幾何時，也有那樣一個少年，與我分食櫻桃。

心神一時恍惚，手腕不由自主顫了，一團濃墨從筆尖墜下，在紙上湮開。「又廢了。」我直起身，將筆擱了，淡淡嘆口氣。

書以靜心，畫以怡神，可眼下的心緒，畫什麼不是什麼，越發叫人煩亂。我整日閉門不出，只埋頭書畫之間，叫旁人看來，怕是一派悠閒自得。

真是怡然自得，還是負氣為之，只有我自己清楚。一連幾天過去，蕭綦沒有半分回應。

侍妾被逐，好像與他一點兒關係也沒有。我做了什麼，他似乎也不在意。這件事，再也無人關注，渾若一塊石頭投進深潭，就此無聲無息地沉沒了。

一連幾天，我甚至沒有再跟蕭綦說過一句話。他偶爾來看我，也只匆匆一面便離去。

有兩日夜深時分，他悄然過來，我已經就寢。分明內室還亮著燭光，我仍倚在枕上看書，他卻不讓侍女通稟，只在庭前靜靜站上一會兒，便又離去。

他在外邊，我是知道的，玉秀嘴上不敢說，只拿眼神不斷瞟向外面。我只佯裝不知，熄了燈燭，側身睡去。

他不過是在等我低頭，等我先開口向他解釋。

我枯坐窗下，對著白紙廢墨發了半日呆，不覺已是斜陽西沉，入暮時分。

玉秀張羅著侍女們傳膳，這些時日，她與我熟稔了，膽子漸漸大起來，更顯出聰明俐落。一個十五歲的女孩，能學得這般精乖，只怕也是吃過太多苦頭，越發令我憐惜。

「都下去吧，這裡有我侍候就行了。」玉秀學著一副老成的口氣，將侍婢們遣出。

我好笑地瞧她一眼，卻見她左右張望，悄悄打開了食盒。

「王妃，我找來了好東西呢！」她笑眸彎彎，微翹的鼻尖俏皮可愛。

一股濃烈的酒香彌散開來，我一怔，旋即驚喜道：「妳找了酒來！」

「小聲些，可別叫人聽到！」玉秀慌忙扭頭看向門外，悄悄掩了嘴道：「我是從廚房偷來的。」

我被她那模樣逗笑，玩心大起，生平從未喝過偷來的酒，立時來了興致。

自到寧朔以來，傷病纏身，大夫再三囑咐了戒酒。到如今傷病好了大半，我卻還未嘗過一口酒。此時聞到酒香清洌，自然是心花怒放，滿心惆悵也暫且拋到一邊。

我遣走其他侍女，與玉秀一起動手，將案几移到庭前花陰下，逼著玉秀留下來陪我對飲。不想這小妮子竟也貪杯，酒至微醺，漸漸臉熱話多起來。

玉秀說起她爹嗜酒如命，常常醉後打罵她。

「妳爹現在何處？」我已有三分酒意，撐著額頭，蹙眉問道。

「早過世了，娘也不在了……」她伏在案上，語聲含糊。「有時想讓爹再罵我一頓，也找不著人了，就剩下我一個了……」

我怔怔地想起了父親，心中悲酸，正待再問她，卻見她已呼呼睡了過去。

夜色花蔭下，她臉色酡紅，分明還是個孩子。我笑著搖頭，拎了半壺殘酒起身，搖搖踏向花影綽約處，想尋個清淨無人的地方，獨自喝完這壺殘酒。

四下一時寂靜，只聽草叢中促織夜鳴，邊塞月色如練，星稀雲淡。

「樹下分食櫻桃，嫣紅嫩紫憑儂挑，非郎偏愛青澀，為博阿妹常歡笑。」我不知不覺又哼起這諺謠，腳下一時虛浮，就近倚了一塊白石坐下。髮髻早已鬆鬆散了下來，索性脫了繡履，舉壺就口，仰頭而飲。

一樣的良夜深宵，一樣的月色，曾經是誰伴我共醉。

我竭力不去想起那個名字，卻怎麼也揮不去眼前白衣皎潔的身影。

眼前漸漸迷離，明知是幻象，也恨不得再近一些。然而只一瞬間，諸般幻象都消失，徒留花影繁深，夜靜無人。我苦笑著舉起酒壺，任那酒液傾注，激靈靈灑了一臉，將我澆醒。

壺中漸漸空了，我仰頭，想飲盡最後一口，陡然手中一空，酒壺竟不見了。身後有人劈手奪去了酒壺，將我攬住。

「別鬧，子澹……」我闔目微笑，放任自己沉淪在幻象裡。

不待我再睜眼，腰間一緊，身子驀然騰空，竟被人攔腰橫抱起來。

我只覺輕飄飄的，只疑自己身在夢中，不由喃喃道：「我如今已嫁了人，你不知道嗎……」

可他的手臂只將我抱得更緊。

淚水滾落，我緊緊地閉了眼，不敢見到子澹的面容，黯然道：「他，他待我很好……你走吧……」

他頓住，繼而雙臂一緊，將我箍得不能動彈。

我不由自主地伸手去推他，觸手之處，卻是冰涼的鐵甲。

這一驚之下，我愕然抬眸，酒意頓時驚去大半，神志隨之醒轉——眼前，是蕭綦盛怒的面容。

我剎那間失了神，一句話也說不出，只覺天旋地轉。

蕭綦一言不發，將我抱進內室，俯身放在榻上。房中尚未點燈，昏暗中看不清他的神色，只見他側顏的輪廓似被月色蒙上一層寒霜。

胸前一涼，衣襟竟被他扯開，半邊外裳已褪下肩頭。「不要！」我猛然回過神來，掩住衣襟，倉皇往床角躲閃。

他冷冷地看著我，眼中似有鋒芒掠過。「不要什麼？」

我一時喘不過氣來，心頭急跳，只慌亂搖頭，瑟縮在床角。見他再度俯身過來，我驚得起身欲逃，手腕卻被他一把扣住。

「渾身是酒，還不脫下來，妳以為我要做什麼？」他陡然發怒，雙手一分，扯下我半溼的衣衫，連同裡面褻衣也被一起扯下。

我呆住，看著自己衣衫盡褪，雪白耀眼的肌膚就此袒露在他眼前，寸縷不存。

這不是他第一次脫掉我衣衫，也不是第一次被他看到我的身子。

我已是他的妻子，就算什麼都被他看去，也是天經地義——可唯獨不能是這樣的方式，這樣的冒犯！

他再次俯下身去脫我裙裳的時候，我反手一記耳光揮出。

「我是妳的夫君。」他頭也不抬，便將我手腕捏住。「不是妳可以隨便動手的人。」

他冷冷地看著我，脣角緊抿如薄刃。「我的女人可以驕傲，不可驕縱。」

我倒抽一口氣，酒意上湧，連日壓抑的憤怒委屈一起逼上心頭。

「我也是你的妻子，不是你的敵人，不是你要馴服的烈馬！」我抬眸直視他，一句話出口，已是哽咽，淚水不由自主地落下。我咬脣側過臉去，懊惱這止不住的眼淚，洩漏了我的脆弱。

他沉默片刻，鬆開我的手腕，拿過一件外袍將我裹住，抬手來撫我的臉龐。

我猛然拂開他的手，脫口怒道：「我若驕縱，又豈會一再受你羞辱。成婚三年，我獨守暉州，沒有半分對不起你，你卻在此安享齊人之福……蕭綦，你捫心自問，可曾真心當我是你妻子？」

他怔住，定定地望著我，目中神色莫測。

「不管你為了什麼娶我，也不管你是否將我當作妻子，從前的事就此揭過，我也不怨你！」我淚如雨下，連聲音也在顫抖：「從今往後，我再不管你三妻四妾，你在寧朔，我回京城，就此天長地遠，各自太平。你做你的豫章王，我做我的郡主，與其同床異夢，不如——」

「住口！」他驀地怒斥。

我的下巴被他狠狠捏住，再說不出話來。

他一雙眼亮得灼人，映著月華，清晰照出我的影子。而我眼裡，只怕也全是他的影子。

這一刻，我們眼裡只有彼此，再無其他，天地俱歸澄澈。

誰也沒有開口，我卻一直顫抖，眼淚滑落鬢角，滑下臉頰，滑到他掌心。我從不知道自己能有這麼多淚水，似乎隱忍了三年的悲酸都在這一刻流盡。

他久久地凝望我，目中怒色稍斂，竟有些許黯然。

良久沉默，只聽他沉沉嘆道：「如此恩斷義絕的話，妳竟能脫口而出。」

我一窒，乍聽他口中說出「恩斷義絕」四字，竟似被什麼一激，再說不出話來。

「妳當真不在乎？」他迫視我，幽深眼底不見了平素的鋒銳，只覺沉鬱。

這一問，問得我心神俱震。

我當真不在乎嗎？這段姻緣，這個男人……都已將我的一生扭轉，我還能騙自己說不在乎嗎？

清冷月光映在他眼底，只覺無邊寂寥，我恍惚覺得這一刻的蕭綦變成了另一個人，不是叱吒天下的大將軍，也不是權傾朝野的豫章王，只不過是個落寞的男子。

他也會落寞嗎？我不信，卻又分明在他眼裡看到了深濃的落寞和失意。

月華好像化作了水，緩緩從我心上淌過，心底一點點綿軟，透出隱約的酸澀。

他深深地迫視我。「既然不在乎，又為何對兩個侍妾耿耿於懷？」

我一時氣苦，脫口道：「誰耿耿於懷，我不過是惱你……」話一脫口，方才驚覺失言，卻已收不回來了。我窘住，怔怔地咬了嘴脣，與他四目相對，他眼裡陡然有了暖意。

「惱我什麼？」他俯身迫過來，似笑非笑地望著我。「惱我有別的女人，還是惱我不聞不問？」

他這迭聲一問，將我的心思層層拆穿，拆得我無地自容。

我狠狠地瞪他一眼，奮力掙脫他雙臂的箝制。這可恨之人反倒哈哈大笑，將我雙手捉住，順勢按倒在枕上。

他俯身看我，只離咫尺之距，氣息暖暖拂在頸間。「妳這女人，總不肯好好說話，非得逼急了才肯顯出真性子。」

我被他氣得發昏，也顧不得什麼儀態，只朝他踢打。

他在我耳畔低低笑。「這便對了，凌厲悍妒，恰是那日懸崖邊上愛憎如火的真女子！」

我恰好掙脫出右手，正欲憤然朝他摑去，聽得懸崖邊上這一句，頓時心下一震，愣怔地伸了手，再也打不下去。

生死相依的一幕歷歷如在眼前，他的手，他的劍，他的眉目……他捉過我的手，按在胸前，那一身冰涼鐵甲觸手生寒。

我怔怔地望著他，滿心都是柔軟，再也惱怒不來。「為什麼穿著甲冑？」我低聲問，這麼晚了，莫非還要外出。

他淡淡一笑。「正要巡視營防。」

「已經過了子時……」我蹙眉，想到他近日連番的忙碌，不由心中一凜。「可是有事發生？」

「沒事，軍務不可一日鬆懈。」他笑了笑，眉宇間又回覆往常的肅然。「時辰不早，妳歇息吧。」

我垂眸點了點頭，卻不知該說什麼。看他轉身便走，驟然想起來，我忙起身叫住他：「等等！你的風氅還在這裡……外面夜涼……」

迎著他熠熠目光，我的聲音不覺輕細下去，耳後發熱，再說不出口。他也不說話，默然回身，從我手裡接過那件風氅。

我低了頭，不敢看他。

他突然抬起我的臉，未容我回過神，他的唇已覆了下來……陡然間天旋地轉，彷彿熾熱的風暴將我席捲，強烈的男子氣息，不容抗拒的力量，彷彿一場攻城掠地的襲擊，強悍而直接，沒有半分遲疑，狠狠擊潰我心底最隱祕的一處情懷。

很久以前，久遠得我幾乎已經忘記，那時有一個少年，曾溫柔地親吻過我……在搖光殿的九曲迴廊下，清風拂衣，新柳如眉，那個溫雅如春水的少年，俯首輕輕吻上我的唇。酥酥的、暖暖的，奇妙得令我睜大了眼睛。

那個初吻的記憶，終結於我不解風情的尖叫：「啊，子澹，你咬了我！」子澹，子澹。

周身的力氣都消失，我站立不穩，被他一手攬住腰肢。這有力的手臂，屬於蕭綦，屬於我的丈夫……今非昨，那個溫雅的少年已經同我的昨日一起遠去，恍如隔世。

蕭綦的聲音低啞而強硬：「妳我之間，再沒有旁人。」

我一顫，閉了眼不敢抬頭。他是知道的，或許一早娶我便已知道。昔日京中，人人皆知上陽郡主與三殿下是一對璧人……方才醉後之言，也盡被他聽見了。

我一陣瑟然，驀地覺得冷，這才發覺自己赤腳踏在地上。

蕭綦看著我散髮赤足的模樣，卻是莞爾一笑，重新將我抱回床上。他凝視我，神色溫柔，眉心猶帶一道皺痕，宛如刀刻一般。

「往後，我不會再有別的女人。」他淡淡一笑，旋即站起身來。「妳我之間，也再沒有旁人。」

他頭也不回地走了出去，我怔怔地望著他的背影，過了好一陣子，仍覺他的氣息還縈迴在四周。

盧氏殷勤地呈上薑茶，垂手躬立在側，看我只皺眉喝了一口，忙賠笑道：「王妃可是嫌味道重了，奴婢這就讓人重新煎過。」

我擺了擺手，只冷淡地問道：「都安置好了？」

「奴婢已將銀兩送至青柳家中，夠她做嫁妝，只是玉兒不知好歹日日吵鬧──」

盧氏撇了撇嘴，正待再說，我打斷她。「總是服侍過王爺一場，不可薄待了她。」

「王妃宅心仁厚，是咱們下人的福分。」盧氏忙躬身道。

我一笑，只覺仁厚一說無比諷刺。

我問過盧氏，才知道侍妾皆無子嗣，並非偶然。

盧氏說，每有侍寢，王爺必有賜藥，大約是嫌侍妾身分卑賤，不配誕育王爺的子嗣。這話我是不信的。若是世家子弟，有此一舉倒不奇怪，蕭綦卻不應是這樣的人。

這盧氏心思靈活，說話頭頭是道，頗會察言觀色。見我留意詢問王爺的起居，她一面偷眼看我，一面笑著湊近來，低聲道：「這陣子王爺都是一個人獨宿，如今王妃身子見好了，還將王爺冷落在旁，只怕於禮也不合……」

我轉頭掩飾臉上的發熱。

她卻越發說得不像話。「王爺每晚都來探視，雖說王妃性子貞淑，可這夫妻閨中之事……」

我耳根發燙，冷冷道：「盧夫人，妳在府中執事也有年頭了，一言一行都是底下諸人的表率，不可不知主僕分寸。」

盧氏臉上陣陣青白，退在一旁不敢多話。

我蹙眉看她，只覺此人性好諂媚，心術不正，留在身邊終究不可長久。當下起了念頭，想將她一併逐走，然而念及她年事頗高，又在府中操勞了一些日子，終究有些不忍。

臉頰耳後的火熱卻久久不曾消退，盧氏的話雖俚俗孟浪，卻不是全然沒有道理。這幾日來，蕭綦越發繁忙，常常整天不見人影，一旦回府又有將領不斷進出議事……縱然如此，他仍然每晚過來看我，多少總要陪我說一會兒話，有時非要看著我安然入睡，方才離開。

自那晚過後，他待我再無輕薄唐突之舉，偶爾舉止親暱，也從不逾矩。連玉秀也曾紅著臉問我，為什麼王爺從不留宿。

她們都不懂得，我卻明白，蕭綦只是在等待。

他是太高傲的一個人，容不得半點兒勉強和屈就——這一點，我們何其相似。他要等我心甘情願，將旁人的影子抹得乾乾淨淨，一如他所言，「我們之間，再沒有旁人」。

我怔怔地立在廊下，滿心都是悵惘，百般滋味莫辨。

蕭綦不會明白，那不是旁人，那是子澹……有太多的情分交纏在子澹和我之間，即便拋開男女之情，我們還是兄妹，是知己，是共同擁有過那段美好歲月的人。

即便用一句「旁人」，可以將一切都抹得乾乾淨淨，然而，那些鐫刻在生命裡的記憶，只怕這一生都抹不去了。

午後正欲小憩片刻，一名婢女匆匆而來。「啟稟王妃，王爺剛剛到府，請王妃即刻往書房去一趟。」

我微怔，自到這裡以來，從未踏足他書房一步，心下不覺忐忑。

當下未及梳妝，只攏了攏鬢髮，我便匆匆而去，一路上心神不定，隱約感覺有事發生。到了書房門口，我一時心急，不等侍衛通稟，便徑直推開虛掩的房門。

一腳踏進去，我卻怔住，只見房中還有旁人——蕭綦負手而立，全神貫注地盯著一張輿圖，他身後左右各立著一名將領，見我進來，均是一怔。

我見驚擾了他們議事，忙歉然一笑，轉身退出。

卻聽蕭綦的聲音從身後傳來，威嚴中流露出淡淡笑意：「往哪裡去？」

我只得回轉身，泰然而入，向那兩名將領微微頷首一笑。

左邊那濃髯魁梧的大將，只愣愣地看了我一眼，便慌忙低頭，面色尷尬。右邊卻是一名英朗挺拔的年輕將軍，見我進來，也不知低頭迴避，儒雅眉目之間，竟是一派痴愣神色。

我斂眸低眉，微揚脣角，向蕭綦欠身行禮。

蕭綦斂去笑意，沉聲道：「既然王妃在此，你們先退下吧，此事明日再議。」

「屬下遵命。」兩人齊聲應道，那粗豪大將略一躬身，轉頭便走，那儒雅將軍卻似愣了一刻，才匆匆轉身，退了出去。

我這才忍不住笑了出來。「盡是些不知禮數的莽將軍。」

蕭綦笑著搖頭。「自己莽撞，倒嫌旁人無禮，哪有這般不講理的女人。」

我挑眉看他。「我來見自己的夫君，還需跟誰禮讓三分？」

這話讓蕭綦聽得滿眼都是笑意，攜了我的手，將我領至那幅巨大的輿圖前面。

「這是，皇輿江山圖？」我睜大了眼，被圖上廣袤疆域深深吸引。

蕭綦淡淡一笑，伸手指了圖上，傲然道：「這是我戎馬半生，率百萬將士，守護開拓的山河。」

我被他的神色震懾，此刻的蕭綦，隱隱竟有虎視龍蟠之態。順著他所指之處看去，那綿延於輿圖上的錦繡江山，也令我心神激蕩，良久無言。

這些日子，雖然一點兒風聲都不曾聽到，我卻隱隱覺察到不同尋常的緊張。那些匆忙進出的將領，通宵達旦的議事，眼前巨幅的輿圖……這一刻，我終於知道，必是有事發生了。

自來寧朔不過月餘，那些安寧恬淡的日子已在不經意間流去，此時想來，陡生悵惘。我嘆了口氣，抬眸望向蕭綦，等待他開口。

蕭綦凝視我。「妳可記得溫宗慎？」

我愕然，無論如何都想不到他竟提起這個名字——當朝右相，與父親比肩的權臣，唯一敢與王氏抗衡之人，也是父親多年的老對頭。我不由展顏笑道：「為何突然提起右相？」

蕭綦神色淡然，轉身走回案後，側首道：「他已不是右相了。」

我一時未能回過神來，怔怔問道：「溫相另有晉爵？」

「九日前，溫宗慎獲罪革職；七日前，溫氏滿門下獄。」蕭綦的聲音冰涼如鐵。「若按密函遞送的行程算來，三日之前，便是他問斬之期。」

我猝然退後數步，背脊直抵上屏風，眼前掠過那張曾經熟悉的面容。昔日風骨清俊，傲岸不群的當世名士，位極人臣的首輔之一，如今已是一具躺在棺木中的屍首嗎？

透骨寒意從腳底直冒上來，我一陣恍惚，喃喃道：「京中發生了什麼？姑母，父親，娘……他們怎樣了……」想到京中可能劇變橫生，我頓時心亂如麻，諸般怨念都拋在了九霄雲外，只恐家人有個閃失。

蕭綦向我伸出手來，柔聲道：「過來。」

我茫然地任他牽住了手，被他攬在臂彎，怔怔地迎上他的目光。他眼裡彷彿有種奇異的力量，令我覺得安穩，心緒漸漸寧定下來。

「這些事遲早要讓妳知道，算不得什麼，往後妳要擔當的還多。」他笑意淡定，替我攏了攏散落的鬢髮。「就算天翻過來，我也還在這裡，沒什麼可驚怕。」

五月的邊塞，竟然如此寒冷。

我聽著蕭綦將溫相一案的始末簡略道來，指尖越發冰冷，寒意從四面八方透來。原以為徐綬伏誅，賀蘭敗走，一切危機都已經過去——可我萬萬沒有想到，這才僅僅是另一場殺戮的開始。

太子輕薄寡德，早已令皇上失望，姑母雖與皇上自幼結髮，卻並無深寵。多年來，皇上一直專寵謝貴妃，偏愛子澹，帝后之間日漸疏離，令皇上一度起了廢儲之心。

至謝貴妃病故、子澹被逐，內有姑母干政，外有父親專權，而我與蕭綦的婚姻，更使王氏的權勢如日中天。

皇室與外戚之爭，隨著蕭綦的北歸，終成水火之勢。

皇上終於明白，太子羽翼已成。這一去縱虎歸山，四十萬大軍與北方六郡盡在蕭綦手中，一朝有他在，一朝動搖不了王氏。

一旦將來太子即位，天下盡落入王氏之手。

皇上孤陷於京中，皇室諸王分封各地，北方諸王的勢力早已在戰亂中消亡。唯有江南諸王，當年偏安一隅，僥倖保存了相當的實力，卻與京城相隔千里，鞭長莫及。

唯有右相溫宗慎支持皇上廢儲，在朝中與父親相抗衡，暗中與江南諸王密謀。

蕭綦婚後北歸寧朔，在姑母和父親的支持下，迅速掌控北境六鎮，數次以軍務緊急為由，違抗皇命，拒不奉詔回京。朝廷忌憚他手中四十萬兵馬，一時間無可奈何。

太子內有外戚之勢，外有重兵相挾，若要廢儲，第一個要除去的就是蕭綦手中兵權。

眼見蕭綦公然違抗君命，皇上終於下了狠心，與右相溫宗慎一同設下毒計——派出親信大將徐綬，與兵部左侍郎杜盟，以代天巡狩之名進駐寧朔，計畫暗中挾制蕭綦，伺機奪取兵權。

豈料徐綬野心勃勃，一心想藉機取代蕭綦，竟私下與賀蘭箴勾結，欲借刀殺人，將蕭綦一舉刺殺，再推賴於賀蘭氏頭上，從此永絕後患。

蕭綦是何等人物，早已獲知風聲，索性將計就計，將徐綬的借刀殺人，化作一箭雙雕——明裡一箭射殺徐綬，擊潰賀蘭；暗地裡一箭，卻是射向徐綬背後的溫宗慎，乃至溫相背後真正的主使之人，給了皇上反戈一擊。

當日行刺事敗，徐綬身死，杜盟逃脫，十餘名賀蘭族刺客被緝捕下獄，落下鐵證如山。

蕭綦一道奏疏，並舉鐵證十三條，彈劾溫宗慎勾結外寇，謀逆作亂。同時父親在京中，聯同各部大臣一同上奏彈劾，逼迫皇上將溫宗慎一黨下獄，按律問斬。

右相一黨拚死反撲，彈劾王氏外戚專權，反指蕭綦擁兵自重，抗旨犯上。

皇上迫於父親與姑母的壓力，只得捨棄溫宗慎，將其下獄候審，令他做了代罪羔羊——溫宗慎被定以重罪，革職削爵，舉家流徙嶺南。

原本事情到這一步，皇上已經全盤皆輸，向外戚低頭。然而不知為何，父親竟不顧姑母的勸阻，執意要將溫宗慎處斬方可甘休。

父親最終一意孤行，擅自篡改旨意，直接下令刑部，於三日前處斬溫宗慎。

「不會的！」我再聽不下去，霍然拂袖而起，觸上蕭綦霜雪般清冽的目光，卻是周身一僵，終究頹然跌坐回椅中。

蕭綦對我再無隱瞞，他與父親往來傳達的密函，都一一攤開在我眼前，父親的字跡，是我再熟悉不過的……

即便當日得知父親與姑母在暗中籌劃了我與蕭綦的聯姻，我也不過是傷心失望，而此刻，我卻無論如何都無法將蕭綦口中的左相，與我那氣度雍容、卓然若謫仙的父親聯繫在一起。

誰也不知道，究竟是因為父親的跋扈，還是因為別的緣故，那個在我印象中一直懦弱多情的天子，終於被逼入絕境，被我的家族激怒，誓與王氏放手一搏！

在父親剛剛送到的密函中，那一手挺秀蒼勁的行楷小字，寫著怵目驚心的字句——就在數日之前，皇上下詔廢黜太子，改立子澹為儲君，封謇寧王為太子少保，令謇寧王即刻北上，至皇陵迎奉儲君入京！

江南謇寧王是皇上的堂兄，諸位藩王之中，除蕭綦外，便屬他手中十五萬兵權最重。此時皇上命他入京輔佐子澹，已是旗幟鮮明地向外戚宣戰。

父親與姑母立刻封閉了宮禁，宣稱皇上病重垂危，太子臨危受命，代行監國之職。

叔父同時調集五萬禁軍，將京城四面守住。

姑母派出內廷禁衛前往皇陵，將子澹幽禁。

朝中局勢勢成水火，一觸即發。

一旦謇寧王發兵，唯有蕭綦揮軍南下，方可解京城之圍。

父親的密函，便是向蕭綦求援，要他火速備齊糧草，南下屯兵備戰。

我緩緩回頭望向那巨幅輿圖，方才見到圖上勾勒的數條紅線，尚且不明所以，此刻，卻陡然明白過來。

那猩紅朱筆標注之處，正是蕭綦的行軍方略——從寧朔出三關，渡長河，直插中原心腹，截斷南北要衝，在臨梁關兵分三路，阻截東西南三面來犯之敵，將京師牢牢掌控在他的手中，猶如一座彈丸孤城！

我直直地望著那輿圖，從指尖，到雙手，一寸寸冰涼。事成定局，這一戰已是在所難免。

捲入這場紛爭的人，卻都是我的至親。

蕭綦不知何時來到我身後，按住我雙肩，我這才發覺自己周身都在微微發顫。

他緘默不語，隨我一起凝望那巨幅的輿圖，良久才淡淡道：「妳會看輿圖？」

我點頭，僵然回應他的發問。「是，哥哥從前很愛繪製水道輿圖……」

「王氏兒女的確才識不凡。」他微笑，從身後將我攬住，意態從容，彷彿只在閒話家常。「這些事原本早該讓妳知曉，只是妳傷病未癒，只怕平添了煩惱。」

他說得這樣輕鬆淡定，幾乎讓我錯覺，這不過是一場小麻煩，而不是關乎我親族存亡、天下紛爭的大事。我怔怔地看著他，不敢相信他此刻面上猶帶笑容。

他知不知道，一旦起兵南下，等待他的將是一場生死惡戰。他將與我的親族一同站在命運的邊緣，退後一步便是萬丈深淵。

「到底為了什麼？」我頹然掩住臉，再也抑制不住心底的惶惑，失聲哽咽。

我不明白這一切都是為了什麼。金風細雨的京城，往日諸般美景，至親至愛的家人……甚至是眼前剛剛重新綻放的天地，都隨著這場紛爭而坍塌。我和我身邊的每一個人，或許都將從此改變。這荒唐可怕的一切，到底是為了什麼？

「為什麼要廢儲，為什麼要打仗？」我喃喃顫聲問他。

他陡然笑了，朗朗笑聲卻是冰涼透骨，我聽不出半分笑意。

「為了什麼……」他淡淡重複我的問話，脣角微揚。「無非四個字，帝王霸業。」

我霍然抬眸看他，震駭無言。

自古多少英雄，競折腰在這「帝王霸業」四個字上。

「一朝踏上此路，成王敗寇，再無回頭。」他竟含笑看我，淡淡說出我此刻心中所想的話。

我凝望蕭綦，一時間，心中念頭百轉千迴。他明白我此刻心中所想，如同我也明白他那四個字的寓意。

如果一切重來，我是願做侯門深閨中的柔弱女子，如母親那般安享榮華一生，抑或依然願意站在他的身旁？

他靜靜地等待我半晌，目中漸有失落。

「左相還有一封家書給妳。」他不動聲色地轉身，從案上密匣中取出一封蓋有我家徽的漆封信函。

這是我到寧朔以來，父親送到的第一封家書。

此前他與蕭綦密函往來，竟沒有一封家書予我，似乎早已將我這嫁出的女兒遺忘。或許他早知道，我會從蕭綦這裡得知真相，並且不會原諒他。

我接過父親的信函，默然垂眸，心下黯淡。

蕭綦也不作聲，轉身行至窗下，負手而立，待我獨自拆閱家書。我望著他孤峭背影，將父親的家書緊緊地捏在手中，不覺已捏皺。

「既然你我已是夫妻……」我輕輕一嘆。「廟堂之高，江湖之遠，我總要隨你一起的。」

午後陽光透過窗欞，斑駁地灑在他肩頭，將他挺拔身影長長地投在地上，愈顯孤絕。他背向著我，看不到臉上神色，隔了良久才聽他低低說了一聲：「好。」

我低頭盯著信上父親的字跡發呆。

「阿嫵。」他突然喚我。

「嗯。」我曼聲應了，忽然一呆，他竟叫了我的乳名。

蕭綦突然轉過身來，滿目笑意地望著我。「妳叫阿嫵。」

我從未見過他這般明朗溫暖的笑容，彷彿有淡淡光華自他眼底煥發，令我一時看得呆住。

「你怎知道我在家時的乳名？」話一出口，我才想起手中信函，上面分明有父親寫下的「阿嫵親啟」。我不覺莞爾，抬眸迎上他的目光，相視而笑。

書房裡有一股若隱若現的墨香，彌散在五月的陽光中，恍惚似回到了柳媚花好的昔日光景。

被他這樣看著，我越發有些侷促，低頭去拆父親的信。

手腕卻突然被他捉住，信也被他劈手奪了去。他將手指按在我唇上，止住我的發問，低低笑道：「回來再看，先隨我去一處地方！」

我一時愕然，被他牽了手，不由分說地帶出書房。

迴廊庭院中那麼多的侍衛僕從，他也不顧有人在側，一路緊緊地牽著我的手，泰然大步走過，驚得府中僕從紛紛迴避。起初我還羞窘，漸漸覺得莫名雀躍，輕巧好奇地跟上他的步伐，不知他要將我帶到何處。

他的手掌那麼大，將我的手完完全全握住。我偷眼看他的側顏，卻被他發現……

「到了。」他笑著一指前方，竟是馬廄所在。「快去挑馬！」

「挑馬？」我錯愕莫名，啼笑皆非地挑眉看他。「你難道要帶我領兵打仗？」

他大笑起來。「哪來這麼多話，叫妳挑便挑，選好馬再叫下人找一套布衣胡服給妳。」

我恍然明白過來，驚喜道：「我們要微服出行？」

他瞪我一眼。「再嚷大聲些，全城都知道王妃要出行了。」

忽聽一聲清越馬嘶，那馬廄中最搶眼的一匹高大黑馬朝我們迎上來，渾身毛色漆亮如墨，四蹄矯健修長，鬃毛獵獵，神駿昂揚。

「那是墨蛟。」蕭綦微笑，丟了我的手，徑直向他的愛馬迎去。

看他待馬倒比待人熱情，我不覺心頭暗惱，忽起玩心，將手指併入脣間，短促地吹響一聲呼哨，這是馴馬師常用來警戒馬群的訊號，幼時我纏著太僕寺最好的牧丞學了很久才學會。

廄中馬群果然一凜，齊齊向我看過來，連墨蛟也微微側頭看我。

蕭綦驚詫地回頭，笑道：「妳竟會這個！」

我淡淡一笑，揚眉看他。「除了舞刀弄劍、行軍打仗，你會的，我未必不會。」

纏綿

夕陽餘暉斜照在蒼茫大地上，遠山雄渾，隱約有雲海翻湧，山峰的輪廓被夕陽勾勒上淡淡金邊。

我的眼前是大片深濃的綠，綠得沒有盡頭，彷彿一直延伸到天邊。我從不知道，這塞外的牧野竟能遼闊至此，比之皇家獵場何止數倍。

天地之闊，山河之壯，即便是帝王家也不能盡攬囊中。

蕭綦帶我出城，來看這壯闊邊塞，無際曠野，來看他一手開拓的疆土。十年之前，我們腳下還是突厥的疆土，這肥沃美麗的綠野仍被外族霸占。直至寧朔一役，蕭綦大破突厥，將天朝疆域向北拓伸六百餘里，直抵霍獨峰下。

我第一次被天地之美所震撼，原來九重宮闕之外，另有一種力量，比皇家天威更令人折服。

蕭綦揚鞭指向遠方。「那就是霍獨峰，北境最高的山峰，峰頂積雪萬年不化，從未有人能攀過山腰以上。北地牧民相傳，那峰頂是神靈的居所，凡人不可褻瀆。」

「我從未到過那麼高的地方。」我由衷感嘆，心下無限神往。

「我也只到過山腰。」他慨然一笑道：「這世上唯一令我敬畏的，便是天地之力。」如此大逆不羈之言，已不是第一次從他口中說出。初時聽來震駭，而今我竟也泰然。

若是旁人說出這話，未免輕狂犯上，唯獨從他口中說出，卻是輕描淡寫，叫人聽來也覺理所當然。

「翻過那座高山便是大漠，四面茫茫皆是黃沙，高丘轉瞬就成平川，流沙之壑深不見底，一直向北綿延數百里才見綠洲，再往北，就是突厥的疆土了。」順著他揚鞭所指的方向，遙想朔漠狂沙，我不禁心馳神往。

長風獵獵，吹動他風氅翻捲，將我的長髮吹得紛亂如拂。

我們並轡策馬，徐徐而行，沒有侍衛跟隨，拋開俗事紛擾，唯此兩騎並肩徜徉於寧靜曠野之中。

天愈高，心愈寬，人愈近……天際最後一抹殘陽煥發出燦爛的餘暉，將天地萬物灑上璀璨金光。

遙望那天地盡頭的紅日，我陡然生出豪氣萬丈，回首對蕭綦揚眉一笑。「王爺與我較量一下騎術如何？」

蕭綦朗聲大笑，勒韁駐馬。「讓妳三百步！」

我也不答話，反手揚鞭，朝他座下黑馬狠狠抽去。那墨蛟大概從未被旁人鞭打過，暴烈脾性受這一激，立時揚蹄怒嘶。

蕭綦一驚，不待他出手制止，我已猛夾馬腹，催馬躍出。

我座下名喚「驚雲」的白馬也不是凡種，通身如雪，長鬃壓霜，奔馳之間恍如御風踏雲。

蕭綦縱馬追了上來，那墨蛟果然神駿非凡，來勢迅若驚雷。

黑白兩騎漸漸並駕齊驅，蕭綦側頭看我，滿目驚豔，朗聲笑道：「妳究竟還有多少能耐？」

我笑而不答，揚鞭催馬，任長風獵獵，掠起衣袂翻捲，長髮飛揚，彷彿御風飛翔在一望無垠的綠野之上，風中混雜了泥土與青草的清香，令人心神俱醉。

我的騎術自小由叔父親自教授，連子澹也曾甘拜下風。

然而蕭綦的騎術，到底叫我心悅誠服，墨蛟的能耐也勝驚雲一籌。我與牠都已經感到乏力，蕭綦卻還氣定神閒，墨蛟更是越發神氣昂揚。

「罷了，你贏了！」我深喘一口氣，不忍再催馬，笑著將馬鞭擲給蕭綦。

「王妃承讓。」蕭綦含笑欠身，勒韁緩行，溫柔凝望我。「累了嗎？」

我搖頭微笑，掠了掠鬢髮，這才驚覺已經走得太遠，四周都是無邊無際的曠野，天色也已暗了下來。

暮色四合，繽紛野花盛開在綠野之間，遠處有數座氈房木屋，牧民們已經生起了篝火炊煙。成群的牛羊正被牧童驅趕回家，歡快悠揚的牧歌聲，從羊群中傳來。

「這是哪裡，我們竟走得這麼遠了！」我訝然笑嘆。

蕭綦一臉正色道：「看來今晚回不了城，只能露宿了。」

我吐了吐舌頭，佯作驚恐。「怎麼辦，會不會有狼？」

「狼是沒有。」蕭綦似笑非笑地瞧著我。「人卻有一個。」

我耳後驀地發熱，裝作聽不懂，側頭回身，卻忍不住失笑。

天色已經黑了，我們索性去到那幾戶牧民家中，正趕上晚歸的牧人回家，婦人們煮好了濃香撲鼻的肉湯，盛上了熱騰騰的羊奶。

我們這一對不速之客的到訪，讓熱情淳樸的牧民大為高興。也沒人追問我們的來歷身分，只拿出最好的酒肉來款待，將我們奉若貴賓。

幾個少年圍著墨蛟與驚雲嘖嘖稱羨，女人們毫無羞澀扭捏之態，好奇地圍攏在我們周圍，善意地嬉笑議論著。她們驚嘆我的容貌，驚嘆我的肌膚像牛乳一樣潔白，頭髮像絲緞一樣光滑——這是我聽過的讚美中，最質樸可愛的話語。

酒至酣時，人們開始圍著篝火歌唱舞蹈，彈著我從未見過的樂器，唱起一些我聽不懂的歌。

蕭綦在我耳邊微笑道：「那是突厥語。」

我已瞧出些端倪，輕聲道：「他們不全是中原人吧。」

蕭綦笑著點頭。「北地一向各族雜居，彼此通婚，牧民大多是胡人，民風與中原迥異。」

我微微點頭，一時心中感慨。我們與突厥征戰多年，兩國仇怨甚深，然而百姓依然和睦相處。百餘年來相互通婚，共同生存於此。疆域雖可以憑刀槍來劃定，可血脈風俗是輕易割不斷的。

蕭綦慨嘆道：「胡漢兩族本是脣齒相依，數百年間你征我伐，無論誰家勝負，總是蒼生受累。只有消弭疆域之限，使其血脈相融，禮俗相滲，你中有我，我中有你，合為親睦之族，方能止殺於根本。」

婦人們奉上大盤牛羊肉，就那麼切也未切，滋滋冒著油地放在我面前，焦香烤綻的肉皮下，還有血絲筋連。她朝我比劃個吃的手勢，一臉促狹期待。

我求助地看向蕭綦。

他抽出袖底一柄寒光如雪的短劍，刀鋒閃處，令婦人低呼，男子驚羨。我不識刀劍，略略一眼，也知是不世寶刃。

卻見他將這短劍在手中一掂，只當切肉刀，隨手一削，挑起薄而嫩的一片肉，遞到我脣邊。

我怔住，從未在劍尖上吃過肉。他笑睨，笑得那麼可惡。

看著近在眼前的劍尖，和那滴油的肉，我深吸了口氣，將心一橫，傾身就口銜過，嚼上兩口，狠狠嚥下，油香肉甜一起在舌尖化開。

他傾身過來，在我耳畔低聲道：「這是殺過人的劍。」

我喉頭一哽，肉已嚥下。

他體貼而及時地遞來水碗。

顧不得細看，我接過便喝了一大口，驚覺碗中是烈酒，熱辣辣地從口中直燒向肺腑周身。

霎時間嗆咳出眼淚，透過狼狽淚眼，我看見蕭綦笑不可抑。周遭哄笑聲聲。

我拿起酒碗，將剩下的酒仰首一飲而盡。牧人們轟然拍手叫起好來。

蕭綦笑著奪下酒碗，輕輕拍撫我後背，被我一掌推開。「傻丫頭，逞什麼能。」

他收緊臂彎，將我攬得緊了。

我惱他捉弄，正欲掙脫，卻見一個臉龐紅潤的姑娘端了酒碗上來，大膽地遞給蕭綦，周圍男女都哄笑起來，坐觀好戲地看向我。

我不懂得他們的風俗，卻見蕭綦看我一眼，笑著搖頭。「我已有她。」

那姑娘非但不羞怯，反而一昂頭，挑釁地打量我，用生硬漢話問：「妳是他的女人？」

「我是他的妻子。」我迎上她的目光。

她眸子閃閃地望著我。「我想邀他一同跳舞，妳能允許嗎？」

原來只是跳舞，我一怔，不覺失笑。

轉頭看蕭綦，我倒想看看他跳舞是什麼模樣，只想想那場景便忍俊不禁。他眼裡頗有些緊張期待。

我忍住笑意，回首正色道：「我不能允許。」

「為什麼？」她目光火辣，一派坦蕩。

我直視她，微笑道：「國之疆土不容敵人踏足毫釐之地，我的丈夫也不許旁人沾染一根手指。」她呆了。

周遭也是一靜。

僵了半晌，她一跺腳，伸出了大拇指。「妳，好樣的！」

牧人們鼓起掌來，衝我們舉起酒杯，有個高大的青年站起來，朝這姑娘唱起我聽不懂的歌，歌聲熱烈纏綿，讓她羞紅了臉……想來我自己的臉色，大概也不比她好得了多少。

只因火光映照下，蕭綦深深地看著我，笑意如醇酒，熾熱目光裡似有火星迸濺，灼燙了我。

他在我耳邊低聲說：「此地風俗，一個男子若接受女子的邀舞，便要做她的情人。」

我訝然。「即便已有家室也可以嗎？」他笑著點頭，頗有得色。

我瞇了瞇眼睛，看向那一圈圍著篝火唱和起舞的牧人，其中多有矯健年輕的男子，也有颯爽舞姿。「那不如，我也邀請一個男子共舞……」

「妳敢！」

我大笑。

他的眼神令我透不過氣來，分明未喝太多酒，卻已眩然。

夜已漸深，我們辭別了熱情的牧民，踏上回城的方向。

夜空深遠，漫天星光璀璨，寧靜的曠野中只有馬蹄聲聲，夜的溫柔將天地萬物擁抱。我仰頭任夜風吹去臉頰的發燙，心潮依然未能平靜。

「過來。」蕭綦伸臂攬住我，不由分說將我抱到他的馬上，用風氅裹住我。

我仰頭看他，他亦低頭望著我，目光深邃溫柔。「喜歡這裡嗎？」

「喜歡。」我含笑望著他。「我從未見過這麼美的地方，好久沒有這麼快活過。」

蕭綦笑意愈深，在我耳邊柔聲道：「等戰事平息，我帶妳遨遊四方，去看東海浩瀚，西蜀險峻，滇南旖旎，杏花煙雨……天地之大，河山之美，超過妳所能想像的極致。」

戰事，終究還是躲不開這二字。我靠在他胸前，無聲嘆息。這一整晚，我們誰都沒有提起此事，明知道戰事在即，仍盡力將那紛爭煩惱都拋開，哪怕只貪得半日無憂也好。

我闔目微笑。「好，到那時，我們遊歷四海，找一處風光如畫的地方，蓋一座小小院落，日出而作，日落而息……」

蕭綦攬緊了我，在我耳邊低聲道：「我便蓋一座天下最美的院落給妳，那裡只有妳我兩人，誰也不能打擾。」

我仰望蒼穹，只覺良夜旖旎，此生靜好，眼底不覺溼潤。

他攬在我腰間的手慢慢收緊，薄唇輕觸到我耳畔，氣息暖暖拂在頸間，激起奇妙的酥軟，恍若飲過醇酒。我微微顫抖，再無一絲力氣躲閃，不由自主地仰了頭，任他的唇落在我頸項。

「抱緊我。」他低低開口，寧定如常，聲音卻驟冷：「之後無論怎樣，都不要鬆手。」

我霍然睜開眼睛，驚覺周身悚然，四下仍是一片夜色靜好，卻有凜冽寒意從蕭綦身上傳來——殺氣，如刀劍出鞘般的殺氣。座下墨蛟似也察覺了什麼，緩下步子，警覺地豎起耳朵。跟在牠身後的驚雲，不安地低嘶了一聲。

蕭綦凝神按劍，暗暗將我攬得更緊。

墨蛟緩步前行，馬蹄一聲聲都似踏在人心坎上。

濃雲不知何時遮蔽了天空，風裡漸漸裹挾了溼意，五月的夜空驟起雨意。

我們已經馳近牧野邊緣，遠近低丘起伏，已能望見城郊村落的隱隱燈火，道旁錯落高低的草垛，在夜色中影影綽綽掠過。

我心中卻暗暗發緊，越發有不祥之感。方才在空曠無際的原野上，放眼四下無遮無擋，即便一隻飛鳥也躲不過蕭綦的眼睛。然而這牧野邊際，地勢已變，周遭低丘草垛阻住了視線，似巨大的野獸潛伏在黑暗中，森然欲擇人而噬。

低沉的雷聲滾過天際，風愈急，就要下雨了。

我將雙手環在蕭綦腰間，指尖觸到革帶金扣上鐫刻的獸首，金鐵的冰涼堅硬，透入心底，令我覺得安穩。墨蛟突然停下，低頭發出短促警覺的鼻息聲。我屏住氣息，只覺蕭綦將我攬得更緊，不動聲色地催馬前行。

有冰涼的雨點灑落，溼了臉龐，這雨究竟還是來了。右前方有幾點幽碧的螢火飄浮，忽而四散開來。

「伏身！」蕭綦驀然低喝，將我身子按倒在鞍上。我什麼也未看清，只聽一聲尖厲勁嘯，旋即有勁風擦臉而過。冷汗遍體，我知道方才那一瞬間，已與死亡擦身而過。

墨蛟也在同一刻驟然發力，驚電般躍出，向那螢火後的草垛衝去。

風聲呼嘯，眼前一切飛掠如電，耳畔是蕭綦鎮定不紊的呼吸聲，他的手臂穩穩地攬住我，一手按劍，劍作龍吟，匹練般的寒光驟然亮起，劃開濃墨般夜色。

蕭綦出劍，劍光照徹丈許，就在這一剎那，我看見了綽綽黑影，如鬼魅而至！

眼前一暗，蕭綦霍然展開風氅，將我完全擋在臂彎下——最後一眼，我只看到逼近跟前的黑衣人，露在面罩外的眸子森寒，劈空刀光挾一刃慘碧迎頭斬來……劍光陡然暴漲，吞噬那刀光，如狂風倒捲，橫掃千軍！

眼前徹底陷入黑暗，我再瞧不見半分，徒留鼻端一絲腥熱氣息，方才電光石火間，有什麼濺上我臉頰。驚雷乍起，雨聲驟急，墨蛟騰躍驚嘶，劍風呼嘯，耳邊響起急如驟雨的詭異之聲，間或有金鐵交擊，更多是熱血噴濺時的颯颯，骨肉折裂間的悶聲……

經過賀蘭一役，這殺戮之聲，我已不再陌生。濃重的血腥氣，在這暗夜裡瀰漫開來，直撲鼻端。

我將臉頰緊貼在蕭綦胸前，一動不動，任那風氅將我密密遮裹。隔著衣衫，我清晰地聽到他心跳的聲音，強勁穩定；他的手臂、身體、肌理在發力張弛之間，爆出驚人的力量，彷彿能摧毀天地間一切。

墨蛟奮力馳騁，恍如騰空御風，我不知道牠會奔向何處，眼前的黑暗卻不曾令我惶惑——我從未有過如此的鎮定從容，想到身後堅定溫暖的胸膛，想到與他同在，哪怕前方是修羅煉獄、萬丈血池，我也一往無前。

周遭金鐵殺伐聲消退，血腥的味道還未散去，風雨聲卻更急。雨水溼了風氅，漸漸滲入我衣衫，帶來溼浸浸的涼……隔著冰涼的衣衫卻有溫暖從他身上不斷傳遞過來，靠在他胸前，周身溫暖依然。

我抬頭，卻睜不開眼，雨水挾了急風唰唰打在臉上，轉瞬眉睫髮絲盡溼。

「別出聲。」蕭綦攬在我腰間的手臂陡然一緊，下一刻我已身子凌空，被他抱住滾下鞍去。

我們滾倒在道旁，身下恰是綿軟的草垛。蕭綦翻身而起，攬了我迅速縮身避入草垛後面。墨蛟與驚雲竟不顧我們落馬，徑直向前飛奔，一路疾馳而去。我心頭頓時冰涼，只聽紛亂馬蹄聲踏破水聲四濺，從後面趕來，直追兩騎而去。

蕭綦一動不動，左臂一刻沒有離開過我腰間，始終穩穩將我攬住。雨水順著草垛流下，溼透全身，我顧不得冷，只屏息抓住蕭綦的手。他反手將我五指扣緊，默默傳遞著撫慰的力量。

待那追趕的馬蹄聲去得遠了，他沉聲道：「跟我來。」他牽住我大步衝進風雨中，疾奔在漆黑的夜裡，天地茫茫一片大水，腳下泥水四濺……眼前隱約見到一座屋舍的廓形，隱在大片草垛與木樁之後。

蕭綦踹開房門，急風挾雨直撲房中，眼前漆黑一片，只有乾草的清香撲面而來。我慌忙返身將房門掩上，雖是薄薄一扇木門，至少能將風雨殺機暫時擋在外面。

這裡是一處廢棄的軍馬草料場，蕭綦曾經來巡視過草料倉庫，隱約記得這處簡陋的屋舍，曾是守倉人值夜之所。

蕭綦點亮火摺子，檢視過門窗都已緊閉，外面不會見到火光，這才將火塘中殘留的木炭點燃。北地寒冷，尋常人家都以火塘取暖，屋裡除此只有一張簡陋的木桌，四下散亂堆放著乾草。

我靠著那木桌，身子微微發顫，不知道是冷還是後怕。刺客暫時已被引開，方才蕭綦一力擊退數人狙殺，從精心設伏的殺陣中衝出，若非身邊有我這麼一個負累，他或許可以殺出重圍……

我抬眸看向他，卻驀地一震，只見他風氅溼透，仍在往下滴水，那水滴蜿蜒流到地板上，竟帶著怵目驚心的暗紅。

「你受了傷！」我大驚，掀開他風氅，慌了神地在他周身尋找傷處。

他按住我的手，竟還有心思笑。「摸什麼，男女授受不親。」

我什麼也顧不得，惶急道：「你到底傷在哪裡，要不要緊？」

蕭綦不說話，定定地望著我。我見他風氅溼透，底下的外袍也半溼了，染上血汙斑斑，竟看不出傷處在哪裡，一時間手腳都軟了，只抓住他不肯鬆手。

「我沒受傷。」他低低開口，語聲輕柔。

我這才一口氣緩過來，卻什麼話都哽在了喉嚨裡。

「都是刺客的血。」他以為我不相信，忙脫下風氅。

我怔怔地望著他，一句話都說不出，不知是哭是笑，仍未從方才的驚怕中回過神來。

「臉色都嚇白了。」他嘆息，滿眼暖意。「傻丫頭，妳怕我會死掉嗎？」

聽著一個「死」字從他口中說出，我心中一緊，呆呆地望著他的面容，想到他若真的死去，留我一人孤單單做這豫章王妃，那又有什麼意思，此牛既已做了他的妻子，有彼有我，共同進退，大不了生死相隨。

我強作鎮定地笑。「我才不願做寡婦，百年之後也需我先死，留你去做鰥夫。」

蕭綦啼笑皆非，伸臂將我拽進懷抱，箍得我幾乎不能呼吸。

「好吧，百年之後我讓妳一步。」他在我耳邊含笑低語。「在那之前，妳要陪我到老，一起變成鶴髮翁嫗，即便髮脫齒搖，也各不嫌棄。」

刺客人多，我們力寡，蕭綦當機立斷，大膽棄了馬匹，讓墨蛟、驚雲引開刺客，我們趁著夜色掩蔽，藏身此處。雨水沖刷掉了足跡印痕，刺客不熟地勢，絕難找到這隱蔽之所。

我們相偎倚坐在火塘邊上，蕭綦脫去染滿血汙的外衣，僅著貼身中衣，胸前緊實肌膚隱隱可見。我垂下眸子，竟不敢看他。他俯身去撥那火塘中的木炭，自顧凝神思索，未曾察覺我的窘態。

我輕咳一聲，嘆道：「眼下可怎麼辦，難道一直等到天亮？」

蕭綦微笑。「天亮之前，自有救兵來援。」

我愕然側眸，見他神情篤定，對我一笑道：「我們徹夜未歸，懷恩必會警覺，帶人出城來尋。我放了墨蛟回去，牠認得路，也記得我的氣息，自會帶了懷恩尋來這裡。此處離城郊已近，天亮之前，他們必會趕到。」

我長長吁一口氣，心下略定，卻見蕭綦的臉色陰沉下來。

他淡淡道：「我們的行蹤被刺客知曉……王府裡，潛進了奸細。」

我心頭一凜，只覺一股寒意從背脊升起，此番知道我與蕭綦微服出城的人，只有府中那幾個貼身的下人，若連身邊的人也混進了奸細，還有什麼人可信。

「難道又是賀蘭……」我沉吟片刻，蹙眉道：「不對，突厥人與賀蘭箴此時自顧不暇，哪來餘力向你動手。」

蕭綦脣角揚起，卻沒有半分笑意，目中精光流轉，深不可測。「妳以為，此時誰最想取我性命，誰又能帶著數十名刺客潛入寧朔？」

我正傾身去撥那木炭，聞言手上一顫，鐵鉗幾乎脫手。

不知道是不是溼透的衣衫貼在身上太冷，我竟有些微微顫抖，靠近了火塘還是周身發冷。

「還是冷嗎？」蕭綦從背後環住我，捏了捏我溼透的衣袖，斷然道：「這樣不行，脫下來！」

我心中一慌，卻掙不開他雙臂，此前兩次被他脫掉衣衫的狼狽，至今還令我耿耿於懷，此時眼見他又來解我衣襟，忙羞惱道：「不用，我不冷……」

他雙臂一緊，俯身貼近我耳邊，低低道：「為什麼總是怕我？」

我窒住，忽覺口乾舌燥，似乎周身都燙了起來，結結巴巴道：「我，我沒有……」

他不再言語，靜靜地抱著我，溫熱氣息暖暖拂在我耳根。

火塘中偶有一點兒火星爆開，分明方才還覺得冷，此刻卻似周身血脈都一起沸熱了。「阿嫵。」他沉沉喚我，語聲低啞溫柔。「我已經錯過妳三年。」他的唇落在我耳垂，輕輕貼在我耳畔，沿著頸項一路細細吻了下來。

我緊緊閉上眼睛，不敢動彈，甚至不敢喘息，心頭劇跳，一顆心似要蹦出胸口。

大婚之前，宮裡的起居嬤嬤已經教過我閨中之事，甚至很早很早之前，我曾不經意間撞到太子哥哥與姑母的侍女偷歡……男女之歡，我雖羞怯懵懂，卻不是全然無知。

他薄削雙脣灼燙在我光裸的頸項肌膚上，激起陣陣酥麻。我被他擁在懷中，渾身一點兒力氣也沒有，彷彿沉淪在無邊無際的溫暖潮水之中，緩緩漂浮，忽起忽落。

他的呼吸漸漸急促，環在我腰間的手緩緩上移，修長手指挑開我衣襟，隔著一層薄薄絲衣，掌心暖暖地覆了上來，極輕極柔，彷彿捧住一件無比貴重的珍寶。

我忍不住喘息出聲，顫聲低喚他的名字，手指緊緊與他交纏。

他停下來，扳轉我身子，令我仰頭直視他的眼睛。

我痴痴地看著他，他的鬢髮，他的眉目，他的唇，無處不令我久久流連。我抬手攀上他的脖頸，指尖輕劃過他喉間微凸的一點，撫上他薄削如刃的唇……

他的手臂猛然一帶，將我攬倒在臂彎。

我的髮簪鬆脫，長髮散開，如絲緞垂覆，鋪滿他臂彎。他將我放在柔軟的乾草上，俯下身來深深地看著我，目光纏綿迷離。

我的衣衫被他層層解開，處子皎潔之軀再無最後的遮蔽。

火塘中木炭爆出細微的畢剝聲，火光暖融融，隔絕了風雨暗夜的清冷。

遲來了三年的洞房花燭，從王府中錦繡香閨換到這邊塞木屋的火塘邊，喜娘環繞換作了刺客夜襲……

也只有他遇著我，我遇著他，才有這番際遇。

或許我們註定要在驚濤駭浪裡相攜而行，這便是夙命，我們的一生。

別離

外面仍是風雨聲急，火炭卻將這簡陋木屋烘得暖融融的，一室春意盎然。

我靜靜地伏在蕭綦懷中，一動不動，長髮繚繞在他胸前，幾絡髮絲被汗水濡溼，貼著他赤裸胸膛，與銅色肌膚上深淺縱橫的傷痕交織在一起。

他身上竟有這樣多的舊傷，甚至有一道刀痕從肩頭橫過，幾乎貫穿後背……雖早已癒合，只留淡淡痕跡，卻依然怵目驚心。

那十年戎馬生涯，究竟經過了多少生死殺戮，踏著多少人的屍骨，才能從血海裡殺出，一步步走到今天……我不敢想像那十年裡，他一個人走過的日子。

此刻濃情過後，他攬著我闔目而臥，似乎陷入安恬沉睡，眉目依然冷峻，脣角還緊緊抿著，出鞘長劍就在他手邊，但有風吹草動，他會隨時按劍而起，沒有一刻是能鬆懈的。

我久久地凝望他平靜的睡顏，心裡有絲絲痛楚，夾雜著微酸的甜蜜。

我伸出手，以指尖輕輕撫平他眉心那道皺痕。他閉著眼，一動不動，緊抿的脣角略微放鬆，勾出一抹極淡的笑意。我探起身子，拉過已經半乾的外袍將他赤裸上身蓋住。他忽然勾住我腰肢，翻身將我壓在身下。

我一聲嗔呼還未出口就凝在了脣邊，只見蕭綦目中精光閃動，臉色凝重，按劍屈膝而立，將我護在他身下。我屏息不敢動彈，分明沒有聽見任何動靜，卻隱隱察覺有什麼正在逼近……

蕭綦目光變幻，忽然振腕一抖劍尖，那雪亮長劍發出蒼涼龍吟，在靜夜中低低傳了開去。

屋外一聲劍嘯相應，旋即傳來鏗鏘低沉的男子聲音：「屬下來遲，令主上受驚，罪該萬死！」

我心頭一鬆，旋即羞窘，忙披了外袍起身，替蕭綦整理衣袍冠戴。蕭綦還劍入鞘，淡淡含笑道：「很好，你的動作越發迅捷了。」

「屬下惶恐。」那人恭然應答，止步於屋外，不再近前，那聲音聽來似曾相識。

「刺客眼下去向如何？」蕭綦的語聲冷冽威嚴。

「刺客在東郊與屬下等遭遇，七死九傷，其餘十二人向城外潰退。唐競將軍已帶人追擊，宋將軍已封閉全城搜捕，屬下未敢耽誤，隨即趕來接應主上。」那人的聲音冷硬，有濃重的關外口音……關外，我心中驀地一動。

蕭綦打開房門，冷風挾雨直灌進來，我冷得一顫，卻看見那門外雨中，一名全身鐵甲森嚴的武士垂首屹立，身後十餘騎肅立在數丈開外，執了松油火把，置身風雨之中，依然身如鐵石，紋絲不動。那浸透松油的火把搖曳於風中，燃出濃濃黑煙，兀自不熄。

蕭綦負手按劍而立的身影，逆著火光，有一種漫不經心的倨傲。

一名侍衛恭然撐了傘上前，蕭綦將傘接過，含笑回身，向我伸出手來。

我掠一掠鬢髮，徐步走到他身側，將手交到他掌心，隨他一起邁進風雨中。雨絲簌簌抽打在傘上，冷風吹得髮絲飛揚，他的肩膀卻擋住了雨夜的淒冷，將暖意源源不斷傳遞到我身上。

我們走到屋外空地，那十餘名騎士一起翻身下馬，單膝跪地，向蕭綦俯首。冰涼鐵甲帶起整齊劃一的鏗然之聲，在這風雨聲中，格外震懾心神。

墨蛟與驚雲果然跟在眾侍衛之後，見了我們分外亢奮歡躍。

我側首望向那身形魁梧的鐵甲將軍，終於看清他的面貌，他亦微微抬目看向我，我回以會心一笑——果然是他，是那驛站中接應我的灰衣大漢。

府中最清楚我們行蹤的莫過於玉秀和盧氏。

回到王府，蕭綦下令囚禁全部知情的僕役，包括婢女和馬夫在內的數人全部下獄候審。

侍衛來帶走玉秀的時候，她一聲不吭，沒有哭喊，倔強地咬住嘴脣，任由侍衛將她拖走。臨到了門邊，她驀地回首望著我，瘦小身子被侍衛拖得歪倒，一雙眸子卻堅定熠熠。

「玉秀沒有背叛王妃。」她只輕輕說了這一句，旋即被侍衛拖了出去。

我抿脣定定地看著她，看著她越去越遠，終究脫口道：「住手。」

兩名侍衛回身停下來，玉秀跌在地上，咬脣看著我，目光淒苦含悲。我懂得這樣的目光，這是被自己信重敬仰之人遺棄的悲苦，是我曾經感受過的無奈。只在這一刻，我望著這瘦弱倔強的女孩子，心中湧起深深感動。沒有任何緣由，我就是信了她。

「不是玉秀。」我轉向侍衛，淡然道：「放了她。」

玉秀猛然抬頭看我，眼中蓄滿淚水。兩名侍衛面面相覷，有些遲疑不決。

我緩步上前，向玉秀伸出手，親自將她從地上扶起。侍衛相顧尷尬，不得不躬身退下，玉秀這才放聲哭出聲來，一面拭淚，一面屈膝向我跪下。

我拉住了她，輕拍她肩頭，柔聲道：「玉秀，我信妳。」她哭得一句話也說不出。身後侍女垂首靜立，一個個紅了眼圈，唏噓不已。

就在當夜，盧氏的丈夫，那位馮姓參軍竟在家中自盡。盧氏在獄中被拷打不過，終於招認，是她將蕭綦的行蹤告知了馮參軍。她未曾料到，自己的丈夫受人脅迫，為那刺客背後的主使者做了內應。

刺客逃至東郊官道，被唐競率人合圍，落下三名活口，其餘死戰而亡。

宋懷恩及時封閉寧朔全城，嚴密搜捕，在混跡於城南商賈的人群中緝捕了一名中年文士。

此人正是隨徐綬一同赴寧朔犒軍的監軍副使，兵部左侍郎，杜盟。

這個名字我並不陌生。此人年過三十，其貌不揚，出身北方望族，非但文采斐然，騎射武藝也十分了得，更是右相溫宗慎一手提攜的得意門生。如此才俊之士，卻因狹隘古怪的性子和不合時宜的脾氣，與權貴格格不入，成為眾人的笑料談資。

當世名士豢養的多是寶馬良駒、仙鶴名犬，唯獨此人愛牛，家中養了十餘頭耕牛，更是常常以牛自比，自號「牛癲」，脾氣倔比老牛。

許多官員都曾因一點兒小錯被他彈劾，就連爹爹也多次被他當面頂撞，只礙於右相的顏面，才拿這怪人無可奈何。

我仍依稀記得那個面色黧黑，寬袍大袖，總是一副怒氣沖沖模樣的杜侍郎。卻萬萬料想不到，他會主使右相豢養的暗人，行刺朝廷重臣。

暗人，是一個暗影般神祕的存在，我知道叔父手下有一群誓死效忠王氏的暗人，沒有人知道他們是誰，潛藏在何處；但有一聲令下，他們隨時會像影子一樣出現，執行主上的使令。

耿介狂放的杜侍郎，會是暗人的首領。我那清名高望的父親，會矯詔犯上。英雄蓋世的豫章王，會向朝廷悍然發難……忠義也罷，奸佞也罷，我第一次知道，這世上原本沒有絕對的忠奸。

說到底，不過「成王敗寇」四個字——每個人都是一樣的血肉之軀，都有一樣的利欲私心，在斷頭刀下，生命也是一樣的脆弱。譬如此時，杜盟的頭顱正懸掛在寧朔城頭。

他曾在朝堂之上雄辯滔滔，指揮暗人來去如影，一生忠勇，以死報答溫相知遇之恩。然而有朝一日，他的大好頭顱斷送在屠刀之下，也只不過血濺三尺而已。

蕭綦令宋懷恩招撫杜盟不成，再沒有餘話，斷然下令，將他一刀斷頭——能用則重恩以待，若不能為他所用，那便是死路一條。

父親或許會有惜才之仁，蕭綦卻不會，他是運籌帷幄的權臣，也是談笑間生殺予奪的大將。殺徐綬，誅杜盟，劍鋒直指朝廷——賀蘭氏伏誅，徐綬當場受死，連最後一個寧死不肯招供的杜盟，現在也懸屍城頭。

父親的第二道密函緊跟著送到。

京中再起變故——右相黨羽並未清淨，且竟在行刑當日當市劫囚，欲將溫宗慎救走。幸被叔父手下的御林軍擊退，而叔父奉旨監斬，也被刺客所傷。溫宗慎隨後被押入天牢，為恐再生變故，姑母親赴牢中，以一杯毒酒將其賜死。

京中風雲詭譎變幻，已到水火不容之勢，江南謇寧王也已劍拔弩張，前鋒大軍悄然拔營，恰在此時，右相黨羽派遣暗人行刺豫章王——這一切，都給了蕭綦出兵南下最好的理由。

寧朔駐軍訓練有素，軍威嚴整，糧草輜重齊備，蕭綦留下二十五萬駐軍留守邊塞，親率鐵騎勁旅十五萬，三日之後，揮戈直搗京城。

我隨蕭綦登臨城樓，檢閱三軍操演。

這已不是我第一次目睹他麾下軍威，然而，當三軍舉戟，齊聲高呼，馬蹄捲起滿天沙塵，滾滾如雷霆動地之際……我再一次被這鐵血之景震撼，一如三年前在朝陽門上。我回望蕭綦的側顏，見他玄色戰袍上的繡金蟠龍紋章，被夕陽染得粲然奪目。

今時今日的蕭綦，羽翼已豐，劍鋒也已霍然雪亮。

寧朔的長空朔漠雖遼闊，只怕已容納不了他鐵血錚錚，萬丈雄心。是夜，我吩咐玉秀整理行裝，準備即日隨大軍一同南下。

玉秀第一次離開寧朔遠行，便是隨軍出征，當下又是緊張又是雀躍。

我見她收拾了許多厚重衣物，不由笑道：「越往南走越是溫暖，到了京城就再穿不著厚重之物，這些都不用帶了。」

身後卻聽得蕭綦的聲音淡淡含笑道：「都要帶上。」他大步走進內室，甲冑未卸，侍婢們慌忙躬身退下。

我笑吟吟地看著他。「這你便不知道了，此時若在京中，已經是紗袖羅衣，霓裳翩翩，誰還要穿得這般笨重難看。」

蕭綦沒有說話，只望著我，那目光看得我心中隱隱有些不安。

我上前幫他解開胸甲，笑著揶揄道：「回府也不換上常服，這麼冷冰冰一身很舒服嗎？」

「妳在想家。」他握住我的手，目光深深。「很想回到京中，是嗎？」

我微窒，默然轉過頭去，心中最不願碰觸的念頭被他一語道破，一時有些黯然，只得勉強笑了笑。「反正就要回去了，倒還有些捨不得寧朔。」

他伸手撫過我鬢髮，眼底有一絲歉疚。「等戰局稍定，我便接妳回京，不會讓妳等得太久。」

我怔住，退開一步，定定地看著他。「你不要我同你一起？」

「這一次不能。」他自袖中取出一封信函，遞到我眼前。「左相的信，妳現在可以看了。」

是那封父親的家書，昨日他不肯給我，要我出遊歸來再看的。我一時恍惚，心中有片刻空茫，接過那信函卻沒有勇氣拆開。

當我知道他要南征，沒有半分遲疑，也未曾想過戰事之凶險，只覺得與他共同進退，是天經地義之事。更何況京城還有我的父母親族，他們還在奢寧王大軍的虎視之下，逢此危難之際，我是王氏的女兒，總要與我的家族生死與共，患難同當，斷然沒有退縮之地。

「我要回京。」我冷冷抬眸，與蕭綦的目光相對。「你休想留我一人在此。」

他望著我，緩緩道：「明日一早，妳就啟程去琅琊郡。」

「琅琊？」我幾疑自己聽錯，他說琅琊，怎會莫名提及我們王氏故里？

「長公主已經前往琅琊。」蕭綦輕按住我的肩頭。「妳應當與她同往。」

母親竟在此時前往琅琊故里，這突兀的消息令我呆住，隱約想到了什麼，卻又一片惶然……手中那薄薄一封信函只覺重逾千鈞。

拆開熟悉的文錦緘箚，一目十行地看完，我竟一時拿捏不穩，素箋脫手飄落。蕭綦一語不發，只握住我肩頭，默默地看著我。

父親只在信裡說，母親身染微恙，宜離京休養，已偕徐姑姑遠赴琅琊故里。此去路途遙遠，她孤身一人，思女心切，盼我能與她相伴。

我掩住臉，心裡紛亂如麻，卻又似浸過雪水一般清透明白。

母親，可憐的母親，在這劍拔弩張的當口上，竟然沒人想到過她的處境，連我也幾乎忽略了過去。

誰會在意一個侯門深閨中的婦人，她的名字都幾乎被淡忘，只剩一個長公主的尊號，或者是左相靖國公夫人的身分。

那個被軟禁在宮中的軟弱天子，不但是皇上，更是她的手足。被她夫家削奪了權勢與尊嚴的皇室，是她引以為傲的家族。

她是晉敏長公主，當今聖上唯一的姊姊，她的身上流淌著皇室高貴的血脈。

我不相信母親會在這個時候選擇逃避，她雖柔弱善良，卻不是懦弱之人。

此去琅琊，她必然是被迫的——是父親強行將她遣走，不願讓她目睹夫家與親族的反目。

我該說父親仁厚，還是殘忍？

想到父親說她身染微恙，思女心切，我再隱忍不住滿心悲苦，轉身伏在蕭綦懷中，淚流滿面。

我尚且還有他的懷抱，而可憐的母親，此際身邊連一個親人都沒有，只剩徐姑姑相伴。蕭綦輕輕拍撫我的後背，並不打斷我的悲泣，任由我將臉深深埋在他胸前，淚溼了他衣襟。

良久，他柔聲嘆道：「堅強些，見了妳母親，不可再這般哭泣了。」

我哽咽點頭，他托起我的臉，並不若往常那般溫柔撫慰，只握住我雙肩，以不容置疑的口吻道：「在這裡有我做妳的依靠，到了琅琊，妳便是他人的依靠！」

「是，我明白。」我強忍住淚，咬脣抬起頭來。「明天我就啟程。」

四目相對，一時無言，蕭綦眼底的冷毅漸漸融化，流露出幾許無奈，更有深濃眷戀。

昨天他不肯讓我拆信，更拋下緊迫軍務，微服帶我去看塞外牧野，讓我度過了在寧朔最快活的一天……其實，那也是我有生以來最快活難忘的一天。他是知道，離別便在明日，只是不願讓我多一天的傷感而已。

離別，又是離別——子澹遠赴皇陵的時候，我以為餘下的日子都會失去光彩，甚至不敢親自去送他。而這一次的離別，我卻暗暗對自己說，離別是為了與他重聚，正如他大婚當日的離去，卻換來今時的相見恨晚。

紅燭高燒，夜已深沉，我卻還想和他多說一會兒話，多看一看他。他強行將我抱上床去，迫我安穩睡好。我閉上眼睛，卻牽住他衣袖，不肯放手。

「我很快回來。」他寵溺地輕吻我額角，語含無奈：「懷恩還在西廳候著，我打發了他便來陪妳。」

我低眸不語，手指輕劃著他領口蟠龍紋樣，負氣道：「沒有我這個負累，你求之不得！」

他低笑道：「妳這般悍婦，上陣做個前鋒也有餘，豈能是負累。」

我嗔怒，在他臂上用力一擰，他一把捉住我的手指，狠狠吻住我的唇……

我趴在枕上，回想蕭綦方才氣息急促，意亂情迷，幾乎不可自拔的模樣，不覺低低笑出聲來。

他狼狽地掙扎起身，倉促離去之前，在我耳邊惱道：「晚些再收拾妳！」

我雙頰直燙了起來，不由回想起昨晚在木屋的一幕，雙頰越發燙若火燒。

輾轉枕上，怎麼都睡不著，我翻身起來，看到案前繡架上那件未縫完的外袍，不覺嘆了口氣。自小我就不愛學習女工，那些針線功夫一輩子也輪不到我自己來做，被母親逼著學來，到底還是粗陋笨拙的。

那日也不知怎麼就聽信了玉秀的餿主意，竟拿了衣料來縫……雖說大半都被玉秀做好了，只剩襟領的紋樣要我繡上，可那麼繁複的蟠龍紋，也不知道要費多少工夫。

我取過那繡了一半的外袍，呆呆地看了半晌，重新披了衣服，挑亮燈燭，一針一線開始繡。

更漏聲聲，不覺四更已過了。蕭綦還未回來，我實在支撐不住睏意，伏在枕上，想著稍稍歇息一會兒，再來繡……

朦朧中，似乎誰要拿走我手中外袍，情急之下，我猛然醒轉，卻是蕭綦。

他見我醒來，便奪過那外袍，看也不看就擲開，一臉慍怒。「妳不好好歇息，又在胡鬧什麼！」

我呆了呆，見那外袍被扔在地上，還剩一只龍爪沒有繡好，頓時惱了。「撿起來！」我指著那袍子，怒道：「我繡了整晚的東西，你要敢扔在地上，往後休想我再做給你！」

「做給我的……」蕭綦愣住，老老實實躬身撿回來，抖開看了看，竟怔在那裡，一句話都說不出。

我被他這呆樣子逗笑，隨手將一只繡枕擲向他，嗔道：「反正你不要，我也不做了。」

他只是笑，將外袍仔仔細細疊了，放回我枕邊，正色道：「不做也罷，我就這麼穿出去，叫人都來瞧瞧我家阿嫵繡的三足蟠龍。」

我啼笑皆非，揚手要打他，卻被他笑著攬倒在枕上……銀鉤搖曳，素帷散作煙蘿。

簾外朝霞映亮了邊塞的長空。

晨起，我親手替蕭綦整理好冠戴，他身量太高，我踮起足尖才能幫他束上髮冠。

他勾住我的腰肢，低低笑道：「娶妳的時候，還以為是個孩子……」

我一怔，不覺眼圈有些發熱，喟然道：「轉眼三年，那時的小女孩，已經長大了。」

「這一次，不會讓妳等太久。」他將我抱緊。「懸崖邊上生死一線，妳我也一起過來了，往後禍福生死，我亦與妳一起承擔……阿嫵，我要妳記得，當日如是，此生如是。」四目相對，他的目光彷彿能容納我一生的喜悲。

我笑著用力點頭，說不出話來，竭力忍回淚水，不讓自己在離別的一刻哭泣。當日如是，此生如是——這淡淡的八個字，從此刻進心底，是再也抹不去的了。蕭綦遣親信副將宋懷恩護送我到琅琊。

我步出府門，沒有駐足回頭，也沒有讓蕭綦送我。

登上車駕，衛隊列道，馬蹄疾馳，道旁景物飛一般向後逝去。直到此時，我才回頭望去，任淚水潸然滑落。

當日來到寧朔，是身不由己，而今離開的時候，也同樣匆忙無奈。

來的時候，我是孑然一身，生死未卜，而今離開的時候，卻不再孤單悽惶。

轉瞬三年間，命運起起落落，兜了偌大的一個圈子，終究還是走到宿命的彼方。

他還在那裡，我也還在這裡，都不曾走開，也再不會錯過。

第二卷

天闕驚變

陷圍

五月，京中皇上病重，太子監國，皇后與左相共同輔政。

江南謇寧王稱皇室凋零，君權旁落外戚之手，召集諸王共同起兵，率勤王之師北上，討伐外戚專權。與此同時，豫章王蕭綦揮師南下，遵奉皇后懿旨「清君側，誅奸佞」，抗禦江南叛軍，守衛京畿皇城。

謇寧王傾十萬兵馬北上，江南諸王紛紛起而響應，勤王之師直逼二十萬之眾。

豫章王內抗叛軍，外禦突厥，為防外寇乘虛而入，留下鎮遠將軍唐競與二十五萬大軍駐守寧朔，親率麾下十五萬鐵騎南下。

此去琅琊，路途遙遠，我們務必盡早通過暉州，再向東去往琅琊。

暉州是南北要衝之地，扼守鹿嶺關下河津渡口。一旦渡過長河，向西南出臨梁關，一路再無險阻，直指京師咽喉，而從臨梁關往南過礎州，再渡滄水，便是江南。

我們渡河之後，還需往東行經三郡，才到東海琅琊。那裡偏處東域，青山沃野臨海，尚禮知文，自古是刀兵不到的靈秀之地，也是王氏根基所在。

一連急行數日，日夜兼程地趕路，終於在傍晚抵達永闌關。

此處地界風物越發熟悉，過了永闌關，便是我曾獨居三年的暉州。

斜陽西沉時分，我們離城尚有十餘里路，已是人倦馬乏。車駕在一處野湖邊停下，稍作休整，又要加緊趕路，方可在入夜之前趕到暉州。

我恍恍惚惚地倚在車上，只覺周身痠痛，索性步下馬車，攜玉秀往湖邊散步。這些日子趕路辛苦，玉秀又忙於照料我起居，圓潤小臉已略見瘦削。

我瞧著她面龐，心下越發不忍，便笑道：「等到了暉州城裡，就可以好好歇息一晚。我那行館裡還藏有不少美酒，今晚便可邀了宋將軍一同過來飲酒。」

玉秀還是孩子心性，一聽有美酒，頓時雀躍。「多謝王妃，奴婢這就傳話給宋將軍！」

「末將榮幸。」身後的男子聲音令我們一驚，回首卻見是宋懷恩。

「呀，將軍怎麼也在這裡！」玉秀拍著胸口，頰透紅暈，似乎被他突然現身嚇得不輕。

這年輕將軍一如往日般不苟言笑，按劍立在我身後五步外，欠身道：「此地荒僻，末將奉命保護王妃周全，未敢遠離半步。」

我柔聲笑道：「宋將軍一路辛勞，我感激之至。」

宋懷恩聞言似有片刻侷促，卻又肅然道：「此地離城不過十餘里路，末將認為不宜在此久留，應盡快趕赴城中。」

我轉頭看向遠處席地而坐休息的士兵，有人還在忙碌著餵馬……我乘了車駕尚覺勞累，更何況是他們。我低嘆了聲：「兵士們實在辛苦，與其多趕這點兒路，不如讓大家再多休息一會兒。」

宋懷恩毫不退讓。「我等奉命護送王妃，只求王妃平安抵達琅琊，不敢言苦。」

我啞然失笑，這人實在固執得有趣，便也不再與他爭執。「好吧，我們啟程。」

此時暮色漸深，湖上起了風，掠過野外高低密林，簌簌有聲。

玉秀忙將一件雀翎深絨披風披到我肩頭。

宋懷恩一直緘默地跟在我們身後，此時卻開口道：「夜涼露重，望王妃珍重。」

我驀然駐足，心中微微一動。

藉著暮色中最後一抹光亮，我側頭向他看去，這年輕的將軍清瘦挺拔，英氣之中不乏溫文，一向令我感到親切。在寧朔時，曾與他有匆匆數面之緣，這幾日忙於趕路，也未仔細瞧過他面目。此時細看之下，只覺他眉目俊朗，竟有似曾相識之感。

尤其令我詫異的，是他方才那句話，竟似在哪裡聽過。

見我駐足看他，宋懷恩臉色越發緊繃，緘默低頭，如臨大敵一般。

我揚眉一笑，曼聲道：「宋將軍很是面善？」

他霍然抬頭，目光灼灼直望向我。這眼神從我記憶中一掠而過，彷彿很久以前，也有人這般灼灼地凝望過我……

「是你？」我脫口道：「大婚那夜，闖了我洞房的那人，竟是你？」

宋懷恩雙頰騰地紅了，眼中生出異樣光彩，張口似要說什麼，卻又頓住。

玉秀莫名地望著我們，我不由大笑出聲：「原來是你！」

他低下頭去，默然片刻，終於紅著臉微笑。「正是屬下，當日唐突王妃，萬望恕罪。」

我一時感慨萬端，思緒飄回那個改變我一生的夜晚……洞房門口，那個年輕氣盛，目中無人的年輕將領被我劈面喝斥，跪地不敢抬頭。那時大約是恨極了蕭綦，也不問情由，就遷怒於他的屬下。想不到今日重遇故人，又勾起前情舊事。

「當日是我言辭失禮，錯怪了將軍。」我側首一笑，再看這沉默嚴肅的年輕將軍，頓覺親切了許多。

他卻越發侷促了，不敢抬頭看我。「王妃言重，屬下愧不敢當。」

玉秀突然掩口而笑，這一笑，叫宋懷恩耳根都紅透。

倒還是個靦腆的年輕人呢，在軍中待得久了，遇上女眷越發不善言辭。

我掩了笑意，正色道：「算來王爺已經領軍南下了，不知眼下到了哪裡。饗寧王的前鋒只怕已提早過了滄水，也不知礎州還能堅守多久……」

宋懷恩沉吟道：「王爺舉兵南下的消息，已經通告北境六鎮。北境遠離中原，飽受戰亂之苦，這些年仰賴王爺守疆衛國，百姓才得安居。北方六鎮對王爺敬若神明，擁戴之心遠勝朝廷。此番王爺舉兵，各州郡守將無不歸附，各地大開城門，備齊糧草恭候大軍到來。一旦過了暉州，順利渡河，以王爺行軍之神速，必定能搶在謇寧王之前，抵達臨梁關下。」

我微笑頷首。「暉州刺史吳謙是我父親門生，有他全力襄助，大軍渡河應是易如反掌。」

抵達暉州城外已是夜深時分。

宋懷恩已事先遣人通報了暉州刺史，此時雖已入夜，城頭卻是燈火通明，吳謙率了暉州大小官員，儀仗隆重地出城迎候，一路恭謙備至，將我們迎入城內。

我靜靜地端坐車中，從簾隙裡所見，熟悉的風物人情，入目依然親切。只是此時的我，卻不復從前淡泊頹散的心緒，那些踏歌賞青、杏花醇酒的日子，已經褪色。

我想起錦兒，不知道她此時身在何處，也不知行館換作了怎樣光景。院中的海棠，可還有人記得照看……

車駕入城，卻未進入城中街市，反而徑直出官道去了城西，眼前依稀是去驛館的路。我略覺詫異，令車駕停下，喚來吳謙詢問：「為何不往城中去？」

吳謙忙躬身笑道：「眾將士一路辛苦，下官在驛館設下酒肴，待宋將軍與各位將士先行安頓，下官自當親自護送王妃返回行館……從城西往行館，路途也更近些。」

宋懷恩立時蹙眉道：「王妃所在之處，末將務必相隨，不敢稍離半步。」吳謙賠笑道：「將軍有所不知，城郊行館乃王妃舊居，只怕旁人不便叨擾。」

他這話，暗示宋懷恩若隨我同往行館，於禮不合，果然令宋懷恩一僵。以吳謙素來之謙卑順從，今日竟一再堅持，甚至出言頂撞我身邊之人。

我心下越發詫異，側眸淡淡看他，不動聲色道：「承蒙吳大人盛意，我也正想邀大人與宋將軍同往行館，嘗嘗窖藏的佳釀。」

「多謝王妃盛情！」吳謙連連欠身，笑得頷下長鬚顫抖，越發謙恭。「只是這隨行侍衛，難免人多喧雜……若是擾了王妃清淨，下官怎麼向王爺交代。」

他一再堅持，言下之意似乎定要將我與隨行侍衛分開，我暗自一凜，轉眸看向宋懷恩。

宋懷恩按劍而笑，不著痕跡地與我眼神交錯，朗聲道：「吳大人說笑了，王妃只是體恤弟兄們辛苦，設宴與眾同樂，至於怎麼安頓，稍後自然客隨主便。」

「只是……」吳謙躊躇。「驛館中已經備好了酒肴……」

「我離開暉州好些時日，十分想念城中繁華盛景。」我有意試探，向他兩人笑道：「明天一早又要啟程，不如現在取道城中，讓宋將軍也瞧瞧我們暉州的酒肆宵燈，可比寧朔熱鬧多了。」

宋懷恩欠身而笑，與我四目相對，似有靈犀閃過。

吳謙的臉色卻越發不自在了，強笑道：「王妃一路勞頓，還是早些回行館歇息吧。」

「數日不見，吳大人似乎小氣了許多。」我轉眸，笑吟吟地看向吳謙。「我只是取道城中，並不叨擾百姓，連這也不允嗎？」

吳謙慌忙賠罪不迭，目光卻連連變幻。

我與宋懷恩再度目光交錯，都已覺出不同尋常的詭譎。

手心暗暗滲出冷膩的細汗，只恨自己愚笨，竟輕信了父親的門生，沒有半分提防。若是暉州有變，吳謙起了異心，此刻我們便已步入他設好的局中，回頭已晚。此去驛站行館，只怕早已設下伏兵，縱然五百精衛驍勇善戰，也難擋暉州近萬守軍之敵。

只是，吳謙若要翻臉動手，自我們踏入城中便有無數機會。此人一貫謹小慎微，對我們也不無忌憚之心——我終究是皇室郡主，這五百精衛亦是跟隨豫章王南征北戰的驍勇之師。

未到策應周全之地，我料定吳謙不敢提早翻臉。

片刻之間，我這裡心念電轉，閃過無數念頭，吳謙也是沉吟不語。

「王妃有此雅興，下官自當奉陪。」吳謙陰沉的臉上復又綻出謙恭笑容。「王妃請。」

心中緊懸的大石落地，我暗暗鬆了口氣，向宋懷恩頷首一笑，轉身登車。

車駕扈從掉頭，直往城中而去。

我掀起車簾，回望身後城頭，但見燈火通明，隱約可見兵士巡邏往來。去往行館的路上，街市景象依稀與往日無異，我卻越發察覺到隱隱的異樣，彷彿平靜水面之下，正有著詭異的暗流。

吳謙帶來的儀仗親衛不過百餘人，自車駕踏上去往城中的官道，吳謙又急召了大隊軍士趕來，聲稱城中人多雜亂，務必嚴密保護我的安全。

此話看似合情合理，卻令我越發篤定有異——以暉州守軍一貫的鬆懈，若是事先毫無準備，絕不可能這麼快招之即來。看這甲冑嚴整之態，分明是早已整裝候命。

吳謙之前刻意讓宋懷恩與眾人先往驛站，分明是調虎離山之計。眼見此計不成，又再調集人馬趕來，怕此時的行館也已設下天羅地網，只待將我們一網打盡。

我握緊了拳，心中突突急跳，冷汗遍體。

往日哥哥總說我機變狡黠，不負名中這個「儇」字，可真到了這一刻，卻越急越是茫然，恨不能將全部心思立時掏盡。眼下敵眾我寡，吳謙嚴陣以待，我們已盡落了下風……

昔日在禁苑獵兔，曾見悍勇狡猾的兔子假死以麻痺獵鷹。趁獵鷹不備之際，猝然發難，猛力蹬踢，往往將毫無防備的獵鷹蹬傷，趁機脫逃。父親說，以弱勝強，以少搏眾，無外乎險勝一途。

制勝之機，便在一瞬間，獲之則生，失之則亡。

隔了車簾，外面燈火漸漸繁多，已經接近城中市井繁華之地，沿路百姓不明就裡，乍看車駕烜赫，儀仗如雲，非但不知迴避，反而湧上道旁爭睹。此時正是暉州入夜最熱鬧的時分，城中街市酒坊，已是人群熙攘……我驀地一震，眼前似有驚電閃過！

若要逃逸隱蔽，自然是往人群中去最容易。這念頭甫一浮出，我亦驚住。

馬蹄愈急，聲聲敲打在心頭，冷汗不覺透衣而出。

這已是我所能想到的唯一的生機了，縱然代價慘烈，也再無選擇。

「停下！」隔著車簾，突然傳來玉秀脆生生的聲音，叫停了車駕。

我心頭一緊，卻聽她揚聲道：「王妃忽覺不適，車駕暫緩前行。」

這丫頭搞什麼鬼，我蹙眉探身而起，卻見她半挑了垂簾，伶俐地探身進來，一面向我眨眼，一面大聲說道：「王妃您覺得怎樣，可要緊嗎？」

我立即會意，揚聲道：「我有些頭痛，叫車駕緩一緩。」

「宋將軍叫我傳話……」玉秀急急壓低聲音，放下一半垂簾，側身擋住外頭。「稍後人多之處，見機突圍，不必驚慌。」

他竟與我想到了一處！聞言我驟驚又喜，心中怦怦急跳，越發揪緊。「告訴宋將軍，不可硬拚，突圍為上，但留得一線生機，再圖制勝。」我摘下頸間血玉，緊緊扣在玉秀掌心，以飛快的語速對她附耳說道：「暉州南郊攬月莊，是叔父昔日蓄養暗人之所，如無變故，可執此物前往，上有王氏徽記……」

外面傳來吳謙焦急的探問，宋懷恩也隨之來到車駕前。

我將玉秀一推，咬牙道：「千萬小心，不可令吳謙起疑！」

玉秀尖削臉龐略見蒼白，神色卻還鎮定，默然一點頭，便自轉身而去，垂簾重又掩下。我瞧不見外頭諸人的反應，只聽她脆稚聲音，平穩如常道：「王妃並無大恙，只是路上乏了，吩咐車駕盡快到達行館，這便起駕吧……」

也不知道玉秀用什麼法子，能在吳謙眼皮底下，傳話給宋懷恩。眼下我也顧不了這許多，但求宋懷恩能覷準時機，一擊成功，即便有所犧牲，也務必要有人衝出城去，向蕭綦報訊。

大隊人馬，車駕森嚴，已經引得沿路百姓圍觀爭睹，越往前走，人群越是熙攘，幾乎將道路圍了個水洩不通。

吳謙親自領了儀仗護衛在前面開道，宋懷恩與五百精衛緊隨在我車駕後方……此地已是暉州城中最繁華之處，道旁燈火通明，人頭攢動。

此時便是最好的時機，卻遲遲不見外面的動靜，我在車駕中坐立不安，心神懸於一線，掌心汗水越來越多。倘若再不動手……驀然一聲斷喝，恍若雷霆乍起——「暉州刺史吳謙謀反，豫章王麾下驍騎將軍奉命平叛，將吳謙拿下！」這一聲斷喝，猶如晴天霹靂當頭劈下。

頃刻間，劇變橫生，五百鐵騎刀劍出鞘，行動迅如驚雷。馬嘶、人聲、驚叫、呼喝響作一團！

周遭親兵護衛尚未回過神來，驍騎鐵蹄已到面前，雪亮刀光劃破夜色。只聽吳謙魂飛魄散地喊：「來人，快來人——將亂黨拿下——」

毫無防備的市井平民，無不驚恐失措，四下哭號奔走，車馬如流的繁華街市，瞬間變成殺戮之地。

平素養尊處優的暉州守軍，在這剽悍鐵騎面前毫無招架之力，連連敗退，連陣勢也未看清，便被踏入鐵蹄之下，如衰草般伏倒……城中街巷狹窄，跟在後面的大隊守軍一時無法趕上前來，更被驚慌奔走的百姓衝散，陷入混亂之中，鞭長莫及。

車駕四周都是吳謙的親兵儀仗，變亂一起，紛紛敗退奔走，無暇顧我。玉秀跳上車來，擋在我身前，全身抖若篩糠，兀自對我說：「王妃別怕，有奴婢守在這裡！」

我猛地將她攬在身側，兩人緊靠在一起，周遭亂軍衝突，殺聲震天……我屏息不能動彈，腦中一片空白，父母親人和蕭綦的身影不斷自眼前掠過……

驀然有馬蹄聲逼近，衝我們而來！

我霍然抬頭，眼前刀光閃動，一騎如風捲到，橫刀挑開鸞車垂簾。

宋懷恩戰甲浴血，橫刀在手，俯身向我伸出手來。「王妃，上馬——」

我拉了玉秀，正欲伸手給他，忽聽一聲勁嘯破空，一枚流矢從後面射來，擦著他肩頭掠過。

「小心！」他一把將我推回鸞車，無數箭矢已紛紛射到馬前。大隊守軍已從後面趕來，弓弩手箭發如雨，正向我們逼來。

宋懷恩舉盾護體，被迫勒馬急退三丈，身後鐵騎精衛已有人中箭落馬，卻無一人驚慌走避，進退整齊，嚴陣相向。

大軍已到，他們再不走就功敗垂成了……而我的鸞車已在大軍箭雨籠罩之下，眼前箭勢一緩，宋懷恩又要策馬向我衝來，我將心一橫，向他喝道：「你們先走！」

又一輪箭雨如蝗，四散的親兵又攻了上去，宋懷恩似瘋魔一般，橫盾在前，反手一刀將馬前親兵劈倒，不顧一切朝鸞車衝來。

我拾起射落在鸞車轅前的一支長箭，將箭鏃抵上咽喉，決然喝道：「宋懷恩，我命你即刻撤走，不得延誤！」

宋懷恩硬生生勒止坐騎，戰馬揚蹄怒嘶，浴血的將軍目眥欲裂。我昂首怒目與他相持。

「遵——命！」咬鐵斷金般的兩個字，從他脣間吐出，宋懷恩猛然掉轉馬頭，向身後眾騎發出號令，嚴陣如鐵壁般的五百精騎，齊齊勒馬揚蹄，馬蹄如雷動地，掉頭踏過潰散奔逃的親兵，向城中錯落密布的街巷深處絕塵而去……

我陡然失去力氣，倚了車門，軟軟跌倒。

暉州之大，五百精衛就此突圍而出，四下分散藏匿，便如水滴匯入湖泊，一時半會兒之間，吳謙也未必能將整個暉州翻過來。

更何況，城中還潛藏有叔父豢養的暗人——縱然吳謙身為暉州刺史，王氏遍布天下，無處不在的耳目勢力，他也一樣奈何不了。

降將

吳謙將我押至行館軟禁，裡裡外外派了大隊軍士看守，將一個小小行館守得鐵桶一般。

再次踏進熟悉的庭院廳堂，景物一切如舊，我卻從主人變成了階下囚。

我微微笑著，泰然落座，朝吳謙抬手道：「吳大人請坐。」

吳謙冷哼一聲，依然面色如土，形容狼狽不堪。「好個豫章王妃，險些讓老夫著了道！」我向他揚眉一笑，越發令他惱怒難堪，朝我冷冷道：「念在往日情面，且容妳在此暫住，望王妃好自為之！若敢再生事端，便怪不得老夫無禮了！」

「若說往日情面，那也全靠大人輔佐家父，對我王氏忠心耿耿。今日更蒙大人厚待，我愧不敢當。」我含笑看他，不惱不怒，直說得吳謙面色漲紅。

「住口！」他厲聲喝斥我。「老夫堂堂學士，無奈屈就在妳王氏門下，半生勤勉為官，卻升遷無望！妳在暉州遇劫本非老夫之錯，待我專程入京請罪，竟被左相無端遷怒，非但嚴詞喝斥，更扣我俸祿，令我在朝堂中顏面掃地！若不是右相大人保奏求情，只怕連這刺史一職，也要被跋扈成性的令尊大人削去……」

他一逕怒罵，我卻恍惚沒有聽進去，只聽他說到父親因我遇劫而發怒——父親，果真對我的事情如此在意嗎？當初我離京遠行，他不曾挽留，而後暉州遇劫，也不見他派人救援，及至在那封家書中，他也沒有半句親暱寬慰之言……

記得幼時，父親無論多麼繁忙，每天回府總要詢問哥哥與我的學業，常常板起臉來訓斥哥哥，卻總是對我誇讚不已，最愛向親友同僚炫耀他的掌上明珠。及至將我嫁出之前，他都是天下最慈愛的父親。

至今我都以為，父親已經遺忘了被他一手送出去的女兒，遺忘了這顆無用的棋子。我的生死悲歡，他都不再關心，畢竟我已冠上旁人的姓氏……可是……眼底一時酸澀，我側過頭，隱忍心中酸楚。

吳謙連聲冷笑。「王妃此時也知懼怕了？」

我抬起眼，緩緩微笑道：「我很是喜悅……多謝你，吳大人。」

他瞪著我，略微一怔，嗤笑道：「原來竟是個瘋婦。」

「費盡心機擒來個瘋婦，只怕新主子看了不喜。」我淡淡道：「倒讓你白忙一趟了。」

吳謙臉色一青，被我道破心中所想，惱羞成怒道：「只怕屆時三殿下未必還瞧得上妳。」

子澹的名字從這卑鄙小人口中說出，令我立時冷下臉來。「你不配提起殿下。」

吳謙哈哈大笑。「人說豫章王妃與三殿下暗通款曲，如今看來，果然不假。」

我冷冷看著他，指甲不覺掐入掌心。

「既然王妃的心已經不在王爺身上，老夫就再告訴妳一個喜訊。」吳謙笑得張狂，「往日文士風度已半分無存。「賽寧王大軍已經打到礎州，接獲老夫密函之後，已親率前鋒大軍分兵北上，取道彭澤，繞過礎州，直抵長河南岸，不日就將渡河。」

我掌心一痛，指甲已是折斷。

「不可能！」我緩緩開口，不讓聲音流露出半絲顫抖。「彭澤易守難攻，叛軍豈能輕易攻克。」

吳謙恍若聽到了天下最可笑的笑話，仰頭大笑不止。「王妃難道不知，彭澤刺史也已舉兵了？」

我喉頭發緊，一句話也說不出，心口似被一隻大手揪住。

「一旦賽寧王渡河入城，饒是妳那夫婿英雄蓋世，也過不了我這暉州！」吳謙逼近我跟前，施施然負手笑道：「那時勤王之師攻下礎州，直搗臨梁關，自皇陵迎回三殿下，一路打進京城，誅妖后，除奸相，擁戴新君登——」

他最後一個字未能說完，被我揚手一記耳光摑斷。

這一掌用盡了我全部氣力，脆響驚人，震得我手腕發麻，心中卻痛快無比。吳謙捂臉退後一步，瞪住我，全身發抖，高高揚起手來，卻不敢落下。

「憑你也敢放肆？」我拂袖冷笑。「還不退下！」

吳謙恨恨而去，留下森嚴守衛，將我困在行館內，四下皆是兵士巡邏。

我久久端坐廳上，一動不動，全身都已僵冷。

「王妃！您手上流血了！」玉秀一聲驚叫，將我自恍惚中驚醒，低頭見掌心滲出血絲，竟被折斷的指甲刺破，我卻渾然不知疼痛。玉秀捧住我的手，回頭迭聲喚人。

我盯著手上傷痕，只覺那殷紅越發刺痛我的眼睛，方才吳謙的一番話仍在我耳邊盤旋不去。假若真如他所言，謇寧王親率前鋒奇襲暉州，截斷了通往京城的道路，要在這暉州城下出其不意地伏擊蕭綦……

就算蕭綦擊敗了謇寧王前鋒，大軍在暉州受阻一日，父親在京城就危險一日。礎州面臨三面夾擊，難以持久，一旦臨梁關失守，蕭綦未及趕到……父親、姑母、叔父、哥哥，我所有的親人都將陷入滅頂之災！

我只覺冷汗滲出，狠狠地咬住脣，卻也抵擋不了心底升起的寒意。

手腳陣陣冰涼，所有的恐慌都彙集成一個念頭——不能坐視他們危害我的親人，無論如何也不能……我要去找蕭綦！找他救我的家人！

我霍然起身，甩開玉秀的手，發狂般奔到門口，卻被守門兵士迎頭截住。

玉秀驚叫著追上來，將我緊緊抱住。我腳下一軟，眼前發黑，緊懸了半日的心直往深淵裡墜去，恍惚聽得玉秀喚我，卻怎麼也沒有力氣回應她……

彷彿過了許久，婦人輕細的啜泣聲傳來，我恍惚以為是母親。

「可憐她，到底還是個孩子。」那悲憫的聲音，聽來有些熟悉，卻不是母親。一雙溫軟的手覆在我額上，我心中一警，猛地睜開眼，翻手將她手腕扣住。她驚跳起來，幾乎撞翻身後玉秀托著的藥碗。

「王妃醒來了！」玉秀喜極奔到床前。「王妃，是吳夫人來瞧您了。」

我頭痛欲裂，神志昏沉，掙扎著撐起身子，定定瞧了那婦人片刻，才認出果真是吳夫人。

玉秀趕緊扶住我。「可嚇死奴婢了，多虧夫人及時找來大夫，說是偶染風寒，一時急怒攻心，沒有大礙。瞧您這會兒還在發熱，快快躺著吧！」

吳夫人卻怔怔地絞著手看我，忽然屈身向我跪倒，哽咽道：「老身該死，老身對不起王妃！」

看著她斑白鬢髮，我默然思及往日在暉州，她待我的萬般殷勤。當時只覺是曲意迎奉，如今換我做了階下之囚，想不到她仍待我一片忠厚，果然是患難之際，方知人心。

我叫玉秀去攙扶，她卻不肯起來，只伏地流淚叩頭。我嘆口氣，起身下地，赤足散髮便去扶她。

她體態豐腴，我一時扶不起來，周身瘦軟無力，不由軟軟地倚在她身上。她不假思索便將我摟在懷中，我亦輕輕地抱住了她。這綿軟溫暖的懷抱，衣襟上傳來淡淡熏香氣息，恍然似回到了母親身邊。我們誰也沒有開口，只是靜靜相依，玉秀立在一旁已是泫然欲泣。

半晌，我輕輕推開她，柔聲道：「吳夫人，妳的情誼，王儇銘感不忘。天色已晚，妳回府去吧，不必再來看我，以免吳大人不快。」

她黯然垂首道：「實不相瞞，老身確是瞞著我家老爺私自來的，老爺他……」

「我明白。」我含笑點頭，讓玉秀攙了我起來，也將吳夫人扶起。

我退開一步，向她行了大禮。

吳夫人慌得手足無措，我抬眸直視她。

「患難相護之恩，他日王儇必定相報。」

她又是一番唏噓垂淚，方才黯然向我辭別。我含笑點頭，凝視她斑白鬢髮，卻不知此地別後，再相見又是何種光景。

正欲再向她囑咐珍重，卻聽房門外有人低聲催促：「姑母，時辰不早，姑丈大人將要回府了！」

吳夫人面色微變，匆匆向我一拜，便要轉身退出。

我詫異道：「門外是何人？」

「王妃莫怕，那是我嫡親姪兒。」吳夫人忙道：「老爺命他看守行館，這孩子心地甚好，對王爺一向崇仰，絕不會為難了王妃。我已囑咐過他，務必給王妃行些方便……老身無能，也只得這點兒微末之力。」

看著吳夫人戚然含愧的面容，我腦中卻似有一線靈光，一閃即逝，彷彿記起什麼。「您的姪兒，可是您從前提起過的牟……」我蹙眉沉吟：「牟……」

「牟連！」吳夫人驚喜道：「正是牟連，王妃竟還記得這傻孩子！」

我莞爾，披了外袍，親自將她送出門外。

四下守衛果然已經退避到遠處廊下，只有一名高大青年守在門邊，見我們出來，慌忙欠身低頭。

我不動聲色地將吳夫人交到他身側，抬眼細看了看，不覺失笑——這吳夫人口中的「傻孩子」只怕比我還年長，身形魁梧，濃眉虎目，頗具忠厚之相。

目送牟連護送吳夫人遠去，我仍立在門口，等了半晌才見牟連大步而回，遠遠見了我，駐足按劍欠身。我側目左右，向他微微頷首。

牟連略一遲疑，還是近前行禮道：「末將牟連，參見王妃。」

左右守衛仍在走動巡邏，我淡淡道：「方才吳夫人遺落了東西，你隨我來。」

說罷我轉身徑直往房中去，牟連急急喚了兩聲，不見我停步，只得跟進來。轉入垂簾後的內室，牟連停步不前，在簾外尷尬開口道：「王妃寢居之處，末將不敢擅入。」

我取下腕上一副翡翠銜珠朝鳳釧，讓玉秀捧了出去。隔了垂簾，只見牟連接過，低頭凝神細看，神色隨即一變，滿臉漲紅，屈膝跪地道：「王妃恐怕弄錯了，這副釧子是皇家之物，價值連城，並非姑母所有。」

我隔了垂簾對他微微一笑。「是嗎，那就送給尊夫人吧。」

牟連窘急。「末將惶恐，有負王妃盛意，請王妃收回此物。」

我依然微笑。「這是昔年明昭皇后御用之物，世間只此一副，其價何止連城。」

牟連不假思索，語聲已隱有怒意，朝我大聲道：「請王妃收回！」

我凝視他剛強面容，心下一線明光亮徹。

「吳夫人所言不假，牟將軍果真是磊落君子。」我拂簾而出，含笑立在他面前。

牟連怔住，目光亮了一亮，這才鬆了口氣，忙將鳳釧交與玉秀。

「王妃謬讚，在下愧不敢當。」他向我俯首行禮，低聲懇切道：「王妃不必擔憂，在下雖位卑力薄，也當竭盡所能，維護王妃周全。」

「是嗎？」我笑了笑，陡然沉下臉來。「你身為朝廷將領，不思為國效命，反而投靠叛軍，此乃不忠；既已投靠了吳謙，卻又違背軍令，暗中維護於我，此乃不義。堂堂七尺男兒，空負一身本領，為何專行不忠不義之事？」

我話音未落，牟連早已臉色大變，額頭青筋凸綻，黧黑臉膛漲作紫紅。

玉秀驚得臉色發青，連連以目光警示我，唯恐牟連被此言激怒，做出危險之舉。我只作未見，冷冷凝視牟連，見他低頭按住劍柄，指節因用力而發白，整個人似已僵冷。

半晌對峙，漫長似寒夜。

他啞聲開口，一字字似從牙縫迸出：「王妃所言不差，牟連空懷報國之志，所行卻是不忠不義，人神共棄。然則人各有命，如今回頭已晚，牟連亦無從選擇……望王妃恕罪！」此話出口，再也掩藏不住冷面下的困窘難堪，他猛一頓首，起身掉頭，大步而去。

「命由天，事由人，果真願意回頭，何時都不嫌晚。」我望著他的背影，悠悠開口。他身形一滯，腳步稍緩。

「豫章王惜才愛才，不以出身為意，俊傑當與英雄相惜。你託身吳謙手下多年，至今一事無成……」我厲聲斥責，不容他有反駁的餘地。「難道說，將軍十年磨劍，還未踏上沙場半步，今日卻要與同袍相殘？從前吳夫人說你崇仰豫章王，恨不能追隨麾下。如今豫章王大軍即將兵臨城下，你卻要與他為敵嗎！」

牟連頓足不前，魁梧背影僵硬如石，聽得我最後那句，肩頭更是一顫。如果以利、以理、以義，都不能令其心志動搖，我亦無計可施了。

望著那一動不動的背影，我手心微微滲出汗來，心知最後轉機就在此人身上了，若此時不能將他打動，只怕以後再無機會。

父親說過，但凡世人，總有弱點可襲……而我對這牟連並無所知，僅僅聽聞他崇敬蕭綦，一心建功衛國，苦於懷才不遇。這便是他的弱點，是我唯一可擊破的地方。

我嘆息道：「成魔成佛，或取或捨，只在一念間。」喀嚓一聲，劍柄上似有銅飾被他握得太重而折斷，這聲響也驚得我心頭一顫。

牟連轉身，定定地望著我，滿目震動，喉頭微微滾動。

彷彿繃緊的弓弦驟然放開，我心裡一鬆，後背冷汗反而透衣而出。

「言盡於此，望牟將軍好自為之。」我略一欠身，轉身步入簾後，留他呆立原地。轉入垂簾，我忙撫住胸口，只恐急促的氣息洩漏了自己的忐忑。

過了半晌才聽得牟連沉重的腳步聲漸漸遠去，連告退的話也忘了說。我倚著屏風，這才長長吁了口氣，向玉秀莞爾一笑。「或許我們有救了。」

玉秀連連拍著胸口。「嚇死人了，王妃……妳怎麼如此大膽，方才若激得他翻臉，可怎麼辦！」

我嘆口氣。「橫豎已經到了絕境，不如放手一搏。」

「那人，果真可靠嗎？」玉秀惴惴開口，一臉愁苦。「眼下宋將軍生死不知，這裡連同隨行侍女在內，也不過十餘名女子，外頭守軍卻那麼多……」

我沉默，方才對牟連的一番試探遊說，我亦沒有半分把握，手心裡何嘗不是攥著一把汗。那牟連比我年長，到底也是統兵之人，豈能輕易被我一個小小女子所震懾，又豈能被我寥寥數語所動搖。我所倚仗的，不外有二，一是他心志不堅，二是蕭綦的赫赫威名。

對於一個年輕熱血的卑微將領，豫章王的名字恐怕已是一個不可動搖的神話。之前我以財物試探，他若是貪婪短視之人，那也絕不能信賴。所幸此人品行端厚，心思縝密，若能為我所用，必是難得的人才……方才見他已經動搖，我及時打住，若是逼迫誘勸過急，激起他的牴觸之心，反而壞事。

風寒帶來的發熱還未退去，再經這一番折騰，我已疲累不支。玉秀忙侍候我睡下，復又放心不下我，執意抱了被衾在外間值守。

甫一躺下，我便有些恍惚，依稀見一騎絕塵而來，馬背上的俊雅少年錦衣雕鞍，神采飛揚——正是哥哥騎了姑母賜他的大宛名馬，得意非凡地馳來。卻聽父親冷冷負手說道：「馴馬容易馴人難，烈馬亦如良將，妳可悟出了馴人之道？」

聽得此言，我反覺得甜蜜雀躍，彷彿回到承歡父親膝下的日子，依然可以拖著他袖袍撒嬌。

「阿嫵悟出了……」我喃喃笑著，翻身擁緊被衾，眼角似有溫熱溼潤，旋即墜入沉睡。

一夜惡夢頻發。

四更敲過，耳邊隱隱有刀兵交接之聲，我懨懨將臉埋入枕衾間，竭力揮去惡夢留下的幻覺。

忽然間聽得房門一聲驟響，侍女跌跌撞撞的腳步聲闖入，驚慌叫：「玉秀姑娘快醒醒，有人殺進來了，快叫王妃，快——」

我一驚，探身坐起，扯過外袍披上。

「王妃快走，叛軍來了，奴婢保護您衝出去！」玉秀赤著腳奔進來，手裡抓了一支燭臺，不由分說拽了我便要往外跑。

隨行被俘而來的侍女們驚慌失措地跟在她後面，一個個披頭散髮。

「都慌什麼！」我厲聲喝斥，甩開玉秀的手。「給我站好！」

亂作一團的眾人被我厲聲震住，停下來瑟縮不知所措。

外面果然傳來陣陣刀兵喊殺聲，聽來已經不遠，只怕即刻便要殺到這裡。我心中急跳，竭力穩定心神，飛快地尋思對策——夜襲行館之人，若非殺我，便是救我。

城中除了吳謙，未必沒有旁人想殺我。

此時敵友難辨，萬萬不能冒險。

我立刻走到簾邊，見門口守衛兵士如臨大敵，刀劍都已出鞘，便回頭向眾人低聲道：「稍後若有變故，我們趁亂闖出去，一直沿曲廊到西廂，經蘭庭，過曲水橋、流觴臺，便是行館側門，平素鮮有人知。妳們可記清楚了？」

我話音還未落，喊殺聲已到了門口，竟來得這麼快！

門口刀兵交擊，守衛慘呼連連，猛然一聲巨響落在門外，硝火閃爍，伴著濃煙滾滾，裂石碎木之聲，地面隨之巨震。

「小心！」玉秀撲在我身上，我被濃煙嗆得說不出話，眼前一片模糊，只緊緊抓住玉秀。

陡然聽得一個男子聲音：「屬下龐癸，參見郡主！」

濃煙中只見一個鬼魅般身影靠近，向我屈膝跪下。

他喚我郡主，自報名號「龐癸」——暗人沒有自己的名字，各地暗人首領以天干為組，地支為號，來人果然是自己人。

我驚喜交加，脫口道：「原來是你們！」龐癸按劍在手。「事不宜遲，宋將軍在外接應，請隨屬下走！」

我們疾步奔出房外，藉著濃煙夜色的隱蔽，隨行暗人一路掩殺，直衝到內院門口。門外大群守衛正與百餘名鐵甲精衛廝殺在一起，當先一人正是宋懷恩。

我們身後火光蜿蜒，腳步聲震地，正有大隊追兵趕來。

龐癸大喝一聲：「王妃已救出，宋將軍護送王妃先走，我等斷後！」

宋懷恩策馬躍出重圍，俯身將我拽上馬背，緊緊將我攬住，夾馬向外衝去。他手臂上一股溫熱滲溼我衣衫，竟是傷處汩汩湧出的鮮血。我不假思索，慌忙以手按住那傷處，想止住流血。

「無妨。」他反手格開一柄刺到馬前的長戟，咬牙喘息，對我顫聲說：「別弄髒王妃的手。」

這話竟叫我心裡一痛，眼見這些大好男兒為我流血拚命，刀劍雖沒有落在我身上，卻依然剜心刻骨，恨不能立即叫他們住手。

「住手——」

驀然一聲斷喝從身後傳來。

驚回首，但見牟連仗刀立馬，凜然立在十丈開外，身後大隊士兵嚴陣以待，弓弩張弦，槍戟林立，手中火把映得天空火紅，刀劍甲冑的寒光熠熠耀花人眼。

身後宋懷恩氣息一沉，緩緩將我攬緊，橫劍在前，全神戒備。

龐癸等人迅捷圍攏呈扇陣，擋在我們馬前，殺紅了眼的兩方都停下手，相向對峙。我心神懸緊，凝眸望向牟連。

火光烈烈，將他臉龐映得半明半暗，夜風中滿是硝石與松油的味道，隱隱裹挾著血腥氣。

宋懷恩將手緩緩移下，無聲無息地扣住了鞍旁所懸的雕弓。

「虛驚一場，原來是自己弟兄。」牟連淡淡開口，舉劍發令：「放行——」

話音落地，四下眾人盡皆一震，身後宋懷恩亦是愕然，唯有我長長地鬆了口氣。

片刻僵立之後，門外守軍齊齊退後，刀劍還鞘，槍戟撤回，讓出中間一條通道。

龐癸回首與宋懷恩眼神交錯，我低聲對宋懷恩說：「此人可信。」

宋懷恩微微頷首，向牟連朗聲道：「多謝。」

牟連點頭，將手臂一揮。「路上當心。」他望著我們，昏暗中神色莫辨，我只覺得他欲言又止。

驀然一騎從他身後掠出，拔劍指向我們。「他們是豫章王的人，王妃在他們手中！」

龐癸等霍然一驚，不待我們回應，牟連已怒斥道：「混帳！哪有什麼豫章王，你他媽眼花了！」

那副將勒馬逼近兩步。「好你個牟連，竟敢私自縱敵！來人，將這叛賊拿下！」

四下守軍毫無動靜，一個個堅定如鐵石，只望向牟連。

牟連冷冷側首，一言不發，凜然有殺氣迫人而來。

那副將倉皇環顧左右，大驚失色。「你們……你們都造反了不成？」

陡然一聲暴喝，牟連拔劍，手起劍落，將那人劈翻落馬，連哼都未及哼出一聲！眼前驚變只在一瞬之間，那人的屍首在地上滾了幾滾，左右才爆出驚悸低呼之聲。

我亦未曾想到牟連會當眾斬殺副將，一時間驚得說不出話。只見牟連定定地望著手中滴血長劍，僵立半晌，霍然抬頭向我們嘶聲吼道：「還不快走！」

宋懷恩將馬一勒，我按住他的手。「且慢。」

所有人的目光堪堪彙集於我，我深吸一口氣，揚聲肅然道：「逆賊吳謙謀反，犯上作亂。牟連大義滅親，忠勇可嘉。待豫章王大軍入城，平定暉州之亂，必當上奏朝廷，褒揚功勳，眾將士平叛有功，皆有嘉賞。」

牟連定定地望著我，恍如呆了一般。

恰在僵持中，宋懷恩揚劍指天，高聲道：「吾等誓死追隨豫章王，效忠皇室，吾皇萬歲——」

「吾皇萬歲！」鐵騎精衛與龐癸等人隨即跪地回應。

四下守軍將士再無遲疑，盡皆伏跪在地，山呼萬歲之聲響徹夜空，令我心神震盪。

牟連翻身下馬，默然垂首片刻，屈膝跪倒。「吾皇萬歲！」

事不宜遲，一旦吳謙獲知行館之變，我們便先機盡失。

宋懷恩與牟連、龐癸等人當即在行館議定大計，兵分三路行事。

牟連率領手下戍衛，趁城頭換崗之機，夜襲北門，分兵拿下防守薄弱的東西二門；龐癸派出暗人，持我的密函從北門出城，趁夜趕往寧朔方向，向蕭綦前鋒大軍報訊；宋懷恩率領五百精騎，趁亂殺入刺史府，挾制住吳謙，再與牟連會合，往城南駐軍大營奪取兵符，號令全城守軍；同時，由龐癸率領手下暗人四下潛入暉州機要之地——官倉、府庫、營房，在城中四下縱火，散布豫章王攻城的消息，動搖暉州軍心，令全城陷入混亂。

此刻天色微明，已過五更，正是人們將醒未醒，最為鬆懈的時刻。我們只有一次機會，要麼一擊得手，要麼全軍覆沒。

宋、牟、龐三人各自點齊兵馬，整裝上馬。宋懷恩勒馬回頭，向我按劍俯首。我深深凝望他年輕堅毅的面容，向他們三人俯身長拜。「王儇在此等候三位平安歸來！」

兩百餘名侍衛留下來守護行館，我帶領玉秀等侍女，照料夜間拚殺受傷的士兵。行館內一切有條不紊，侍衛們嚴陣以待，只等城中的訊號。我這才抽身回房，匆匆梳洗整裝。

約莫過了兩、三炷香的時間，侍衛來報，稱城中火光已起。我匆忙登上行館後山最高的流觴臺，憑欄俯瞰城中。

濃雲陰霾籠罩下的暉州已是一片驚亂景象，城中四下騰起熊熊火光，天際第一縷晨光還未出現便已被濃煙遮蔽。陰雲沉沉壓頂，看來今天將有暴雨傾盆。

我眼前隱約浮現出兵荒馬亂、人群奔走呼號的慘景……想來此時，整個暉州都已陷入大難臨頭的驚恐和混亂。自睡夢中驚醒的人們，睜眼所見，亦如我眼前這般景象，依稀似末日將臨。

片刻，北門方向吹響號角，驚徹全城——那是我們約定的訊號，牟連已經得手。

天際濃雲低垂，天色依然昏黑如夜。

北門被牟連拿下，飛馬報訊的暗人順利出城。我遙望北面，閉目默禱，只盼蕭綦快快趕來。

按龐癸所獻之計，此刻百餘騎兵應當已出城，沿路燃起狼煙，以樹枝縛於馬尾，在離城一里外往來奔馳，踏起沙塵漫天，一路狼煙滾滾，揚塵延綿。

城中守軍素來敬畏豫章王威名，驟然聽得蕭綦親率大軍到來，已是魂飛魄散，待親眼望見北門已破，城外一片煙塵沖天，在天色昏暗中遠遠望去，恰似千軍萬馬浩蕩而來，哪裡還顧得上分辨真偽——

果然未出半個時辰，東門、西門相繼傳來低沉號角，兩處守軍不戰自潰，皆被牟連拿下。

城中混亂之狀愈演愈烈，火光映紅了半邊天空，濃煙升騰，如莽莽黑蛇舞動。

此時暉州生變，全城火光沖天，濃煙蔽日，料想謇寧王在河對岸也看到了這番光景。他會不會相信是蕭綦的大軍攻城，如果騙不過這隻老狐狸，依然被他強行渡河，又當如何是好？

我的手心後背俱是冷汗，縱然經歷過一次次生死險境，面對這滿城烽火，惡戰在即，仍禁不住心神俱寒。

忽聽身後有低微的哽咽聲，我回頭，卻見玉秀臉色蒼白，正抬手拭淚。

「妳怕什麼？」我沉下臉來，目光緩緩掃過身後戎裝仗劍的護衛們，向玉秀沉聲道：「這裡沒有膽小怯弱之人，眾將士捨生忘死個個都是真正的勇士，能與他們共生死，是妳的榮耀。」

身後眾侍衛盡皆動容，玉秀撲通跪倒在地。「奴婢知錯。」

到底還是個十五歲的孩子，她已算十分勇敢。我心中不忍，神色稍緩，伸手將她扶起。「將士們正在搏命拚殺，我不想看見任何人在此刻流淚。」

玉秀的淚水在眼眶中打轉，顫聲道：「奴婢不怕，奴婢只是，只是怕宋將軍他們有危險。」

這女孩子一雙圓圓亮亮的大眼中，滿是關切惶恐。我心中怦然牽動，頓時有幾分了然，今日若換了蕭綦在陣前拚殺，我也未必能如此鎮定。

眼前隱隱浮現蕭綦從容睥睨的眼神……似有莫名的力量注入心裡，令我神思澄明。

我直視玉秀，決然開口：「他們都是最驍勇的戰士，必定會平安回到我們身邊。」

我的話音未落，南面城外傳來雄渾嘹亮的號角，其聲沖天而起，直裂晨空，隨即是千萬戰鼓齊擂，鼓聲動地，滾滾而來，聲勢之間殺氣震天。

那應該是宋懷恩奪下了駐軍大營，按事先約定，擂響戰鼓，吹起號角，隔河向睿寧王示威。

我站在高臺之上，一時心神俱震，握緊了圍欄，不敢相信一切如此順遂。

玉秀已顧不得禮制，抓住我袍袖，連連追問：「王妃妳聽！那是什麼？那頭怎麼樣了？」

我緊抿了脣不敢開口，沒有聽到他們親口傳來消息之前，不敢妄存一絲僥倖。半炷香時間的等待，漫長難熬，幾乎耗盡我全部定力。

「報——」

一名侍衛飛奔上來。「暉州刺史吳謙伏誅，守將棄甲歸降，四面城門皆已拿下，宋牟兩位將軍已接掌暉州軍政，龐大人正率兵趕回行館！」

玉秀跳起來，忘乎所以地歡叫：「謝天謝地，謝天謝地！」身後眾侍衛歡聲雷動，振奮鼓舞之色溢於言表。

「很好，預備車駕入城。」我含笑點頭，強抑心中激動，沒有讓聲音流露半分顫抖。

我轉身仰望天空，閉上眼，在心中重複玉秀方才的話，恨不得立時跪倒，叩謝上蒼佑我。

龐癸趕回行館時，大雨終於傾盆而下。

我搶在他跪拜之前，親手扶住他，向他和他身後浴血沐雨的勇士們含笑致謝。

龐癸棄了頭盔，狠狠抹一把臉上雨水，朗聲笑道：「做了半輩子暗人，今日能隨兩位將軍衝鋒陣前，痛快廝殺一場，是屬下平生大幸！」如此豪邁的漢子，可惜身為暗人，註定終生不見天日。

我凝視龐癸，微笑道：「若是隨我回京，從此跟隨豫章王麾下，你可願意？」

龐癸二話不說跪倒。「屬下身為暗人，曾受王氏大恩，立誓效忠，至死不得易主。」

我一怔，心下悵然，忽而回過神來。「那麼，若是跟隨於我呢？」

「但憑王妃驅策！」龐癸抬頭，目光炯炯，露出一線微笑。

望著龐癸和他身後黑壓壓跪倒一地的暗人，這一刻我猛然驚覺——昔日王氏一明一暗，在朝在野的兩大勢力，分別由父親和叔父所主宰，而今我卻被時勢推到了他們之前，第一次取代父輩的權威。我所接掌的不僅是眼前眾人的生死命運，更是他們對王氏的忠誠信重。

只在一念之間，似有強大的力量湧入心中，將心底慢慢變得堅硬。

車駕和隨行侍衛穿過城中，沿路百姓紛紛驚慌走避，再無人敢像昨日一般圍觀。全城已經戒備森嚴，經此一場變亂，暉州已是人心惶惶，富家大戶紛紛席捲細軟出城躲避，普通百姓無力棄家遠行，則急於屯糧儲物，以防再起戰禍。路上時有見到守軍士兵趁亂擾民，昨日還是繁華盛景的暉州，一夜之間變得滿目蒼涼。我放下垂簾，不忍再看。

車駕到達刺史府前，入目一片狼藉。門前石階上還殘留著未洗盡的血跡，依稀可見昨夜一場混戰的慘烈。庭前文書卷帙散亂遍地，卻不見一個僕從婢女，到處是重甲佩刀的士兵在清理灑掃。

宋懷恩帶著暉州大小官員迎了出來，一眾文吏武將都是往日在暉州見過的，當時每逢節令筵飲，總少不了諸人的迎奉。我所過之處，眾人皆俯首斂息，恍惚還似當年初來暉州的情境，然而此時此地，一切已然迥異。

宋懷恩戰甲未卸，臂上傷處只草草包紮，眼底布滿血絲，依然意氣飛揚。他簡略將戰況一一稟來，對其間慘烈隻字不提，只說吳謙倉皇出逃，混入亂軍之中，被他親手射死。謇寧王那邊派出十餘艘小艇沿河查探，暫且不見動靜。

一時間千頭萬緒，我也暗自焦慮，當著暉州大小官吏，只得不動聲色。

我囑咐了三件要務：其一，穩定民心，天黑之前平定城中騷亂；其二，加強城防，隨時準備抵禦奪寧王大軍；其三，儲備糧草，等待豫章王大軍到來。

府中不見牟連的身影，問及宋懷恩，卻見他面色遲疑。遣退了其餘官吏，我回到內堂，蹙眉看向宋懷恩。

他低聲道：「牟統領正在吳夫人房中。」

我將眉一挑，心中已有不祥之感，只聽他說：「吳謙死訊傳回之後，吳夫人便自刎了。」

吳夫人的屍首是牟連親手殮葬的。

她沒有留下隻言片語，走得異常決絕。吳謙的兩個妾室哭哭啼啼，只說夫人將蕙心小姐交給她們，自己回了房中，不料竟以老爺平日的佩劍橫頸自刎。

一個足不出閨閣的婦人，平生從未碰過刀劍，卻選擇這樣的方式，追隨丈夫而去。

我沒有踏進她的靈堂，也沒去送她最後一程——她必然是不願見到我的。昨日離去之前，言猶在耳，我曾對她說：「患難相護之恩，他日必定相報。」她的患難相護，換來家門慘變，我的報答便是誘叛她引以為傲的親姪，殺死她的夫君。

「王妃，天都快黑了，您出來吃點兒東西吧。」玉秀隔了門，在外面低聲求懇。

我枯坐在窗下一言不發，望著北邊天際發呆，看夜色一點兒一點兒圍攏。什麼人也不願見，什麼話也不想說，我將自己關在房裡，沒有勇氣去看一看牟連，看一看那個叫蕙心的女孩。

聽說吳蕙心哭暈過去多次，懸梁未遂，此時還躺在床上，水米未進。

玉秀還在外面苦苦求我開門，我走到門口，默然立了片刻，將門打開。

「領我去看看吳蕙心。」我淡淡開口，玉秀怔怔地看著我的臉色，沒敢勸阻，立即轉身帶路。

還未踏進閨房門口，就聽見女子的哭泣聲，伴著碎瓷裂盞的聲音。

一名婦人匆忙迎了出來，素衣著孝，面目清麗，不卑不亢向我行禮，自稱妾身曹氏。我無心多言，徑直步入房中，恰見那蒼白纖弱的女孩將侍女奉上的粥肴摔開。

我接過僕婦手裡的粥碗，走到她床前，垂眸凝視她。

周圍侍婢跪了一地，蕙心含淚抬頭，驚疑不定地望向我，雙眼哭得紅腫。

「張口。」我舀了一杓粥，餵到她脣邊。

她睜大眼睛瞪著我，我冷冷開口：「粥裡有毒，是送妳上路的。」

蕙心一顫，滿目駭然，嘴脣劇烈顫抖。

「妳想死，我便成全妳。」我將杓子強行送到她脣間。

她不由自主地瑟縮，抖成一團，眼淚大顆大顆地落下。「妳是誰……」

我將碗放下，凝視她雙眸，緩緩說道：「我是豫章王妃。」

她雙瞳驟然大睜，尖聲道：「是妳害死了我爹娘！」

我不閃不避，任由她撲上來抓住我衣襟，眼前一花，被她一掌摑在頰上。身後玉秀與曹氏搶上來格擋，我抬手阻住她們。

蕙心不顧一切，撲上來想與我廝打，被我冷冷扣住了手腕。

我諳熟騎射，腕力不同於尋常閨閣女子，這女孩卻羸弱單薄，掙扎的力氣也甚微弱，被我扣住動彈不得。

「這一掌是我欠妳母親的。」我迫視她雙目。「若是妳自己想報仇，活下來再說。」

我放開吳蕙心，起身拂袖而去。

曹氏一路隨我到了庭中，俯身道：「多謝王妃。」

「蕙心不是真心求死，她會好好活下來。」我疲倦地嘆息一聲，恍然記起玉秀之前提過，吳蕙心由牟連的夫人在照料……我側首看她。「妳是牟夫人？」

曹氏低頭稱是。

我一時無言相對，沉默片刻道：「牟將軍可好？」

「多謝王妃垂顧，外子已趕往營中，協助宋將軍署理防務。」曹氏語聲低柔，落落大方，不似一般閨閣女子。

我頷首道：「辛苦牟將軍與夫人了。」

曹氏臉上一紅，欲言又止。

我覺得蹊蹺，回眸細看她。

她遲疑片刻，終究開口道：「外子只是戍衛統領，位分卑微，當不起將軍的名銜。」

我怔住，訝然道：「牟連的職位怎會如此低微？他不是吳夫人之姪嗎？」

曹氏有些窘迫，沉默片刻，似鼓起極大勇氣開口：「外子不肯依附裙帶之便，姑父也唯恐帶累了官聲……是以外子空懷報國之志，卻多年不得升遷。此番姑父投靠叛軍，外子也曾力勸。及至王妃入城，終令外子臨崖勒馬，未致鑄成大錯。妾身雖愚昧，亦知好馬需遇伯樂，良將需投明主。懇請王妃為外子美言，不計門庭之嫌，勿令良將報國無門！」她一氣說來，臉頰漲紅，向我俯身拜倒。「妾身在此叩謝王妃！」

這一番話雖是出於私心，唯恐牟連受到牽連，身為降將受人輕視，故而為他開脫求情……然而從她口中道出，卻是誠摯坦蕩，並無半分諂媚之態。

看她年紀似與哥哥相仿，心機膽識不輸鬚眉，叫我油然而生敬佩之心，忙親手將她扶起。

「牟連有賢妻若此，可見他非但是良將，亦是一員福將。」我向她揚眉一笑，不覺起了親近之心。「王儇年輕識淺，若蒙牟夫人不棄，願能時時提點於我，共商此間事務。」

曹氏喜出望外，忙又拜倒。

是夜，輾轉無眠。

宋懷恩執意要我從行館遷入刺史府，雖是守衛森嚴，安全無虞，我卻一閉眼就想起吳夫人，想起蕙心，哪裡還能安睡。

已是夜闌更深，我仍毫無睡意，索性披衣起來，步出庭院。夜空漆黑，不見一絲月色，只有隱隱火光映得天際微明，依稀可見守夜的士卒在城頭巡視走動。

我只帶了幾名值夜的侍女，沒有喚起玉秀，她連日驚累不堪，回房便已酣睡了。信步走到內院門口，卻見外院還是燈火通明，仍有軍士府吏進出繁忙。

我悄然行至偏廳，示意門口侍衛不要出聲。

只見廳中幾名校將圍聚在輿圖前面，當中一人正是宋懷恩。他換了一身深藍便袍，在燈下看來，愈顯清俊，言止從容堅定，隱有大將之風。

想來當年，蕭綦少年之時，也是這般意氣飛揚吧。

我在門外靜靜地站了片刻，他也未發現，只專注地向眾將部署兵力防務。我心中欣慰，轉身正欲離去，卻聽身後有人訝然道：「王妃！」

回頭見宋懷恩霍然抬頭，定定地望著我。

「時辰已晚，若非緊急軍務，諸位還是早些回府歇息吧。」我步入廳中，向眾人溫言笑道。

宋懷恩頷首一笑，依言遣散了眾人。

我徐步踱至輿圖前，他沉默地跟在我身後，保持著數尺距離，一如既往的恭謹拘束。「你的傷勢如何？」我微笑側首。

他低頭道：「已無大礙，只是皮肉傷，多謝王妃掛慮。」

見他神色越發侷促，我不禁失笑。「懷恩，為何與我說話總是如臨大敵一般？」

他竟一呆，似被我這句笑語驚住，耳根竟又紅了。

見他如此尷尬，我亦不敢再言笑，側首輕咳了聲，正色道：「按眼下情形，你看謇寧王會否搶先渡河？」

宋懷恩神色有些恍惚，愣了片刻才回答：「今日暉州大亂，烽煙四起，謇寧王素來謹慎多疑，見此情形，勢必不敢貿然渡河。然而，屬下擔心時日拖得越久，越令他起疑。」

我頷首道：「不錯，若果真是大軍已到，必定不會守城不出。越是按兵不動，越是露出破綻，遲早被他覷出我們的底細。」

「王爺接到信報，假使路途順利，不出五日應能趕到。」宋懷恩深深蹙眉。「如何拖過這五日，便是關鍵所在。牟連已依計將豫章王帥旗遍插城頭，駐軍大營增加爐灶炊煙，日夜巡邏不息，造出大軍入城的假象……即便如此，依屬下看來，最多也只能拖到三日。」

我沉默，心下早已有此準備，最壞的可能也莫過於刀兵相向。「照此說來，三日之後，一場鏖戰在所難免了？」我肅然望向他。

宋懷恩毅然點頭。「我們至少仍需堅守兩日，將謇寧王擋在暉州城外，等待王爺趕來。」

我蹙眉緩緩道：「暉州兵力遠遠不足，守軍素來吃慣了皇糧，憊懶成性，疏於操練，又逢人心浮動之際……若是硬拚起來，我擔心能否拖過兩日。」

「擋不住也要擋！」宋懷恩抬眸，眼底宛如冰封。「屬下已經傳令全軍，一旦城破，我便縱火焚城，叫全城守軍、老弱婦孺皆與叛軍同葬！」

我一震，駭然望著他，半晌不能言語。

他凜然與我對視，緩緩道：「如此，則破釜沉舟，再無退路，唯有以命相搏！」

並肩

暉州的夜風比寧朔溫軟，五月深宵，透衣清涼，吹起我鬢髮紛飛。

我立在中庭，仰首望向天際，微微嘆息：「交戰一起，不知道這座城池將會變成怎樣。」

宋懷恩默然片刻。「彭澤刺史已經舉兵叛亂，烽煙燃及東南諸郡，一旦水澤之路失陷，琅琊也不再太平。長公主此時還在路途中，獲知彭澤兵亂，只怕不會再往琅琊去了。」

我黯然嘆道：「家母此時應當已在返回京城的路上……依她的性子，回去了也好。」

「難道長公主不知京城之危？」宋懷恩蹙眉看我，神色略見憂急。

「正因京城陷於危急，家母才肯回去吧。」我無奈一笑，到底是數十年夫妻，對父親縱有萬般怨恨，當此生死關頭，她總要和他在一起的。

晉敏長公主的性子，若真執拗起來，誰又阻得住她。彭澤之亂將京城逼到危急邊緣，或許也逼出了母親的真情。

「王妃此話何解？」宋懷恩惴惴開口，猶自疑惑。

我卻不願再與旁人提及家事，只淡淡一笑。「我確信她會返回京城，正如我也會留在暉州。」

「妳要留在暉州？」宋懷恩語聲陡然拔高，連敬辭也忘了，朝我脫口怒道：「萬萬不可！」夜色下，他一雙劍眉飛揚，滿目焦灼關切。

我看在眼裡，心下怦然一緊。這樣的目光，沒有敬畏與謙恭，只是無遮無擋的熱切，再不是臣屬之於主上，僅僅是一個男子看向一個女子的目光。

只聽他急急道：「暉州一戰在即，屬下預備明日一早就讓龐癸護送王妃出城，北上與王爺會合……無論如何，絕不能讓王妃涉險！」

我側首轉身，避開他灼人目光，心下竟有些許慌亂。一時相對無語，唯覺夜風吹得衣袂翻飛。

「你只需全力守城，至於是去是留，我自有分寸。」我斂定心神，淡淡開口。

宋懷恩氣急，張口欲說什麼，卻又陡然止住，將脣角緊抿作一線。

我回眸靜靜地看著他。「你跟隨王爺身經百戰，可曾因戰況危急而臨陣退縮過？」

他蹙眉道：「將軍自當戰死沙場，王妃妳身為女子，豈能相提並論！」

「那麼——」我微微一笑。「若是王爺在此，他可會拋下你們，獨自離城避難？」

「那也不同！」宋懷恩勃然怒道。

我含笑直視他。「有何不同，我是豫章王妃，自當與豫章王麾下將士共進退。」

宋懷恩默然垂下目光，不再與我爭執。在折返內院的路上，他沉默地跟在身後護送，於門邊駐足目送我入內。

我步入曲徑深處，卻仍依稀感覺到身後的目光……我忍不住駐足回頭，見那淡淡身影孑然立於門下，袖袂飛揚，說不出的寂寥孤清。

天色剛亮，潛去鹿嶺關外打探虛實的軍士回報，謇寧王大軍正在加緊督造戰船，曾派出數隊小艇於凌晨時分靠近河岸，打探我軍消息，皆被巡夜守軍發現，勁弩齊發，將其逼退。

牟連已經封閉四面城門，下令城中軍民儲糧備戰，調集重兵駐守鹿嶺關，不准任何人從南境入城。鹿嶺關將在今日正午封閉，此刻關門內外已是人馬如潮，附近百姓扶老攜幼，搶在封關之前入城躲避戰事。

一連兩天過去，謇寧王的戰船已在河岸列開陣勢，天色晴好時，依稀可見對岸飄揚的戰旗。

到第三天，渡河刺探的小艇驟然增多，不時向城頭射來箭矢，叫囂挑釁。牟連與宋懷恩交替值守城頭，嚴令死守，不准守軍士兵回應反擊。謇寧王越是試探，越顯出他疑慮心虛，摸不准我方的虛實。

城頭風雲詭譎，城內人心惶惶。

百姓忙於屯糧避戰，城中米行紛紛告罄關門，貧民哀告無門。暉州多年未經戰事，官倉所儲糧草許久不曾清點，竟已霉壞了許多，也不知能供軍中多久的用度。

眼前一團亂麻，叫我無從應對。自幼所見所學，雖也不乏兵書韜略，耳濡目染卻大多是宮闈朝堂間弄權之術，這最最尋常的民生衣食之事恰是我聞所未聞的。暉州大小官吏平素飽食終日，最擅歌賦清談，真正到了用兵之際，一個個只會空談。

正值一籌莫展之際，牟夫人曹氏舉薦了數名出身寒庶的下吏，包括她的族兄在內一共七人，均是在各處府衙執事多年的清吏，深諳民情，行事勤勉，這才解了我的燃眉之急。

連日裡，眾人不眠不休，逐一清點官倉府庫，供給軍中的糧草皆已就位，另開了倉廩專司賑濟。城中人心稍定，騷亂漸止。

從前雖知朝廷吏治敗壞，貴胄子弟庸碌無為，卻不知已到了這樣的地步。我撫額長嘆，想起在京中的哥哥，只覺深深無奈，心中隱有憂慮。

已是入夜時分，照宋懷恩的預料，只怕謇寧王的耐心難以耗過今晚。我與曹氏相攜而至城頭，時近子夜，今夜的暉州月明星稀，分外靜好。

城頭守備一切如舊，不見半分慌亂，暗中卻已全城警戒，四門守軍皆是枕戈待旦。宋懷恩與牟連聞訊趕來，兩人皆是重甲佩劍，眼有紅絲。

聽曹氏說，牟連已經三日未曾回府，一直值守在營中。此刻他夫婦兩人相見於城頭，生死之戰或許就在轉瞬，兩人沉靜對視，沒有隻言片語，卻似已道盡一切。

我心中觸動，含笑轉身，對宋懷恩道：「宋將軍請隨我來。」離開牟氏夫婦數丈遠了，我才止步回身，向宋懷恩微微一笑。「且讓他們聚一聚吧。」

宋懷恩含笑不語，深深看我一眼，復又目光微垂。

這三日來，我有意迴避，每日除了商議要事，並不與他見面。偶有瑣事，總是命玉秀往返傳話。平素聽她回來說起宋將軍，總是眉飛色舞，此刻宋懷恩就在眼前，她卻低頭立於我身後，看也不敢看他一眼。少年情事，莫不如此。

眼下戰事在即，我卻被眼前的牟氏夫婦，與玉秀的女兒心事，勾起了滿心溫柔。

宋懷恩亦微微含笑，凝望遠處江面，隻字不提戰事，似不願驚擾這城頭片刻的寧靜。

良久無語，倒是玉秀輕輕開口打破了沉寂：「江面起霧了，王妃可要添衣？」

我搖頭，卻見江面果真已瀰漫了氤氳水霧，似乳色輕紗籠罩水面，隨風緩緩流動。

「再過兩個時辰，便是江面霧靄最濃的時候。」宋懷恩低低開口，語聲帶了一絲肅殺。「那便是攻城最好的時機。若是過了寅時，未見敵軍來襲，我們便又撐過一日。」

我心下一凜，依然朗聲笑道：「已經過了子時，現在是第四日了，王爺的前鋒大軍離我們又近了許多。或許明日此時，援軍便能到了。」

「智者多疑，勇者少慮。」他含笑沉吟道：「我們閉門不戰本是拖延之策，所幸此番遭遇的對手是謇寧王，此人年老多疑，見此情狀只怕越是謹慎，唯恐有詐。」

我拊掌而笑，戲謔道：「不錯，但願他再多幾分慎重沉穩，切莫學少年莽撞。」

宋懷恩與我相視而笑。

回到房中，再也不能入睡，聽著聲聲更漏，將兩個時辰一分分挨過。

問了玉秀不知第幾遍，從子時三刻數到寅時初刻，我與她俱是睏倦不堪，伏在案頭不知不覺竟睡去……待我被更聲猛然驚起，推醒玉秀，一問值夜的侍女，才知已是卯時初刻了！

果真又挨過一天。

望著東方微微泛白的天際，遠觀城頭燈火，我只覺又是寬慰又是疲憊。

連日來，一直不曾安睡，此時心頭一塊大石暫且落了地，睏意卻再也抵擋不住。闔眼之前還囑咐玉秀，辰時一過便叫醒我，然而未等玉秀回答，我神志已迷糊過去。這一覺睡得恬然無夢，酣沉無比。

將醒未醒之間，依稀見到蕭綦騎著他那神氣活現的墨蛟，從遠處緩緩而來，竟走得那麼慢……我恨不得狠狠一鞭子抽上墨蛟，叫這頑劣的馬兒跑快一些。

「到了，到了，王爺到了……」夢中竟還有人歡呼。

我笑著翻身，卻被人重重推了一把，立時醒轉過來。卻是玉秀拚命搖著我，口中連連嚷著什麼，我怔了片刻才聽清──她是說，王爺到了。

身旁侍女皆喜上眉梢，門外傳來侍衛奔走出迎的腳步聲──果真不是在夢中。我跳下床，扯過外袍披上，胡亂踏了絲履便飛奔出門。

袖袂飄拂，長髮被風吹得散亂飛舞。這可惡的走廊甬道天天行走，怎麼從不覺得如此漫長難走！眾目睽睽之下，我第一次顧不得儀態規矩，提起裙袂大步飛奔，恨不得生出翅膀，瞬間飛到他面前。

甫至大門，遠遠就望見一面黑色繡金蟠龍帥旗高擎，獵獵招展於耀眼日光之下。那是豫章王的帥旗，所到之處，即是定國大將軍蕭綦親臨。

那個威儀赫赫的身影高踞在墨黑戰馬之上，逆著正午日光，有如天神一般。

我仰起頭，眼前是正午耀目的陽光，比陽光更耀目的是那光暈正中的一人一馬。

黑鐵明光龍鱗甲、墨色獅鬃戰馬、玄色風氅上刺金蟠龍似欲隨風騰空而起。在他身後，是肅列整齊的威武之師，恍如看不到盡頭的盾牆在眼前森然排開，又似黑鐵色的潮水正自遠方滾滾動地而來。

眾人跪倒一地，齊聲參拜，只餘我散髮單衣立於他馬前。

晨昏寢寐都在企盼的人，真真切切地站在眼前，我卻似痴了一般，怔怔不能言語。他策馬踏前，向我伸出手來。

腳下輕飄飄向他迎去，猶似身在夢中。

他握住我的手，掌心溫暖有力，輕輕一帶便將我拽上馬背。

耀眼陽光之下，我看清他的眉目笑容，果真是蕭綦，是我心心念念，一刻也不能放下的那個人。

「我來了。」他笑容溫暖，目光灼熱，語聲低沉淡定。

這笑容只有我看得見，這淡淡三個字也只有我聽得見。

整整五天的路途被他硬趕在此刻到達，其間披星戴月，憂心如焚，全軍將士馬不停蹄……我雖不能目睹，卻能想見。

四目相顧，無須蜜語柔情，他來了，便已經足夠。豫章王前鋒大軍踏著烈烈日光，浩浩蕩蕩進入城內。

眾目睽睽之下，他與我共乘一騎，穿過歡呼迎候的人群，徑直馳上城樓，接受腳下如潮的歡呼。三軍將士歡聲如雷，士氣勃然高漲，滿城百姓奔走相慶，潮水般呼聲遠遠傳開，在城中迴盪不息。

這是我生平從未見過的狂熱，彷彿瀕臨絕望的人終於迎來拯救萬眾於水火的神祇。這也是我第一次親眼看到，豫章王的威望竟至於此。而此時此刻，我以豫章王妃的身分，與他並肩共騎，一同接受萬眾景仰。這發自肺腑的歡呼，即便尊貴如皇族，也未必能得到。

這，便是民心。

眼前一幕將我深深震撼，良久不能言語。及至離開城頭，馳返府衙，這才驚覺自己一直長髮散覆，素顏單衣，就這樣被蕭綦攬在懷中。

而左右將領，乃至城下三軍將士都看到了我們這個樣子……我頓時雙頰火辣辣地發燙，恨不能鑽進地縫裡去，慌忙將頭低下，不敢觸到身後諸人的目光。

「妳做什麼？」蕭綦詫異地低頭問我。

我臉頰愈熱，聲音輕細得不能再輕：「你竟讓我這副樣子出來。」身後諸將隨行，相隔不過丈餘，他竟朗聲大笑。「妳連整座城池都敢奪下，這時倒怕了羞？」

有低抑笑聲從後面傳來……我羞窘難當，再不敢正面與他調笑。一回到府衙，我便跳下馬背，頭也不回地往內院而去，心中暗惱，賭氣不去理他。

等我匆忙沐浴更衣，梳妝整齊了出來，玉秀說王爺已去了營中，並未來過這裡。

我一呆，旋即苦笑。他自然是以軍務為重的，日夜兼程趕來也未必是為了我。

黯然倚坐妝檯，心中惱也不是，嘆也不是。

挨過了連日的驚慮忐忑，已是心力交瘁，好容易盼來了他，本該滿心歡喜卻又莫名悵惘……

他不在時，我也獨自一人撐過來，錯覺自己刀槍不入；而今他來了，我便回復原形，只願從此被他護在身後，猶如寧朔那夜。

一時間意興闌珊，我拆了釵環髮髻，又覺倦意襲來。

這兩日著實太累，我倚回錦榻，本想小寐片刻，不覺卻又睡去。

朦朧間，有人幫我蓋好被衾，熟悉的男子氣息淡淡地籠了下來。我不願睜開眼睛，默然側首向內。

「不想看見我？」他的手指撫過我鬢髮，語聲溫暖低沉。「之前是誰瘋了一樣奔到我馬前？」

提及當時，我頓覺心軟，睜了眼靜靜地看著他。

他眼底盡是紅絲，下巴滲出湛青一層淺淺鬍碴，滿面都是倦色。

我再也硬不下心腸，伸臂攬住他的頸項，幽幽開口：「到底幾天沒闔眼了？」

他笑一笑，並不答話，只將我擁住。

「王妃，此番妳做得很好。」他正色望著我。「本王甚為欽佩。」我一時愕然，未及開口，卻聽他話鋒一轉，厲色道：「可是阿嫵，即便妳有通天徹地之能，我也不屑拿妳的安危，來換區區一座城池！」

「什麼凶險不曾見過，即便謇寧王奪下暉州，我也無須忌憚。」他已是聲色俱厲。「妳本有機會全身而退，卻擅自發難奪城……須知刀兵無眼，當日若有半分差錯，就算我插翅趕來也撈不回妳一個全屍！」

此時想來，當晚確是萬分凶險，我也心知後怕，卻仍堅持道：「可我們終是贏了。」

「贏又如何？」蕭綦陡然怒了。「蕭某身經百戰，贏得還少嗎！區區一個暉州贏來又如何？可若是輸了妳，我到哪裡再去找一個王儇？縱然輸了十個百個暉州，也不能……」他怒視我，一句話到了嘴邊，卻不肯說出口。

「也不能什麼？」我心中明明知道，依然輕聲問他，笑意已忍不住浮上脣邊。

蕭綦瞪了我半晌，無奈一嘆，將我狠狠攬緊，下巴輕抵在我頸側。「也不能……輸了妳。」

這般柔情蜜語從他口中說出，似有千般艱難，萬分沉重。我笑出聲，伏在他肩頭，眼淚卻已湧上。

「一路上我只想著將妳狠狠抽一頓鞭子！叫妳膽大妄為！」他苦笑。「越近暉州，卻越怕……想到妳若有個閃失，恨不能踏平此城，叫謇寧王全軍相殉！」

我攀著他衣襟，只是笑，一面笑一面偷偷在他襟上蹭去眼淚，淚水卻一直不停。

他低頭看了看自己前襟，啼笑皆非。

「妳這女人……」

室內漸漸昏暗，窗外已是暮色漸濃，我不知不覺竟已睡到了黃昏時分。

看他風塵僕僕，滿臉倦色，一到城中就忙於部署軍務，整飭城防，只怕已忙碌了半天。

我輕輕將他環住。「眼睛都紅了，睡一會兒吧。」

蕭綦笑了笑。「倒真是倦了。」

我忙起身下床，讓侍女送來熱水熱茶，一面絞了帕子讓他洗臉，一面笑道：「妾身這就侍候王爺就寢。」

「王妃賢良。」蕭綦慵然笑著，便要和衣躺下。

我忙拉住他。「哪有穿著衣服就睡的！」

「城頭兵不卸甲，閨中豈能寬衣？」他倒還有心思調笑，將我拽到床上，柔聲道：「陪我躺一會兒，半個時辰過後叫醒我。」

我無奈點頭，輕輕給他蓋上被衾。

正要同他說話，卻聽他呼吸沉緩，已經沉沉睡著，薄削脣邊猶帶笑意，眉心那道皺痕略微舒展開來。他的手還緊緊地環在我腰間，睡著了也不肯放開。

我一動不敢動，唯恐將他驚醒。躺在他懷中，我靜靜地凝視他的眉目，只覺一生一世都看不夠。

待我猛然驚醒，翻身去叫醒他，卻見枕邊空空無人。

簾外已經夜靜更深，我自己一覺睡到此時，連蕭綦何時起身離去都不知道。

幾乎一整個白日都睡過來了，總算是神清氣爽。用過晚膳，我略略梳妝，帶上一件風氅去往城頭。玉秀一路上都在嬉笑打趣我，越來越是大膽。

登上城樓，遠遠見到他披甲佩劍，率一眾將領深夜仍在巡查防務。

我緩步走近，唯恐打斷了他們議事，忙示意侍衛不要出聲，只靜靜地佇立在不遠處。蕭綦身形挺拔，站在一眾魁梧的將領當中仍是格外奪目。

此時城頭一派燈火通明的忙亂景象，修造戰船的民夫在河岸忙碌不休，築防軍士匆匆往返，連夜修築工事。巡邏兵士穿梭來去，不時有弓弩手向河面上空射出燃燒的箭矢，藉火光察看河面敵情。

這番情形，竟比往日更加忙亂，儼然虛張聲勢一般。

我蹙眉沉吟，一時想不到是何道理。正思索間，一個粗豪的聲音朝這邊喝道：

「何人在此？」

我一驚，卻是蕭綦身邊一名莽豪大將發現了我。見我徐徐步出，眾將都是愕然，忙躬身行禮。

蕭綦微微一笑。「妳怎麼來了？」

我將手中風氅遞上，笑而不語。

他接過風氅，溫柔地凝視著我，卻只淡淡道：「城頭夜涼，回去吧。」

那莽豪將軍忽哈哈一笑，衝我抱拳道：「想不到王妃一個嬌滴滴的女子，竟能妙計破城，實在是女中豪傑，俺老胡佩服得緊哪！」

我一怔，聽他粗豪之言甚覺有趣，欠身笑道：「胡將軍謬讚了。」

宋懷恩與牟連相顧而笑。

蕭綦負手微笑道：「這是征虜將軍胡光烈。」

有一人接話道：「此人渾話最多，人稱莽將軍。」

眾人哄然大笑，胡光烈無奈撓頭，卻也不惱。可見私下裡，這班將領一向與蕭綦說笑慣了，叫人看來其樂融融，果真是手足一般。見眾人言笑隨意，牟連也不復之前的拘謹。

蕭綦對牟連大加讚賞，讚他行事縝密，此番奪下暉州，當屬牟連厥功至偉。

牟連忙謙辭，少不得又將我與宋懷恩、龐癸等人讚頌一番。

胡光烈嘿嘿一笑，衝旁人擠了擠眼。「咱們王爺和王妃可真是絕配！」

我一時羞窘，眾人俱是低頭失笑。

蕭綦也笑了笑，旋即對諸將正色道：「時辰不早，眾位暫且回營歇息，輪值守夜，務必養精蓄銳，不可有半分鬆懈！」

「是！」眾將齊聲遵令，當即退下。

城頭夜風獵獵，蕭綦攜了我的手，沿著城樓走去。

我靜靜地依在他身邊，只想沒有征戰、沒有殺伐，一直這樣走下去，走到天荒地老也好。

「暉州一戰，就在今夜嗎？」我駐足嘆息。

蕭綦側目看我，不掩讚嘆之色。「可惜妳身為女子，枉費了如此將才。」

「若不是女子，豈能與你相遇。」我回眸一笑。「你這般虛張聲勢，自然事有蹊蹺。賽寧王小心翼翼試探了數日，只怕耐心也快耗盡了。」

蕭綦頷首而笑，抬手指向河岸南面。

「賽寧王年老多疑，亦知我用兵之道長於攻戰，素喜以攻為守。而今他連日試探，都不見我出陣，必定懷疑我不在城中。殊不知，恰與你們的緩兵之計不謀而合，前番是實，今日是虛，恰好虛實顛倒。我此時故弄玄虛，繼續虛張聲勢，便越發要他起疑，令他以為我至今尚未入城，暉州空虛，大可放手來攻。若不出我所料，今日寅時，河面霧濃，賽寧王便會渡河而來。屆時先放他前鋒登岸，待大軍渡河過半，便將他攔腰截斷……」

我眼前一亮，接話道：「屆時收網獲魚，甕中捉鱉，果真痛快至極！」

蕭綦大笑。

「縱是勇悍老將，今日也叫他折戟在暉州城下！」

帝王業（上）

作　　者／寐語者
發 行 人／黃鎮隆
副總經理／陳君平
總 編 輯／洪琇菁
執行編輯／陳昭燕
美術監製／沙雲佩
美術編輯／王羚靈
國際版權／黃令歡
企劃宣傳／邱小祐、劉宜蓉
文字校對／施亞蒨
內文排版／謝青秀

國家圖書館出版品預行編目資料

帝王業 / 寐語者作. -- 初版. -- 臺北市 : 尖端, 2019.09
冊； 公分

ISBN 978-957-10-8616-3（上冊：平裝）

857.7　　108007753

出版／城邦文化事業股份有限公司　尖端出版
台北市 104 中山區民生東路二段 141 號 10 樓
電話：（02）2500-7600　傳真：（02）2500-2683
讀者服務信箱：7novels@mail2.spp.com.tw
發行／英屬蓋曼群島商家庭傳媒股份有限公司城邦分公司　尖端出版
台北市 104 中山區民生東路二段 141 號 10 樓
電話：（02）2500-7600　傳真：（02）2500-1979
劃撥專線：（03）312-4212
戶名：英屬蓋曼群島商家庭傳媒（股）公司城邦分公司
劃撥帳號：50003021
※ 劃撥金額未滿 500 元，請加付掛號郵資 50 元
法律顧問／王子文律師　元禾法律事務所　台北市羅斯福路三段三十七號十五樓

台灣地區總經銷／中彰投以北（含宜花東）　楨彥有限公司
電話：（02）8919-3369　　傳真：（02）8914-5524
雲嘉以南　威信圖書有限公司
（嘉義公司）電話：0800-028-028　　傳真：（05）233-3863
（高雄公司）電話：0800-028-028　　傳真：（07）373-0087
馬新地區總經銷／城邦（馬新）出版集團 Cite（M）Sdn Bhd
電話：603-9057-8822　　傳真：603-9057-6622
E-mail：cite@cite.com.my
香港地區總經銷／城邦（香港）出版集團 Cite（H.K.）Publishing Group Limited
電話：852-2508-6231　　傳真：852-2578-9337
E-mail：hkcite@biznetvigator.com

版　次／2019 年 9 月 1 版 1 刷　Printed in Taiwan